ИРОНИЧЕСКИЙ ДЕТЕКТИВ

Читайте романы
примадонны иронического детектива
Дарьи Донцовой

Сериал «Евлампия Романова. Следствие ведет дилетант»:

1. Маникюр для покойника
2. Покер с акулой
3. Сволочь ненаглядная
4. Гадюка в сиропе
5. Обед у людоеда
6. Созвездие жадных псов
7. Канкан на поминках
8. Прогноз гадостей на завтра
9. Хождение под мухой
10. Фиговый листочек от кутюр
11. Камасутра для Микки-Мауса
12. Квазимодо на шпильках
13. Но-шпа на троих
14. Синий мопс счастья
15. Принцесса на Кириешках
16. Лампа разыскивает Алладина
17. Любовь-морковь и третий лишний
18. Безумная кепка Мономаха
19. Фигура легкого эпатажа
20. Бутик ежовых рукавиц

Сериал «Виола Тараканова. В мире преступных страстей»:

1. Черт из табакерки
2. Три мешка хитростей
3. Чудовище без красавицы
4. Урожай ядовитых ягодок
5. Чудеса в кастрюльке
6. Скелет из пробирки
7. Микстура от косоглазия
8. Филе из Золотого Петушка
9. Главбух и полцарства в придачу
10. Концерт для Колобка с оркестром
11. Фокус-покус от Василисы Ужасной
12. Любимые забавы папы Карло
13. Муха в самолете
14. Кекс в большом городе
15. Билет на ковер-вертолет
16. Монстры из хорошей семьи

Сериал «Джентльмен сыска Иван Подушкин»:

1. Букет прекрасных дам
2. Бриллиант мутной воды
3. Инстинкт Бабы-Яги
4. 13 несчастий Геракла
5. Али-Баба и сорок разбойниц
6. Надувная женщина для Казановы
7. Тушканчик в бигудях
8. Рыбка по имени Зайка
9. Две невесты на одно место
10. Сафари на черепашку
11. Яблоко Монте-Кристо
12. Пикник на острове сокровищ
13. Мачо чужой мечты

Сериал «Любительница частного сыска Даша Васильева»:

Дарья Донцова

Ромео с большой дороги

Москва

2007

ГЛАВА 1

Темнее всего перед самым рассветом, и это лучшее время для того, чтобы спуститься на цыпочках на первый этаж, не зажигая свет, открыть холодильник, вытащить оттуда бутылочку пива, пару кусков соленой рыбки и со скоростью ветра унестись в свою спальню, дабы насладиться добытым в полнейшем спокойствии.

Услышав из коридора тяжелое сопение, я глянула на будильник. Шесть утра. Понятно, сегодня воскресенье, и Александр Михайлович вынужден остаться дома — он, как и все российские граждане, имеет право на законный отдых. Только Дегтярева свободный день не слишком радует. В отличие от нормальных людей полковник не понимает, чем себя занять. Ну как проводит уик-энд подавляющая масса москвичей, обремененных семьей? Отчего-то те, кто мечтает перебраться на постоянное место жительства в столицу, полагают, что счастливые обладатели прописки в безумном мегаполисе развлекаются по субботам и воскресеньям на полную катушку: бегают по музеям, театрам, посещают концертные залы. Очень часто от тех, кто спит и видит, как бы уехать из тихого провинциального N-ска в никогда не засыпающую Москву, можно услышать подобную аргументацию своего страстного желания:

— Ну какой культурный досуг в нашем болоте?

На сто километров вокруг ни одной консерватории, а вот в Москве, там...

И далее следует загибание пальцев с перечислением мест, куда постоянно ходят столичные жители: Третьяковская галерея, Большой театр, концертные залы...

Спешу вас разочаровать: более половины москвичей и примкнувших к ним варягов никогда не бывали в вышеуказанных местах, а кое-кто о них даже не слышал. В огромном городе бешеный ритм и очень дорогая жизнь, по этим причинам подавляющее большинство населения вынуждено работать с утра до ночи, а выходные посвящать домашним хлопотам. Люди сначала отсыпаются, потом едут за продуктами, готовят обед, играют с детьми, которые, сидя по десять часов в садике или школе, успевают забыть с понедельника до субботы, как выглядят мама и папа. А еще народ смотрит телик, а в качестве апофеоза выбирается в кино.

Но у Дегтярева иная ситуация. О закупке харчей и всякой хозяйственной ерунды ему беспокоиться не надо, супруга у Александра Михайловича отсутствует, малых деток он не имеет, телевизор не любит, от вида книг сразу засыпает. Впрочем, в театре или концертном зале к толстяку тоже моментально подлетает Морфей и хватает его в свои цепкие лапы.

Никакого хобби у Дегтярева нет: он не разгадывает кроссворды, не собирает игрушечные машинки, не клеит модели, не сколачивает табуретки, не ухаживает за цветами. Единственное, что может сделать, чтобы развеяться, это съездить к своему приятелю в глухую деревню за Уральскими горами, там изумительная рыбалка. Но ведь раз в неделю в этот неблизкий рай не полетаешь, поэтому в выходной полковник впадает в задумчивость. Сначала он проводит бессонную ночь, тупо переключая каналы у плазменной панели, потом, около шести, испытывает чувство голода и крадется на кухню.

Здесь уместно отметить, что полковник, никогда не отличавшийся стройностью, стал в последнее время еще толще — его вес перевалил за сто кило, и этот факт весьма огорчает Оксану, нашего семейного доктора и мою лучшую подругу. Не далее как месяц назад она устроила Дегтяреву форменный скандал, заявив:

— Если не похудеешь, стопроцентно получишь диабет и инфаркт в придачу.

— А еще гипертонию, — вякнула Машка. — Тучная собака — больное животное, это всем известно. — Будущий ветеринар, она все меряет на свой аршин.

Александр Михайлович крякнул, открыл было рот, но тут на него налетели абсолютно все домашние.

— Давно хотела отнять у тебя бутерброды с жирной ветчиной и копченой колбасой! — воскликнула я, выдирая из пальцев полковника трехэтажный сандвич.

— А сколько ты сахара в чай насыпал! — завозмущалась Зайка, хватая здоровенную кружку Дегтярева. — Я считала: шесть ложек!

— Разве можно жрать пиво и соленую рыбу с таким весом? — кипела Оксана. — Небось холестерин все сосуды забил.

Домработница Ирка неодобрительно вздохнула и, ничего не говоря, отодвинула подальше от Дегтярева тарелку с нарезанным сыром.

— Мы сами виноваты, — тихо сказал Аркадий.

— Интересно, почему? — мгновенно налетела на мужа Зайка.

Кеша обвел глазами стол.

— Посмотрите, что тут выставлено: сливочное масло, колбаса, сыр, ветчина, белый хлеб, шоколадные конфеты, варенье, сахар... Ясное дело, Дегтярев ест то, что видит.

— Ничего плохого в перечисленных продуктах нет, — ринулась в бой Оксана, — просто нельзя их употреблять в немереном количестве.

— У Дегтярева нет стоп-сигнала, — вздохнула я. — Он за один присест шесть здоровенных бутербродов съедает. А мне, например, такой порции на год хватит.

— Вот, — закивал Кеша, — о том и речь! Сами его провоцируем, а потом ругаем. Покупаем горы вредных, жирных продуктов, а затем хотим, чтобы Александр Михайлович худел.

— Предлагаешь всем перейти на капустные листья без масла? — серьезно спросила я.

— Ну, может, не надо так радикально... — чуть испуганно кашлянул Кеша. — Но следует помочь полковнику. Если в холодильнике не будет соблазнительной ветчины, Дегтярев не сумеет по ночам жрать сандвичи.

— Я? — фальшиво изумился полковник. — Да чтобы я... по ночам... сандвичи...

— Вот и хорошо, — кивнула Оксана. — Если не ел, то и не станешь страдать от отсутствия в доме изысков гастрономии.

— Переходим на здоровое питание! — заорала Маня. — Шоколадным конфетам — война!

— Масло — наш враг, — радостно подхватила вечно худеющая Зайка.

— А кефир — лучший друг, — закивала Оксана. — Думаю, всем пора подумать о здоровье. Ну, кто за?

Поднялся лес рук. Дегтярев, не пожелавший участвовать в голосовании, надулся, а потом спросил:

— В свете принятого решения имеется небольшое уточнение.

— Говори, — милостиво разрешила Зайка.

— Мы теперь ведем здоровый образ жизни? — ехидно осведомился Александр Михайлович.

— Верно, — кивнула Ольга. — Давно, кстати говоря, пора.

— Ладно... — протянул толстяк. — А Дарья? Она участвует в акции?

— Конечно! — хором ответили домашние.

— Между прочим, вешу сорок шесть килограммов, — быстро напомнила я, — и совершенно спокойно могу позволить себе шоколадку или пирожное.

— Недостаток веса еще не свидетельство хорошего здоровья, — мигом «утопила» меня Оксанка. — Вам всем необходимо пройти обследование, сдать анализ крови, ну и прочее.

— Я о курении, — зашипел, словно разбуженная зимой змея, Дегтярев. — Если мне нельзя вкусно есть, то можно ли ей дымить?

Я онемела. Вот уж не ожидала от полковника подобной подлости!

Домашние повернулись ко мне.

— Мать, сдай раковые палочки! — немедленно заявил Кеша.

— Действительно, безобразие, — подхватила Зайка. — Хоть представляешь, что тебя ждет впереди?

— Опухоль в легких, отрезанные ноги, старческое слабоумие, — мигом перечислила Маня.

— О нас подумай! — с радостью завозмущался полковник. — Сизый дым по всему дому...

— Неправда! — возмутилась я. — Курю лишь в саду или на балконе.

— Ага! — воскликнул страшно довольный Дегтярев. — Призналась! Балуешься табачком потихоньку! А кто в среду лгал? Кто говорил: «Я не прикасаюсь к сигаретам, а запах дыма с улицы натянуло, от соседей»? Значит, так, либо мы все ведем здоровый образ жизни, либо я ем ветчину.

— Ира, — каменным голосом приказал Кеша, — поднимись в комнату матери и уничтожь все запасы курева. Надеюсь, ты в курсе, где она заныкала отраву?

— Йес, — кивнула домработница. — Одна пачка в кресле, под подушкой, другая за картиной, на которой нарисован Хуч, третья под ковром, в углу, у стены.

— Действуй, — кивнул Кеша.

Я заморгала. Ну ничего себе! Всегда считала Ирку патологической лентяйкой, которой трудно отодвинуть занавески и протереть подоконник, а она, оказывается, даже под ковер заглядывает. Почему тогда не выгребает оттуда пыль?

Но я отвлеклась. Так вот сейчас, услышав сопение в коридоре, я сообразила, что Дегтярев снова крадется ни свет ни заря на кухню. Сопение стало громче, потом послышался глухой удар. Очевидно, полковник, стараясь незаметно добраться до лестницы, налетел в темноте на консоль. Давно заметила странную закономерность: ищешь днем по всем помещениям доску для скейта, шаришь по углам, но она сквозь землю провалилась. А решишь ночью спуститься во двор покурить, подкрадешься на цыпочках к черному выходу, не зажигая света... Трах-тарарах! Вот она, не найденная днем доска, лежит прямо на дороге.

— Понаставили капканов, — свистящим шепотом пробормотал в коридоре Дегтярев, — человеку не пройти! Накупили дурацкой мебели на трясущихся ножках!

Заскрипели ступеньки, полковнику удалось найти лестницу, и теперь его сто кило преодолевали последнюю преграду на пути к калорийным бутербродам.

Я схватила халат. Ну, Дегтярев, погоди! Как аукнется, так и откликнется, кто к нам с мечом придет, тот от него и погибнет. Решил отнять у меня сигареты? Сделал мою жизнь дома почти невыносимой? Так я тебе сейчас не позволю открыть охоту на холодильник. Причем действовать стану с циничной жестокостью: подожду, пока Александр Михайлович, преодолев все «капканы», доберется до конечной точки путешествия, откроет дверцу холодильника, обозрит полки, протянет руку к упаковке с сыром, и тут...

Снизу понесся звон, я вскочила с кровати. Пора! Полковник уже в кухне, сейчас толстяк уронил на пол чашку. Надеюсь, он разбил не мой любимый фарфоровый бокал, украшенный изображениями тучных мопсов в красных шапочках?

Со скоростью борзой я бросилась по лестнице вниз. В отличие от неповоротливого Дегтярева хорошо знаю, где у нас что стоит, и всякие там комоды, подставки для цветов и напольные вазы мне не помеха. Ощущая себя быстроногой ланью, я долетела до столовой и... чуть не упала, запнувшись о нечто большое, перекрывавшее вход в комнату.

Я наклонилась и ощупала препятствие. Банди! Питбулю стало жарко, и он решил слегка остудиться, развалившись на паркете. Интересно, каким образом Дегтярев ухитрился не упасть, натолкнувшись на пса? Или пит приплелся сюда пару секунд назад? Но раздумывать на интересную тему было некогда, из кухни послышался тихий скрип, шорох, чавканье.

На пальцах, словно балерина, я долетела до выключателя и, с размаху ткнув в него, воскликнула:

— Кто это у нас напал на холодильник?

Резко вспыхнувший яркий свет озарил полковника, одетого в уютный голубой велюровый халат.

— Мама! — завизжал Дегтярев и шлепнулся на табуретку. — Это кто?

Я с презрением глянула на толстяка.

— Неужели не узнал? Давай познакомимся. Дарья Васильева. Можно просто Даша.

Александр Михайлович шумно выдохнул.

— Фу! Слава богу, а я уж было подумал, что инопланетные черви из твоей спальни расползаются по Ложкину.

Я прикусила нижнюю губу. Ах он еще и издевается!

Неделю тому назад я, окончательно изведясь от скуки, поехала в город, в книжный магазин. Хотела купить новых детективов, но на полках стояли лишь старые издания. Увы, мои любимые писательницы Маринина, Устинова и Смолякова решили устроить себе отпуск. В самом отвратительном настроении я порулила на «Горбушку» в поисках дисков с сериалами, но и там меня поджидала неудача — никаких «криминальных новинок», на прилавках лежали фильмы, которые я уже успела купить и посмотреть по пять раз.

— Возьмите «Секретные материалы», — предложил один из продавцов.

— Это фантастика, — грустно отказалась я.

— Очень похоже на правду, — начал уговаривать парень. — Страшно, аж жуть, кругом трупы, расследования...

Я вздохнула и приобрела несколько дисков. Вечером всунула один в проигрыватель, потушила в спальне свет, щелкнула пультом, зевнула, посмотрела то ли две, то ли три серии и... неожиданно заснула.

Пробуждение оказалось ужасным. Сначала ожил слух, и до ушей долетел странный, ноюще-свистящий звук, потом мои глаза распахнулись. Не дай бог вам увидеть спросонья то, что узрела я. Из абсолютной темноты, в метре от моего лица покачивался на хвосте гигантский червь с горящими глазами. Это он издавал вой. Я оцепенела от ужаса. В ту же секунду мерзкий «гость» разинул пасть, неожиданно утыканную острыми, загнутыми внутрь зубами, вывалил длинный, лентообразный язык, начал приближаться к моей кровати. Паралич прошел, голосовые связки ожили.

— Помогите! — заорала я. — Убивают! Инопланетные черви-людоеды! Спасите! НЛО!

Первым в спальню, сжимая в руках табельное оружие, влетел полковник. Если вдуматься в ситуацию, то Дегтярев поступил более чем глупо. Ну разве можно победить инопланетян при помощи примитивной пули? И потом, Александр Михайлович был облачен во фланелевую пижамку, украшенную изображениями кота Гарфельда, подарок Машки на Новый год. Полковник выглядел в ней так забавно, что никакой револьвер не потребуется, зеленые человечки умрут со смеха, бросив беглый взгляд на нашего борца с преступностью.

— Что случилось? — загремел полковник. — Всем стоять! Стреляю без предупреждения!

— Там, там, там... — тыкала я пальцем в покачивающегося червя. — Вон он! Ужас!

Толстяк замер, потом хмуро сказал:

— Это телевизор, ты заснула, не выключив его.

Ну-ка, от какого фильма коробка на тумбочке лежит? «Секретные материалы». Понятненько!

Отругав меня, Дегтярев ушел, но с тех пор не упускает момента, чтобы не напомнить о дурацком происшествии.

— Нет, это не инопланетный червь! — рявкнула я. — Что у тебя в руках?

— Сам не знаю, — вздохнул Дегтярев. — Какая-то жуть. Вроде холодная манная каша, но ее почему-то завернули в бумагу. Отвратительная пакость, откусил крошку и тут же выплюнул. Фу!

Я понюхала белый ноздреватый кусок.

— Это тофу.

— Кто? — вытаращил глаза полковник.

— Соевый сыр, — пояснила я, — говорят, страшно полезная вещь.

Дегтярев принялся сосредоточенно чесать переносицу.

— Слушай, а в той кастрюле что?

Я подняла крышку.

— Геркулесовая каша.

— Да? Ты уверена?

— Абсолютно.

— Почему она сизая?

— Ее сварили на обезжиренном молоке.

— Фу, смотрится мерзко, — констатировал полковник. — А на сковородке что?

Я обозрела куски странной, бесформенной субстанции.

— Хм... нечто в панировке.

— Ну а что именно?

— Понятия не имею.

— А ты попробуй, сжуй кусочек.

— Я?

— Конечно.

— Не привыкла завтракать в несусветную рань.

— Но должны же мы узнать, из кого получились комки! — азартно воскликнул полковник.

— Хочешь узнать, сам и кусай.

— Я не очень разбираюсь в тонкостях кулинарии, — закатил глаза Дегтярев, — могу идентифицировать объект неправильно.

— А я не хочу на него даже глядеть.

Александр Михайлович насупился.

— И кефир какой-то водянистый.

— Однопроцентный, — пожала я плечами.

— В сахарнице несладкий сахар, — голосом обиженного детсадовца протянул толстяк.

— Насколько знаю, Зайка купила фруктозу.

— Соль несоленая.

— Она морская, — закивала я, — очень полезная.

— Почему здоровое питание так отвратительно? — взвыл Дегтярев.

Я хихикнула:

— Вопрос не ко мне!

И тут зазвонил домофон.

— Семь утра, — протянул толстяк, — иди открой дверь.

— Кто из нас мужчина? — рассердилась я.

— На мне халат.

— А я в пижаме.

— Но это явно твои гости, — не сдал позиций приятель.

— Отчего сделал такой идиотский вывод? — уперлась я.

— Я не имею друзей, способных припереться в выходной день без предварительной договоренности, да еще ни свет ни заря! — рявкнул полковник. — Вон как трезвонит, сейчас Зайка вскочит!

— Пошли вместе, — предложила я.

— В этом доме никто ничего без меня сделать не может, — горько констатировал Александр Михайлович и пошлепал в прихожую.

ГЛАВА 2

— Немедленно прекратите терроризировать звонок, — загудел полковник и распахнул дверь.

На пороге стоял мужчина лет тридцати, невысокий, полный и, несмотря на молодой возраст, лысый, словно мексиканская собачка.

Узрев Дегтярева, он вытянул вперед пухлые ручонки и с отчаянием воскликнул:

— Папа!!!

Александр Михайлович быстро юркнул за мою спину.

— Простите, вы к кому? — поинтересовалась я.

Незнакомец вытащил из кармана клетчатый носовой платок, трубно высморкался и жалобно сказал:

— К папе.

— Вы ошиблись, — улыбнулась я.

— Нет, мне сюда, — замотал головой нежданный гость и подхватил с пола большую спортивную сумку. — Я запрашивал паспортный стол: Дегтярев Александр Михайлович прописан в Ложкине. Ранее имел квартиру в Москве, но переехал. Полковник. Все сходится. Но тогда он был лейтенант.

— Когда? — высунулся из-за моей спины Дегтярев.

— Папа! — снова взвыл визитер. — Я хочу тебя обнять!

Александр Михайлович вжал голову в плечи и сайгаком кинулся внутрь особняка. Гость шмыгнул носом, потом грустно сказал:

— Похоже, он не желает меня даже видеть. Между прочим, я провел сутки в дороге: сначала ехал на машине, потом на поезде, затем летел на самолете. Ладно, прощайте!

— Подождите, — попыталась улыбнуться я, — тут какое-то недоразумение.

— Вовсе нет, — скривился лысый пузан, — я давно знаю имя своего отца, просто не хотел тревожить папу. Но годы летят, вот и подумал: вдруг ему нужна моя помощь?

— Входите, — велела я, — сейчас разберемся. Только не шумите, домашние спят. Я — Даша.

— Ой, — робко вскинулся незнакомец, — вы супруга папы?

Я шарахнулась в сторону.

— Нет. Никогда не была женой полковника, простите, если разочаровала. Вы лучше представьтесь.

— Тёма, — тихо сказал гость, — вернее...

Договорить он не успел, потому что снова ожил дверной звонок. Забыв посмотреть на экран домофона, я распахнула створку и увидела свою подругу Таню Борейко. Но в каком виде!

На Татьяне криво сидело ярко-красное шелковое платье, один рукав был разорван, второй покрыт пятнами, а из декольте почти вываливался слишком пышный бюст (не так давно Танюшка решила приукрасить себя и обзавелась роскошной силиконовой грудью пятого размера). Подол шикарного наряда был измазан грязью. Май в нынешнем году выдался прохладным и мокрым, Таня, шагая от калитки, основательно испортила дорогой прикид. Волосы Борейко торчали в разные стороны, макияж превратился в черно-красно-бежевые потеки, колготки «радовали» глаз дырками и стрелками, а одна нога оказалась без обуви.

— Привет! — Таня икнула. — Вот, к тебе приехала.

— Зачем? — весьма невежливо осведомилась я.

— У меня б-б-беда, — прозаикалась Танюша, — д-д-домой никак... ик... ик... ик...

Тёма, вытаращив круглые глаза, глядел на Борейко, а та, продолжая издавать странные звуки, выудила из крошечной сумки трясущийся мобильник и, приложив его к уху, проворковала:

— С-с-слушаю! Д-да, я. Че? Не! Че? Не. Че? Да. Я? Не! Совсем! Я? Че? Ну ты, блин, даешь! Я у Дашки. К-какой? Ясный перец, у Васильевой! Мы ж вместе на тусо... ик... ик... Ща, она те сама скажет! На!

Не успела я моргнуть глазом, как Татьяна всунула мне крошечный, похожий на полусгрызенный леденец мобильный и, распространяя сильный запах алкоголя, прошептала:

— Выручай! С-с-скажи моему, что я тут ночевала, ик... ик!

И как бы вы поступили в подобном случае? Я прижала отвратительно выглядящий аппаратик к уху.

— Слушаю.

— Дашута, ты? — загремел в ухо голос Сергея, мужа Тани. — Моя где?

— У нас, в Ложкине, — ответила я.

— Давно? — слегка сбавил тон супруг.

— Извини, не посмотрела вчера на часы, когда ей дверь открывала, — принялась я врать.

— Вы вместе на тусовку ходили?

— Да, — лихо солгала я.

— И куда? — продолжил допрос Серега.

— Послушай, — старательно изобразила я возмущение, — время раннее, сегодня выходной, весь дом спит, а ты трезвонишь!

— Ну прости, — начал извиняться Серега. — Я в Америке, по делам бизнеса. Не сообразил про большую разницу во времени, здесь вечер. Ты ж знаешь Таньку! Вот я и беспокоюсь. Но раз она у вас, то полный порядок.

Я захлопнула крышку и протянула сотовый покачивающейся Тане.

— Держи.

— С-с-спасибо, — просвистела та, сделала шаг вперед, запнулась о сумку Тёмы, взвизгнула и начала падать.

Мы с мужчиной бросились на помощь к терпящей бедствие Борейко, но не успели. Продолжая верещать, словно заклинившая автосигнализация, Танюха рухнула на пол, обвалив вешалку и зонтичницу.

— Ну что за безобразие! — раздался из коридора возмущенный голос Зайки, и через секунду ее хрупкая фигурка, замотанная в розовый пеньюар, показалась в прихожей. — Это кто? — сердито осведомилась Ольга. — Какого черта они тут?

— Здорово, Ольгунчик! — проорала Танюша, сбрасывая с себя разнокалиберные зонтики. — Беда у меня! Ой, бедища! Вот, пришла у Дашки помощи просить, она одна способна человека спасти.

— Ясно, — кивнула Зайка. — А это твой... э... обоже? Сергей опять в Нью-Йорк улетел?

— Обижаешь! — воскликнула Борейко. — Зачем мне такой урод? Ты на его пальто глянь! Где только отрыл такое?

— В магазине купил, — робко ответил Тёма. — А что, плохо смотрится?

— Офигительно! — резюмировала Танюха и стукнулась головой о галошницу.

— Если он не с ней, — попыталась добраться до сути Ольга, — то зачем пришел? Причем в такую рань. Милейший, вы сантехник? У нас снова воздушный фильтр сорвало?

— Нет, — вздрогнула я, с ужасом вспомнив недавнюю аварию, когда залило водой весь первый этаж, — это всего лишь Тёма, сын Дегтярева.

Зайка села на галошницу.

— Кто? — растерянно спросила она.

— Эй, поосторожней! — завозмущалась Танька. — Ты мне чуть не на башку плюхнулась, разява!

— Чей сын? — недоумевала Ольга, разглядывая красного, вспотевшего от смущения Тёму.

— Говорит, что полковника, — вздохнула я. — Знаешь, Зая, ты отведи парня в столовую, дай ему кофе и выясни ситуацию, а я пока займусь Танюшкой.

— Ладно, — обалдело согласилась Ольга. — Артем, следуйте за мной.

— Я Тимофей, — поправил «сынок».

— Но ведь представились Тёмой, — напомнила я.

— В паспорте стоит Тимофей Николаевич Ведро, — с достоинством объяснил гость, — но для своих я Тёма.

— Ведро... ведро... Где ведро? — спросила Зайка. — Не вижу никакого ведра. Зачем оно вам? Уж не возите ли в нем вещи?

— Вéдро — это я, — без тени улыбки пояснил Тёма. — Ударение на первом слоге — Вéдро, фамилия такая. Неужели никогда не слышали?

— Нет, — решительно ответила Зайка, — с ведром до сих пор не знакомилась, у нас на канале, правда, есть оператор Тачка.

— Ха-ха-ха, — четко произнес Тёма, — вы меня разыгрываете. Таких странных фамилий не случается.

Таня наконец встала на ноги.

госпожа Борейко, покраснев от злости, преспокойно утопит любого, кто встанет на ее пути к вожделенной цели. Отчего я поддерживаю отношения с Танюшей, хорошо зная такой ее характер? Трудный вопрос. Ну, во-первых, не сразу разобралась в Борейко, долгое время считала ее, образно говоря, незабудкой, во-вторых, лично мне она ничего плохого не сделала, а в-третьих, не так-то легко порвать с человеком, которого знаешь много лет. Кроме того, я испытываю к Танюшке уважение. Поясню. Многие женщины мечтают стать супругой богатого Буратино, но не делают никаких шагов навстречу своему счастью. Просто стонут:

— Ах, где бы встретить свою судьбу?

А вот Борейко — человек действия. Я очень хорошо помню, как она начинала охоту на мешок с золотыми дублонами. Танюшка пришла однажды ко мне и впрямую спросила:

— Подскажи, где можно оторвать богача?

— В ресторанах, саунах, на тусовках, концертах, всяких презентациях, в районе Рублевского шоссе, — стала я перечислять заповедники.

Таня скривилась:

— В сауну мне с мужиками не попасть, разве что в качестве проститутки, но это не тот путь. На тусовках и во время всяких сборищ полно баб, там у парней глазенки разбегаются. Рублевка вообще дохлый номер — заборы до луны, охраны полно. Нет, нужно иное место. Такое, чтобы у моего будущего мужа имелось свободное время для приятной беседы с умной красавицей. Я имею в виду себя. И где оно?

Я пожала плечами.

— Не скумекала? — прищурилась Борейко.

— Нет, — честно призналась я.

— В самолете, — торжественно объявила Таню-

ха. — Рейс Москва — Нью-Йорк, бизнес-класс, куча
времени, которое пропадает зря, от тоски сдохнуть
можно. А тут выхожу я, вся шикарная, и начинаю заботиться о мужике. Решено, иду в стюардессы.

Ради осуществления поставленной задачи Таня
сменила профессию и налетала кучу часов. Мне уже
порой казалось, что она никогда не добьется успеха.
В принципе, расчет ее оправдался: романы в небе за-
вязывались легко. Но столь же быстро они заверша-
лись на земле. Другая на месте Борейко, плюнув на
мечту и забыв про жар-птицу в небе, схватила бы
простую синицу. Но Танюшиному упрямству могли
бы позавидовать все ишаки Средней Азии. И в конце
концов добрый боженька сжалился над упертой кра-
соткой — не так давно свел ее с Сергеем Боровиковым, бизнесменом из столицы. Наконец-то Борейко
получила богатого супруга. Но Сергей оказался человеком сурового характера, он строго-настрого запре-
щал супруге одной выезжать на вечеринки.

— Никакой нужды тебе нет шастать по Москве, — твердо заявил Боровиков. — Парикмахер сам
прикатит, и портниха придет. Захочешь чего в дом
купить, звякни в бутик, примчатся с каталогом.
Спортом тоже можно заниматься, не выезжая, зря я
что ли, бассейн и тренажерный зал в коттедже обору-
довал? В общем, так: в гости подружек звать не надо
и в город, на тусовки, не шляйся!

Таня приуныла и попыталась найти себе хоть какое-то развлечение. Купила компьютер и принялась
лазить по чатам, но супруг, великолепно ориентиро-
вавшийся во всемирной паутине, мигом прикрыл за-
баву, сурово заявив:

— Знаю я эти примочки! Сначала просто ля-ля, а
затем трах в реале. Вот тебе «Сони плайстейшен», можешь играть до умопомрачения.

Вот такой муженек достался Танюшке. И за последние полгода он стал совсем невыносим.

Единственной отдушиной в жизни Тани стали поездки мужа в Америку. Едва Сергей взмывает в воздух, жена моментально устремляется на вечеринку и пляшет там до потери пульса. К слову сказать, Танюша вовсе не хочет изменять мужу, она не дура, не желает потерять обретенное с таким трудом богатство. Борейко просто скучно, накопленная энергия ищет выход. Сергею следовало бы понять: ничем дурным супруга заниматься не собирается, ей просто необходимо «прогулять» на народе новые драгоценности, похвастаться очередной сумочкой от известного дизайнера или платьишком от кутюр. Вполне невинные женские шалости! Но Сергея душит ревность. Оказавшись в Штатах, он принимается трезвонить жене с одним вопросом:

— Ты где?

— Дома, — быстро врет Танечка.

А муж напряженно прижимает трубку к уху, пытаясь услышать посторонние звуки и понять: лжет супруга или правда сидит на диване в гостиной площадью с гектар.

На этом свете есть лишь одна подруга, с которой Тане разрешается куда-нибудь прошвырнуться. Это я. Уж не знаю, чем заслужила доверие Боровикова, но он сам говорит жене:

— Скатайся в Ложкино, или сбегайте с Дашей по магазинам.

Одна беда, я терпеть не могу тусовки, а поход по бутикам вызывает у меня прямо-таки золотуху. Иногда, правда, я уступаю просьбам Танюхи и тащусь за ней по коридорам ЦУМа, Петровского пассажа или Крокус-сити. И походы эти сопровождаются регулярными звонками Сергея, на которые я неизменно отвечаю:

— Да, мы вместе, сейчас сядем пить кофе.

ГЛАВА 3

Сегодня утром Боровиков улетел в Нью-Йорк, и ажиотированная от предстоящего глотка свободы Танюша живо отпустила всех слуг на выходной. Кстати, прислуга обожает хозяйку и покрывает ее изо всех сил. И шофер, и экономка, и горничная на все вопросы Сергея тупо, почти в традициях позапрошлого века отвечают:

— Татьяна Васильевна сидели-с дома! Никуда не ходили-с! Вышивали-с крестиком подушку!

В качестве доказательства могут еще и продемонстрировать думку в гобеленовой наволочке. А вообще-то горничная Ленка — страстная рукодельница, вот она и обеспечивает хозяйке алиби. Глянет Сергей перед отлетом на пяльцы, там одна кошачья головка вышита, а вернется из Штатов — ба, целая киска крестиком вымудрена. И муж доволен: ай да женушка у него, просто Василиса Прекрасная!

Одним словом, прислуга стоит за Танюшку горой. Один раз Борейко чуть не попалась — слегка ошиблась, высчитывая день возвращения супруга. Сергей сказал, что прибудет в Москву в ноль часов двадцать минут третьего числа. То есть его самолет прилетал фактически в полночь, со второго на третье. А Танечка перепутала, ждала супруга на сутки позже, и за пару часов до его прибытия отправилась в клуб. Хорошо хоть прикатила назад в час ночи. Не успела она доползти до своей спальни, как раздался звонок.

— Котеночек, — проворковал Сергей, — я уже в VIP-зоне, скоро принесут багаж, и рвану домой.

Танюшка похолодела. Мало того, что она основательно выпила на тусовке, так еще испачкала платье, туфли, израсходовала весь бензин в машине, намотала километры на спидометре... У бедняжки началась истерика. Но прислуга мигом взялась за дело, и, когда муж вошел в дом, его встретила идиллическая картина: любимая женщина в уютном халате, без макияжа, с волосами, стянутыми в хвостик, сидела у телика с вышиванием в руках.

— Чем у нас пахнет? — насторожился Сергей, целуя женушку.

— Я тут заболела, — грустно ответила Танюша и фальшиво раскашлялась, — бронхит, а может, даже грипп. Пришлось воспользоваться советами народной медицины, есть чеснок чуть ли не головками. Уж извини, небось запах ужасный.

Боровиков заулыбался. Он сразу сообразил, что дама, налопавшись чеснока, не способна отправиться на тусовки. Но, будучи более чем подозрительным человеком, он пошел в гараж и осмотрел машину своей второй половины. Джип был покрыт ровным слоем пыли, а километраж оказался таким же, как перед отъездом мужа в Нью-Йорк. Думаю, можно было бы не упоминать и о том, что вся одежда шалуньи, совершенно чистая и сухая, находилась в гардеробной на своих местах.

Танюшка, хихикая, рассказала мне об этом конфузе. Я пришла в изумление. Ладно, шмотки быстро выстирали и высушили, почистить обувь труда не составило, скрутить спидометр тоже легко, но как водитель ухитрился запылить джип? Хорошо, он ловко вымыл машину, а потом-то что? Не иначе у парня предусмотрительно припрятан в гараже контейнер с каким-нибудь серым порошком, и в нужный момент он насыпает его в распылитель. И еще одно мне непонятно. Почему прислуга обожает Таню, способную орать и швырять об пол тарелки? По какой причине стоит за нее горой? Отчего совместными усилиями водит за нос спокойного, вежливого Сергея, никогда не задерживающего выплату немаленькой зарплаты? Нет ответа на поставленные вопросы, есть просто факт: Танюшка ловко выскакивает из воды, не замочив даже ноги.

Но сегодня она, похоже, влипла в какую-то особенно неприятную историю.

У Боровикова имеется замечательная привычка. Каждый раз накануне отъезда в длительную командировку Сергей отправляется в магазин и покупает жене подарок. Чаще всего это драгоценности. Сжимая в руках бархатную коробочку, бизнесмен подходит к супруге и восклицает:

— Милая, не скучай без меня!

Танюша, великолепная актриса, начинает шмыгать носом, пускает слезу и стонет:

— Я тебя совсем не вижу, мне грустно, одиноко...

Сергей обнимает «страдалицу» и протягивает презент.

— Вот тут тебе небольшой сувенирчик, — щебечет мужчина, — маленький пластырь на большую рану нашей разлуки.

Танюшка взвизгивает и принимается мерить очередное украшение — колье, ожерелье, браслет или сережки.

Но вчера, перед отъездом в аэропорт, Сергей нарушил традицию: на сей раз он приволок женушке манто, причем такое шикарное, что у Тани в зобу дыхание сперло. Она до сих пор не встречала подобной шубы, а у нее их штук десять в гардеробе имеется — естественно, норка, а еще каракульча, рысь, бобер, леопард, лиса, горностай... В общем, сейчас Сергей удивил женушку до остолбенения.

Новое манто было из шиншиллы. Отчего шкурка этого грызуна, серо-голубая и, на мой взгляд, сильно похожая на самого обычного кролика, стоит бешеных денег, мне неведомо. И почему шиншилла считается самым изысканным зверем для модниц? Даже соболь, баргузинский, страшно редкий, и тот идет дешевле.

Так вот. Боровиков приобрел манто из неоправданно дорогой родственницы домовой крысы. Но какое! Шубка была связана из узких полос розового меха! Да-да, шкурки шиншиллы имели цвет взбесившейся Барби! Вместо пуговиц на шубейке торчали крупные брюлики, а поясом служила золотая цепь, на которую пошло, думаю, не меньше килограмма благородного металла. По самым скромным подсчетам, манто стоило столько, сколько приличный домик в Подмосковье.

Увидав обновку, Танюшка обомлела, а потом бросилась супругу на шею.

— Понравилось? — улыбнулся Сергей. — Ну, будь умницей, вернусь — «прогуляем» прикид в нашей деревне.

Пообещав жене увлекательную прогулку по дорожкам поселка, муж улетел в Америку, а Танечка осталась дома. Ясное дело, она долго не просидела в гостиной, собралась в мгновение ока и рванула на день рождения к Марине Волковой. Борейко чувствовала себя совершенно в безопасности: Сергей сидит в самолете, мобильный в полете включать не положено, следовательно, супруга имеет свободную ночь и может плясать до упаду, пить любимый коктейль «Звезда России» и сверкать брюликами. Но главное, Танюша решила продемонстрировать свое уникальное манто. То, что на дворе стоит май, совершенно ее не смутило. Кое-кто из светского общества и в августе приходит на тусовку, замотавшись песцами — в конце концов, вечерние платья сильно декольтированы, а дресс-код позволяет мех в любое время года, главное, чтобы он не был синтетическим. Как ни свирепствуют «зеленые», модные дамы не собираются набрасывать на плечи норку, сделанную из отходов нефтяного производства.

Танюша повеселилась от души: настроение именниннице Маринке Волковой она своей обновкой испортила по полной программе. Борейко выбрала самый правильный момент для появления на чужом празднике — явилась с двухчасовым опозданием, встала на пороге с роскошным букетом в руках и крикнула:

— Марина, извини, такие пробки!

Волкова обернулась, увидела шубу, покраснела, онемела, а потом, забыв о тусовочных правилах, предписывающих никогда не показывать, как тебя удивила одежда другого человека, нервно воскликнула:

— Из кого пальтишко?

— Ерунда, — махнула рукой Танюша, — розовая шиншилла.

— Такой не бывает, — дрожащим голосом возразила Волкова.

— Их всего двадцать штук в мире, — улыбнулась Борейко, — восемнадцать мне на шубенку пошли, две на развод оставили.

У Волковой больше не нашлось слов. Женская половина приглашенных ринулась щупать манто, Танюшка ощутила себя тотально счастливой и принялась за любимый коктейль. Для тех, кто не в курсе, поясню: «Звезда России» — убойное пойло, в его состав входят совершенно несочетаемые, на мой взгляд, составляющие: коньяк, шампанское, водка, ликер, сливки и несколько оливок.

Танюша не помнит, сколько бокалов она выкушала. Очнулась в своей машине, в грязном платье, без одной туфли.

— Да уж, — вздохнула я, — оттянулась...

Танечка упала на мою кровать.

— Дашка, помоги! Сергей меня убьет!

— Но муж уже успокоился, — улыбнулась я, — позвонил, убедился, что ты у нас.

— Нет-нет! Он же вернется, — запричитала Танюша.

— Конечно, — кивнула я. — Отчего ты впала в истерику? Боишься, супруг заметит пропажу обуви? Эка ерунда, поезжай, купи себе новую пару. И потом, я сильно сомневаюсь, что Боровиков помнит все твои туфли да ботинки. Сколько их у тебя?

— Не знаю, — всхлипнула Танечка. — Пар сто пятьдесят или, может, двести.

— Выброси оставшуюся «лодочку» и спи спокойно.

— Ты дура! — возмутилась Танюша. — А шуба! Она пропала!

Я села в кресло.

— Ты потеряла манто? С ума сойти! Где? Когда? Борейко развела руками.

— Не помню.

— Попробуй сосредоточиться.

Танюша попыталась и наморщила в раздумьях лоб.

— Нет, не могу!

— Сделай усилие.

— Не получается.

— Давай вместе. Просто отвечай на мои вопросы, — велела я. — Ты вошла в зал... Так?

— Ага.

— Поболтала с Маринкой.

— Верно.

— Начала пить коктейли.

— Точно.

— Дальше что?

Танюша уставилась в окно.

— Ну... стали подходить бабы, про шубу спрашивали.

— Кто?

— Лара Ведерникова, Настя Лапкина, Карина Коралли, — медленно загибала пальцы Таня, — Лариска мне коктейль принесла, Настька попросила манто померить...

— Ты дала?

— Конечно, — кивнула Таня.

— Она его вернула?

— Ага.

— Точно?

— Стопудово! — снова кивнула Танечка. — Потому что потом Коралли его натянула и покружилась перед нами.

— Хорошо. А Карина шубу сняла?

Танюша затеребила выбившуюся из прически прядь.

— Э... э... не помню.

— Сконцентрируйся! — приказала я. — Вот Кара вертится перед тобой в манто и...

— Она сказала: «Какое легкое, прямо невесомое». Я схватила еще один бокальчик и... и... и...

— И?

— Карина сняла шубу, — медленно протянула Танюша, — и... и... Вспомнила!

— Ну вот видишь, — обрадовалась я.

— Кто-то сзади воскликнул: «Ой, ну и шубка! У меня такой никогда не будет», — затараторила Танюша. — А я ответила: «Хочешь, забирай ее себе, дарю».

— Ты с ума сошла!

— Пьяная была.

— Это не оправдывает идиотства! — возмутилась я. — И что случилось дальше?

— Она схватила манто.

— Кто?

— Ну... женщина.

— Как ее зовут?

— Понятия не имею, — всхлипнула Танюша. — Я к ней спиной стояла, лица не видела. Вот сволочь! Воспользовалась тем, что я выпила, и увела шубку. Сергей меня убьет! Как объяснить ее исчезновение? Все пропало!

Огромные слезы покатились по щекам Танюшки, из груди подруги вырвались рыдания, растрепанная голова рухнула в мои подушки.

— Прекрати, — поморщилась я.

Танюша высморкалась в край наволочки и заломила руки.

— Дашута, помоги!

— Каким образом?

— Найди шубу, немедленно!

— Боюсь, не справлюсь с такой задачей, — быстро ответила я.

— Все знают, что ты детектив, — вцепилась в меня Борейко.

— Это сильно сказано.

— Кто выручил из беды Макса Полянского?[1]

---

[1] См. книгу Дарьи Донцовой «Жена моего мужа», издательство «Эксмо».

— Я.

— Кто нашел убийцу Роди Кутепова?[1]

— Я.

— А кто разрулил ситуацию с Милой Звонаре-вой?[2]

— Я.

— Вот ты какая! — с невероятной обидой прого-ворила Танюша. — Всем помогаешь, кроме меня. Разве красиво? Представляешь, где я окажусь, если манто не найдется? Мне придется переехать жить в Ложкино.

— Почему? — откровенно испугалась я.

— Да потому, что Сергей меня на улицу выго-нит, — зарыдала Танечка и опять стала вытирать ли-цо подушкой. — Он такой ревнивый!

Я оглядела окончательно испорченную наволоч-ку. Действительно, ужас. Боровиков моментально за-подозрит женушку в измене. Можно, конечно, попы-таться купировать ситуацию, наврать Сергею, что мы ходили на вечеринку вдвоем, Танюшка сдала шубей-ку в гардероб, а та исчезла с вешалки. В принципе, подобное возможно. Но, к сожалению, манто непри-лично дорогое. Потеряй Таня серьгу или кольцо, муж бы спокойно пережил случившееся. Почему? Ладно, открою вам страшную тайну: абсолютное большинст-во светских персонажей носит фальшивки. Настоя-щие раритетные драгоценности лежат в банковских сейфах, их вынимают из железных шкафов раз или два в год, по особым случаям, а на затрапезные вече-ринки вешают на шею и надевают в уши имитацию.

---

[1] См. книгу Дарьи Донцовой «Полет над гнездом Индюш-ки», издательство «Эксмо».

[2] См. книгу Дарьи Донцовой «Стилист для снежного чело-века», издательство «Эксмо».

Кстати говоря, подлинные колье и подвески застрахованы. Даже если у вас сопрут браслет, соответствующая компания оплатит его стоимость. Конечно, жаль лишиться колечка или броши, но горечь утраты подсластит компенсация.

— Шуба застрахована? — повернулась я к Танюше.

— Нет, — всхлипнула та. — Серега собирался вызвать агента, вернувшись из Америки.

— Плохо дело, — нахмурилась я. — Предположим, совру, что была с тобой, а манто испарилось с вешалки. Так Сергей устроит следствие, и живо выяснится правда: госпожа Борейко прибыла на тусовку в гордом одиночестве и рассекала по залу в своей розовой шиншилле, вливая в себя безостановочно коктейли.

Таня судорожно зарыдала, я уставилась в окно. Боровиков выставит женушку вон, и куда прилетит райская птичка? Можно не ходить к гадалке, чтобы получить ответ на поставленный вопрос: Танюша переберется к нам, и все домашние начнут высказывать Дашутке свое «фи». Почему претензии предъявят мне? Так ведь Борейко чья подруга? К тому же Ольга терпеть не может Татьяну, считает ее непроходимой дурой. А Аркадия просто перекашивает при виде нашей «колибри». Выгнать Таню я не сумею... Да и куда ей идти? Возвращаться в десятиметровую комнату в коммуналке?

— Послушай, — потрясла я дурочку за плечо, — ты купила себе новую квартиру?

— Нет, — простонала Таня.

— Имеешь в собственности лишь ту, прежнюю, коммунальную нору?

— Ага.

— Но почему ты не позаботилась о запасном

аэродроме? Отчего не приобрела хотя бы симпатичную «двушку»?

Таня распахнула глаза, моргнула раз, другой, третий, потом схватилась за сердце и совершенно трезвым голосом осведомилась:

— Считаешь, все? Конец богатой жизни? О... О... Нет! Кстати, твои гостевые спальни свободны?

— Одна — да.

— Не занимай, — заплакала Таня. — Скоро приеду, нищая, голая, голодная, разбитая. Пойду босиком из Москвы по Новорижскому шоссе, сквозь дождь и снег...

— Сейчас май, — напомнила я.

— Скоро зима, — всхлипнула Таня.

Из моей груди вырвался протяжный стон. Нет, ради собственного спокойствия придется искать шубу.

— Прекрати реветь! — приказала я. — Скажи, Карина Коралли присутствовала в момент, когда неизвестная тебе женщина забирала манто?

— Ага, — уныло ответила Танюша.

— Вот и все! Проблема, считай, решена, — улыбнулась я. — Давай телефон Кары, сейчас звякну ей, узнаю имечко не растерявшейся тетки, прихватившей шиншиллу, съезжу к даме и заберу манто. Голову на отсечение даю, нахалка тоже набралась по самые брови и теперь пытается сообразить, откуда у нее шубенка.

— Так она и отдаст розовую шиншиллу... — усомнилась Танюша.

— Насколько поняла, вещь уникальна, — попыталась я растолковать подруге суть вопроса, — второй такой в Москве нет.

— Подобной и в России не найти, — кивнула та.

— Следовательно, дамочке ее не продать и даже

не надеть. Ясно? Ее могут обвинить в воровстве. Давай телефон Карины Коралли.

Танюша вскочила с кровати.

— Он в мобильном, щас в машину сбегаю.

ГЛАВА 4

Желание сохранить статус жены богатого мужа придало Татьяне резвости. Но через пять минут она вернулась назад с воплем:

— Сотовый посеяла!

— Погоди, — напомнила я, — тебе же Сергей звонил, совсем недавно!

Таня закивала:

— Верно.

— Значит, мобильный лежит в прихожей.

— У меня их два, — понизив голос, объяснила Танюшка. — Один для Сереги и тебя, другой для остальных. Ты ж знаешь, какой Боровиков ревнивый, извел бы вопросами: кто трезвонит, зачем, где номерок взял... Про второй мобильник он не знает.

— А вдруг бы он в его присутствии зазвонил?

— Не, я его в машине прячу.

— Все равно опасно, муж мог случайно обнаружить телефон.

— Ерунда, сказала бы, что ты забыла, — ухмыльнулась Танюша. — А если бы начал шарить в записной книжке, ни хрена не понял бы, там сплошные клички.

— Ты просто суперагент, — восхитилась я.

— Жизнь с Боровиковым и не такому научит.

— Значит, второй телефон испарился...

— Ага, — закивала Танюша. — Куда ж я его подевала?

— И номера Коралли мы не имеем, — подытожила я.

— Ты знакома с Ирой Левинской?

— Да, — кивнула я.

— Звони ей, — велела Танюшка, — Коралли ее расчудесная подружка.

Спустя десять минут недовольный сонный голос Левинской продиктовал нужные цифры. Я, полная энтузиазма, набрала номер и услышала:

— Какого черта?

— Карина?

— Ну?

— Я вас, наверное, разбудила. Простите, пожалуйста, это Даша Васильева.

— Кто? — зевнула Коралли.

— Бывшая жена Макса Полянского, свекровь Ольги Воронцовой, нашей телезвезды, мать Аркадия, адвоката, который...

— Здравствуйте, Даша, — окончательно проснулась Кара. — Давно вас не видела. Как дела?

— Спасибо, хорошо, — вежливо ответила я. — Карина, у меня к вам вопрос.

— С удовольствием отвечу, если только он не связан с моим возрастом и количеством ботокса на лице, — хихикнула Коралли.

— Нет, — подхватила я нить беседы, — все намного проще. Вы вчера были в гостях у Марины Волковой?

— Только вернулась от нее.

— Вы видели Татьяну?

— Которую? Суре? Конечно, она шикарно выглядит... — зачастила Карина.

— Не о ней речь, — попыталась я перебить Коралли, — а о...

— Мушкиной? — не дала мне договорить Карина. — Цветет и пахнет, и...

— Вы с Борейко знакомы? — вновь вклинилась я в трескотню Коралли.

— Ах, эта... Ну... да. Очень противная особа.

Я ткнула пальцем в клавишу громкой связи, и нервный голосок Карины загремел на всю спальню.

— Крайне невоспитанная дамочка. В наши демократические времена не принято кичиться богатством. Это же моветон, выставлять напоказ брильянтовые кирпичи, а Борейко всякий раз пытается затмить собой новогоднюю елку. Смешно. Кстати, у нее дико ревнивый муж, говорят, он не разрешает ей одной никуда ходить, наша Танечка оттягивается лишь тогда, когда ее Отелло сваливает в загранку. Странно, что никто еще не донес козлу, чем его половина занимается, пока муженек «капусту» зарабатывает.

Я глянула на Таню. Та, сжав кулаки, уставилась на тараторящую трубку, словно на гремучую змею.

— Вчера она явилась на вечеринку в ужасной шубе, — радостно сплетничала Коралли. — Опустим тот факт, что для длинного манто уже не сезон. Небось ей только-только его купили, вот и приперлась. Господи, Даша, вы бы видели этот кошмар! Розовый кролик!

— Шиншилла, — быстро поправила я.

— О, нет, конечно, самый простецкий зайчик с пуговицами от Сваровски. Варварское великолепие, шик рабочих окраин, мечта штукатурщицы из деревни Хрюково. Вульгарная вещь!

— Значит, видели манто?

— Ну конечно. Восхитительная безвкусица, как раз для Борейко.

— Сука! — подскочила Танюша.

Я быстро приложила палец к губам и продолжила допрос:

— Вроде вы его мерили?

— Да, — нехотя призналась Карина. — А как следовало поступить? Стою себе тихонечко в маленьком черном платье, и тут появляется Борейко, трясет крашеными останками кролика и восклицает: «Хочешь набросить красоту?» Отказать? Пришлось примерить. Мрак!

— После вас кто взял шубу?

— А что?

— Понимаете, манто пропало.

— Вау! — завопила Карина. — Где?

— На тусовке. Его мерили и не вернули.

— С ума сойти... — прошептала Коралли. — Уж не меня ли подозреваете? Надеюсь, Боровикову не придет в голову идея посчитать бедную Карочку воровкой? Я держала в руках шубу, но вернула ее. Господи, да она стоит дороже моей квартиры!

— Кролик? — ехидно осведомилась я.

— Это шиншилла, — грустно призналась Коралли. — Причем не крашеная. Уж не знаю, чем кормили грызуна, чтобы добиться такого цвета. Может, давали ему котлетки из марганцовки? Офигенно дорогая вещь. Хоть Танька и противная выскочка, но мне ее жаль. Потерять такое манто!

— Люди говорят, что вы его не отдали, — нагло заявила я. — Знаете, Карина, я испытываю к вам искреннее расположение, поэтому спешу предупредить: Борейко абсолютно уверена, шубейку взяла померить и заныкала Коралли.

— Да нет же! — испугалась Карина. — Я ее точно сняла и вернула Таньке, а та... та... О! Вспомнила! Борейко сразу напилась, да, ужралась в момент. Небось уже тепленькая прикатила, она бухает сильно...

— Ах ты сука! — снова ожила Танюшка.

Я укоризненно глянула на подругу, а Коралли, не подозревавшая о том, что Борейко сидит сейчас около трубки, весело продолжила:

— Всегда под газом ходит: коньяк, водка, пиво... Брр! Наверное, скоро на кокаин перейдет. Так вот, манто она у меня выхватила и какой-то девке дала.

— Кому?

— Не знаю, первый раз ее видела.

— Можете описать внешность девушки?

— Легко. Такая стройная.

— Цвет волос?

— Блондинка.

— А глаза?

— Наверное, голубые.

— Особые приметы?

— Что?

— Ну, может, шрамы, родимые пятна.

— Не-а, — протянула Коралли, — Ванька таких не любит.

— Кто?

— Ваня Болтов, — пояснила Карина, — хозяин издательского дома «Хи».

— А он тут при чем?

— Так блондинка с ним пришла! — завопила Коралли. — Абсолютный Ванькин типаж! Волосы длинные, юбка до пупа, грудь силиконовая, ногти гелевые, мозги резиновые.

— Вас не затруднит дать мне координаты Болтова?

— Дерьмо вопрос! — взвизгнула Коралли, начисто позабыв о хорошем воспитании. — Правда, имею лишь его рабочий номерок, он мобильный никому не сообщает. Сукин сын! Точно, его девка шубу сперла!

Я, если надо, подтвержу! Можете на меня рассчитывать!

Записав цифры, я попрощалась с Кариной и глянула на Таню.

— Мерзкая дрянь, — ожила Борейко. — Не поверишь, каждый раз, при любой встрече, мне на шею кидается и в любви клянется.

— Тебя удивляет двуличие завсегдатаев светских вечеринок?

— Нет! — рявкнула Таня. — Но есть же предел!

— По-моему, сейчас надо срочно звонить Болтову, — переключила я внимание Борейко в иное русло.

— Начинай, — скомандовала Танюша.

Я невесть почему моментально подчинилась приказу.

— Бур-бур-бур-бурмедиа, — пропело из трубки, — рады вашему звонку. Наберите номер нужного сотрудника в тональном режиме или дождитесь ответа секретаря. — В трубке щелкнуло. — Здравствуйте, меня зовут Олеся. Чем могу помочь?

— Соедините, пожалуйста, с господином Болтовым.

«Ту-ту-ту» раздалось в трубке.

— Слушаю вас, я — Анна.

— Мне нужно побеседовать с Ваней Болтовым.

— Иван Николаевич на совещании.

— А когда освободится?

— На какое время вам назначено?

— Э... э... на сегодня, на... час дня... хотя могла перепутать.

— Минуту. Вы господин Убейконь?

Танюшка зажала рот руками и упала в подушки. Я, стараясь сохранить спокойствие, ответила:

— Верно, Убейконь. Но я женщина.

— Бога ради, простите! — оживилась секретарша. — Мы ждем вас, как договаривались, ровно в тринадцать. Иван Николаевич весь в предвкушении встречи.

Я швырнула трубку на стол.

— Значит, так. Сейчас поеду к этому мачо, владельцу журнала о тряпках, вытрясу из него телефон и адрес девицы, скатаюсь к красотке, отберу шубу и вернусь сюда в компании с твоей шиншиллой.

— Супер, — сонно прошептала Танюшка и начала заползать под одеяло.

— А ты спускайся вниз и устраивайся в гостевой комнате.

— Мне и тут классно.

— Это моя спальня.

— И что? Пролежу матрас? Не вредничай, — пробубнила Таня и блаженно закрыла глаза. — Я всю ночь не спала, страшно устала... Покемарю тут, пока смотаешься. Ты особо не задерживайся!

Подпихнув под себя подушку в измазанной остатками своей косметики наволочке, Танюшка, забыв скинуть вечернее платье и изодранные колготки, натянула на себя пуховую перинку и засопела. Я покачала головой. Наша райская птичка абсолютно уверена, что является подарком, все рады увидеть Танюшу у себя дома в любое время и каждый готов освободить для красавицы собственную постель.

В приемной Болтова меня встретила роскошная блондинка.

— Вы к нам? — с самой счастливой улыбкой воскликнула красавица.

— Мне назначено на тринадцать, — кивнула я и представилась: — Госпожа Убейконь.

— Сделайте одолжение, присядьте на минуточку, — попросила девушка.

Я умостилась на холодном, скользком кожаном диване и стала рассматривать окружающий пейзаж. Бело-черные стены, увешанные фотографиями, красная мебель, двери цвета огнетушителя, подвесные потолки с мерцающими лампочками и столы, похожие на железных пауков, — в общем, разбушевавшийся хайтек в самом жутком его проявлении.

— Эй ты! — послышалось слева.

Мы с секретаршей одновременно повернули головы, и я моментально рассердилась на себя: не следует реагировать, если некто в вашем присутствии издает бесцеремонный оклик. А с ним в приемную с топотом ввалился потный дядька в грязных джинсах и сильно мятой рубашке.

— Эй ты! — повторил он и, ткнув в блондиночку корявым пальцем, продолжил: — Скажи там, я пришел.

— Вам назначено? — изогнула правую бровь секретарша.

— Верно, — кивнул нахал и плюхнулся в кресло.

До меня моментально долетел «аромат» пота и несвежей рубашки. Очевидно, до блондиночки-секретарши тоже донеслось сие амбре, потому что на ее личике возникла совершенно непрофессиональная гримаса отвращения.

— Ну? Чего уставилась? — буркнул мужчина. — Вали в кабинет и дерни начальника за жопу.

— Назовите вашу фамилию, — каменным тоном попросила девица.

— Офигела? Это я. Не узнала?

— Простите, нет.

— Ну и дура! Я Убейлошадь, — гаркнул хам. — Болтов в час дня должен меня принять.

Блондиночка кашлянула.

— Вас в очереди нет.

— Еще почему?

— Очевидно, не записывались.

— Чушь! Лично звонил. Дай сюда ежедневник.

— Нет, — твердо ответила блондинка, — это секретный документ.

— Чего? — рявкнул дядька. Потом он встал, подошел к столу, схватил, несмотря на причитания блондинки, толстую амбарную книгу и заорал: — Дура слепая! Вот стоит: Убейконь!

— Вы представились по-иному, — возмутилась блондинка, — сказали: Убейлошадь.

— Мне еще не удалось встретить в этом городе человека, способного правильно записать такую простую фамилию, — зашипел мужчина. — Вечно все перепутать норовят! Вчера одна идиотка выдала мне пропуск, где стояло «Сдохнипони». Убейконь — это я, то есть Убейлошадь! Ты неверно нацарапала фамилию!

— А вот и нет, — с торжеством воскликнула блондиночка, — я крайне внимательна. Кроме того, Убейконь сидит на диване. Это ее в тринадцать ноль-ноль с нетерпением ждет Иван Николаевич!

Нахал на секунду опешил, но сразу опомнился и завизжал:

— Кто тут Убейконь?

— Она, — указала на меня блондиночка.

Нахал подлетел к дивану.

— Убейконь?

— Оставьте меня в покое, — ответила я.

— Нет, отвечай, ты Убейконь?

— Верно.

— Паспорт покажь!

— С какой стати?

— Потому что я Убейлошадь, — затопал грязными ботинками хам. — А ты кто, чмо перелетное?

Блондиночка сделала быстрое движение рукой, и в приемной материализовались два охранника.

— Что случилось, Лика? — поинтересовался один секьюрити.

— Буянит, — коротко ответила секретарша.

— Пройдемте, гражданин, — ласково попросил противного дядьку сотрудник службы безопасности.

— Я Убейлошадь! — пошел вразнос посетитель. — Вам ясно?

Охранники переглянулись и схватили крикуна за руки.

— Уж извините, — заявил старший из них, — не наше дело, кого вы прихлопнули, лошадь, корову или курицу...

— Главное, чтобы у нас в офисе тишина стояла, — закончил второй.

— Идиоты! — замотал головой мужчина. — Я Убейлошадь, а не конь! Кони тут ни при чем!

— Сейчас разберемся, — пообещали секьюрити и уволокли матерящегося мужика.

— Бывают же такие люди... — вздохнула с облегчением секретарша. — Интересно, когда он в последний раз мылся?

— Похоже, на Новый год, — усмехнулась я.

— Лика, — донеслось из селектора на столе, — приглашай гостя.

Девушка вскочила, распахнула дверь и бойко защебетала в мою сторону:

— Иван Николаевич на месте. Ровно тринадцать, у нас все по графику.

ГЛАВА 5

Болтов встал и сделал широкий жест рукой.

— Прошу вас.

Я села на стул, стоящий возле огромного стола, сказала приветливо:

— Добрый день.

Иван Николаевич бросил быстрый взгляд на лист бумаги, лежавший перед ним, затем глянул на меня, снова на бумагу, опять на меня и тихо спросил:

— Вы Уничтожькобылу?

— Наверное, в записи должно стоять «Убей-конь», — усмехнулась я.

— Ах, эта Лика! — возмутился глава издательского дома. — Вечно все путает и ставит меня в идиотское положение. Представляете, она положила на стол памятку: в час дня записан Владимир Иванович Уничтожькобылу, хозяин модельного агентства «Звезда». Ладно, фамилия сложная, но вы никак не можете быть Владимиром Ивановичем.

Я улыбнулась. Иван Николаевич тоже растянул губы, и сразу стало понятно: мачо не тридцать лет, его возраст перевалил за сорок. Просто Болтов следит за собой, скорее всего, посещает тренажерный зал, ходит в бассейн, в солярий.

— Чем могу служить? — разом погасил улыбку хозяин гламурного журнала.

— Меня зовут Даша Васильева, — представилась я. — Очевидно, вы знакомы с моим бывшим мужем, Максом Полянским, и встречались с невесткой, Ольгой Воронцовой, она ведет телепередачу про спорт. Вполне вероятно, что слышали и о моем сыне Аркадии, он известный адвокат.

Глаза Ивана Николаевича потемнели.

— Вы та самая Васильева? Вдова барона Макмайера? Лика, Лика! Ну, куда подевалась краса ненаглядная!

Дверь приоткрылась, блондинка всунула голову в кабинет.

— Звали?

— Да! — сердито воскликнул начальник. — Живо кофе для VIP-гостьи.

Отдав указание, Болтов повернулся ко мне.

— Совершенно не понимаю, где люди берут толковых сотрудников, — пожаловался он. — Придешь в какой-нибудь офис, тут же помощники суетиться начинают. А я плачу хорошие деньги и каждый раз вынужден сам рулить процессом. Неужели не понятно девчонке: если в кабинете посетитель, его следует угостить. О, вот и кофеек!

Осторожно перебирая длинными ногами, Лика вступила в кабинет. Сделав пару шагов, она с грохотом плюхнула на маленький столик круглый железный поднос и, развернувшись, собралась уходить.

— Эй, эй! — остановило ее начальство. — Подай чашки гостье и мне. Что там налито?

— Кипяток, — сообщила Лика. — Банка с кофе рядом, еще печенье с сахаром. Конфеты кончились, я сходить не успела.

Болтов покраснел и процедил сквозь зубы.

— Исчезни!

Лика пожала плечами и выскользнула в приемную.

— И что прикажете с ней делать? — вздохнул Иван Николаевич. — Выгнать? Так другая еще хуже будет.

— А вы наймите женщину лет пятидесяти, — посоветовала я, — опытную секретаршу, она не подведет. Кстати, я не вдова барона Макмайера, его женой была моя сестра Наташа[1].

— У нас гламурный журнал, — не обратил никакого внимания на мое уточнение хозяин кабинета, —

---

[1] История семьи Макмайер рассказана в книге Дарьи Донцовой «Крутые наследнички», издательство «Эксмо».

обязаны соответствовать. В приемной издательского дома «Хи» посетители ожидают увидеть какую-нибудь мисску, а не каргу древнюю.

— Замечательно, — согласилась я, — поставьте у входа два стола, посадите справа брюнетку в красном, слева блондинку в голубом, запретите им разговаривать по телефону и общаться с посетителями. У красавиц должна иметься под рукой большая кнопка, и они обязаны выучить всего одну фразу: «Здравствуйте, садитесь». После этого пусть жмут на пупочку, тут же из кабинета выйдет секретарь, дама в строгом деловом костюме, и займется человеком. А брюнетка с блондинкой будут сидеть и улыбаться. Не следует впрягать в одну телегу коня и трепетную лань, нельзя требовать от мисски работы, она райская птичка, украшение. Вы же не предполагаете, что мопс станет выполнять обязанности сурового охранника? Мопсик милый пес, ласковый компаньон, а коли хотите обезопасить территорию от непрошеных гостей, заведите белого аргентинского дога, ротвейлера или немецкую овчарку, вот мимо них и муха не пролетит. А вы решили, образно говоря, купить телевизор и стиральную машину в одном флаконе. Ясное дело, агрегат не работает. Я понятно высказываюсь?

Иван Николаевич потер затылок.

— Да. Почему мне не пришло в голову столь простое решение? Две дуры и нормальный секретарь?

Я пожала плечами.

— Сама иногда задаю себе подобные вопросы. Отчего впускаю в дом гостей? Ведь способна снять им номер в гостинице. Вот сейчас у нас в Ложкине сразу два посторонних человека. Кстати, вы вчера были на дне рождения Марины Волковой?

Болтов раскрыл ежедневник.

— Простите, какое сегодня число? — растерянно спросил он.

— Понедельник, пятнадцатое.

— А месяц?

— Май. Год сказать?

— Спасибо, его я помню, — совершенно серьезно ответил Болтов. — Нет, никаких тусовок нет.

— Я спрашивала о вчерашнем дне.

— Это какое число?

— Четырнадцатое, воскресенье.

— А месяц?

— Май, — терпеливо повторила я.

— Секундочку, сейчас, — протянул Болтов, — двадцать ноль-ноль, ресторан «Квазимодо». Ну и названьице... Марина Волкова. А кто она такая?

— Женщина, — терпеливо пояснила я. — Вы там были?

— Да, — с легким сомнением ответил Иван, — вроде так.

— Неужели не помните?

Болтов потряс ежедневником.

— Тут каждый день по пять мероприятий, и везде следует показаться. Не поверите, голова кругом. Вспомнил! Волкова — это третья жена Дениса Кирова. Ясное дело, я туда приперся.

— А с кем?

— В смысле? — не понял Болтов.

— Мне нужны координаты вашей спутницы.

— Кого? — вытаращил слегка подкрашенные глаза Иван.

Тупость владельца гламурного глянца стала раздражать. Я набрала в грудь побольше воздуха и принялась простыми, доходчивыми фразами растолковывать издателю суть вопроса.

— С ума сойти! — воскликнул Иван через четверть часа. — Розовая шиншилла... Говорите, некрашеная?

— Нет.

— Вязаная?

— Да.

— А кто автор шубы?

— Вот его не назову, не знаю.

— Ваша подруга не откажется дать манто для съемок в разделе «Вещь месяца»? — оживился Болтов.

— Сначала шубу надо найти, — напомнила я. —
Так кто вас вчера сопровождал?

— Лика! — заорал Болтов.

Блондиночка вошла в кабинет.

— Чего?

— С кем я вчера ходил в «Квазимодо»? — спросил
начальник.

— Это какое ж число было? — задумчиво протянула девица.

Болтов в легкой растерянности глянул на меня.

— Четырнадцатое, — ответила я, — воскресенье.
Месяц май.

— Надо в компьютере глянуть, — промямлила
Лика.

Не успела девица захлопнуть ярко накрашенный
ротик, как в кабинет ворвался сильный запах пота, а
за ним влетел растрепанный мужик.

— Слышь, Иван, — завозмущался он, — твоя девка дура! Пришел, а она вызвала охрану! Че происходит?

— Вы, очевидно, Владимир Иванович? — засуетился мгновенно забывший обо мне Болтов. — Садитесь. Лика, кофе для VIP-гостей!

— Так вон стоит, — указала блондинка на нетронутую мною чашку.

В глазах Ивана Николаевича загорелся нехоро

ший огонек. Я поднялась с места, схватила Лику за руку, выволокла в приемную и велела:

— Назовите имя той, с кем начальник вчера ходил веселиться!

Секретарша подошла к столу и принялась неумело елозить мышкой по резиновому коврику.

— Вечно всем недоволен... — бубнила она, — уйду отсюда... Думала в модели пробиться, а теперь... нет, лучше шпалы таскать... Вешалки — самые разнесчастные люди. Все их пинают, денег не платят...

— Интересная информация, — поддержала я беседу, — но лично я слышала иное. Вроде гонорары моделей исчисляются десятками тысяч. Долларов. Говорят, «Вог», французское издание, платит за обложку около...

— Ваще прям! — подскочила Лика. — Это у них там, на Западе, порядок, а у нас бардак и все наоборот. Наши девки и ста баксам рады, кланяться будут и благодарить. Та же Рита Секридова, к примеру.

— Это кто такая?

Лика ткнула пальцем в монитор.

— Ритка вчера с Иваном Николаевичем была. Ясное дело, денег ей никто за это не даст!

Я села на стул.

— Лика, понимаете, совершенно не ориентируюсь в вашем мире и не очень пока улавливаю нить событий. Сделайте одолжение, выслушайте. Вчера у моей подруги пропала шуба...

После моего рассказа про исчезнувшую розовую шиншиллу Лика разинула рот.

— Ох и ни фига себе! Но, думаю, Ритка ни при чем. Она не дура, чтобы такую дорогую шмотку спереть.

— Говорят, спутница Болтова была пьяна, как, впрочем, и Таня, которая отдала манто.

— Вот это совсем невозможно, — твердо ответила Лика.

— Почему? На тусовке спиртное лилось рекой, а на закуске сэкономили.

Лика выключила компьютер.

— Ритка туда не пить поехала. Попробую объяснить...

— Вся внимание, — кивнула я.

Сведения, вываленные Ликой, совершенно не удивили. Иван Николаевич Болтов абсолютно равнодушен к моделям. Да оно и понятно: если у тебя перед глазами ежедневно маячат полуголые красотки, волей-неволей пресытишься зрелищем. Так гурмана, потребляющего фуа-гра, деликатесные сыры, икру и всякие там плавники голубой акулы, начинает тянуть на гречневую кашу с постным маслом.

Болтова скрючивает при виде длинноногих, с размерами 90—60—90 девиц, и в последнее время у Ивана Николаевича случилась любовь со страшненькой девицей-скрипачкой, блеклым существом в очках, упоенно рассуждающим о Моцарте. Обожэ Болтова наотрез отказывается ходить по вечеринкам, музыкантше жаль терять время на тупую болтовню. Но владелец модных изданий просто обязан посещать приемы, это одна из составляющих его работы. Причем появляться в зале он должен не один, иначе сразу змеями поползут слухи о нетрадиционной ориентации издателя или, что намного хуже, о том, что его бизнес пошатнулся. Если успешный мужик не женат, то около него непременно обязана маячить моделька или начинающая актриска, на худой конец, юная певичка. Вот и приходится Ивану тащить с собой «чемодан».

Болтов поступает просто — утром велит Лике:

— К шести вечера приготовь бабу.

Секретарша хватается за телефон и мигом находит начальнику эскорт-сопровождение. Одна беда: тот требует, чтобы дамы постоянно менялись, он не желает, чтобы его имя связывали с одной моделью. Красавицы охотно соглашаются составить пару издателю, появиться на тусовке с Болтовым почетно: на тебя налетят папарацци, потом обнаружишь свое фото с ехидными комментариями в прессе. А что в наше время главное? Правильно, выделиться из толпы. Иван в принципе милый человек, он только никак не может запомнить имя очередной девицы и ничтоже сумняшеся зовет всех одинаково — Киска.

— Следовательно, вчера с начальником была Рита Секридова? — уточнила я.

— Ага, — кивнула Лика. — Мисс «Торговый центр «Блу».

— Кто? — удивилась я.

Лика снисходительно улыбнулась.

— В Москве есть магазин «Блу», здоровенный универмаг, там проходил конкурс красоты среди сотрудниц, на нем победила Рита, а потом она попала к нам.

— Давайте ее телефон, — приказала я. — Кстати, у вас тут есть поблизости кафе?

— За углом вполне приличное заведение, — закивала Лика.

Я вышла из здания издательства, нашла рекомендованную секретаршей кофейню и вынула мобильный. Домашний телефон Риты не отвечал, зато, набрав длинный, начинающийся с восьмерки номер, я мгновенно услышала веселый голосок:

— Алло.

— Рита?

— Да. Слушаю. Вы кто?

— Пожалуйста, верните шубу, — решила я сразу брать быка за рога.

— Какую? — с огромным изумлением осведомилась Секридова.

— Розовую, из шиншиллы.

— У меня такой нет, — окончательно опешила собеседница, — и никогда не имелось. Простите, что вам надо? И как вас зовут?

— Даша, — походя представилась я и продолжила гнуть свое: — Риточка, вам лучше отдать манто. Понимаю, что шубку хочется оставить себе, но это невозможно. Муж Татьяны, конечно, не жадный человек, но, согласитесь, расшвыриваться пальтишками стоимостью в особняк не захочет ни один, даже самый богатый, олигарх.

— Не понимаю, о чем идет речь.

— Риточка, очень глупо отпираться! Есть свидетели.

— Чего?

— Того, как вы брали шиншиллу.

— Ничего подобного! — взвизгнула Секридова.

— Боюсь, вы плохо оцениваете серьезность своего положения. Боровиков скоро прилетит и...

«Ту-ту-ту» — донеслось из трубки. Секридова решила прекратить беседу.

Тяжело вздохнув, я вновь набрала тот же номер.

— Алло, — откликнулась уже не так весело девушка.

— Риточка...

— Опять вы!

— Конечно. Отдайте манто.

— Отцепитесь!

— Верните шубу, я никому не расскажу, что вы ее увезли.

— Сумасшедшая! — заорала Секридова. — ..., ...,
..., ...!

— Прекратите ругаться!

— ...! ...! ...!

— Послушайте, — попыталась я остановить раз-
бушевавшуюся девицу, — вы ведете себя глупо!

«Ту-ту-ту».

Я залпом выпила кофе и упрямо набрала тот же
номер.

— Алло! — проорала Рита. — Если это опять ты,
кретинка долбаная, то лучше сразу иди на ...!

— Ладно, — почти мирно ответила я, — не хочешь по-хорошему, выйдет как получится. Сама виновата. У Боровикова имеется служба безопасности,
ее сотрудники, милые мальчики, и не таких обламы-
вали...

«Ту-ту-ту».

Я положила сотовый возле вазочки с салфетками.
Однако эта Рита, похоже, не собирается расставаться
с манто. И как теперь поступить? Да очень просто.
Сейчас позвоню одной своей знакомой, Ларисе Реп-
киной, попрошу «пробить» домашний номер Секридовой и, узнав по нему адрес наглой девицы, поеду к
ней на квартиру. Думаю, сразу увижу шиншиллу на
вешалке.

Но выполнить задуманное я не успела, мобильный занервничал, затрясся и зажужжал.

— Слушаю вас, — сказала я.

— С этого номера мне только что звонила какая-
то дура, — послышался вполне спокойный голос Риты. — Чего надо?

— Шубу из розовой шиншиллы, — ответила я. —
Ту, что вы вчера украли на дне рождения у Марины
Волковой.

— Не знаю никакой Волковой.

— Охотно верю, манто унесли у Татьяны Борейко.

— При чем здесь тогда Волкова?

— Дело случилось у нее на вечеринке, которую вы посетили вместе с Болтовым. И не надо отрицать. Карина Коралли готова подтвердить в суде, что шиншиллу сначала померила, а потом унесла спутница Ивана Николаевича.

— Я вчера никуда не ходила, — неожиданно отреагировала Рита.

— Ой, совсем смешно! Детский сад просто! — не выдержала я. — У Лики, секретарши Болтова, в компьютере четко указано: Ивана Николаевича сопровождает Маргарита Секридова. Откуда я взяла ваш телефон, думаете? Мне его Лика дала. Прекратите идиотничать, верните манто, и забудем о ситуации. Я никому о ней не расскажу. Татьяна тоже хочет сохранить происшествие в тайне.

Из трубки сначала донесся треск, потом Рита заявила:

— Нет, правда, я вчера никуда не ездила.

— Вы зря упорствуете!

— У меня сыпь на лице выступила, — вздохнула Секридова и пояснила: — Купила себе маску из плаценты, намазала и — представляете? — прыщами покрылась. Какая уж тут тусовка!

Я растерялась:

— Значит, сидели дома?

— Угу.

— А с Болтовым кто ходил?

Рита чихнула.

— Алиса Виноградова.

— Тоже модель?

— Нет, она диджей, на радио работает. Когда меня обсыпало, я попросила Алиску: «Выручи, сгоняй с

Ванькой, познакомишься там с нужными людьми». Алиска, правда, сначала кочевряжилась, типа, не хочу, он меня не знает, я с ним никогда не виделась... Только я ей объяснила: Болтову плевать, с кем идти, лишь бы блондинка с сиськами. А тусовка пафосная, там полно нужников будет.

— Кого?

— Нужных людей, — хихикнула Рита. — Таких, которые красивой девушке помочь могут.

— И она пошла?

— Ясное дело, побежала.

— Вы уверены?

— Ага, она у меня туфли одолжила и сумку, — ответила Рита.

— Давайте телефон.

— Чей?

— Алисин.

— Ладно, пишите.

Я внесла в свою телефонную записную книжку продиктованный номер, а потом моментально набрала его.

«Ту-ту-ту-ту».

Алиса не собиралась поднимать трубку.

ГЛАВА 6

Я заказала еще кофе, выпила его и снова попыталась соединиться с Алисой. Шесть, семь, восемь... Минуточку! Номер внезапно показался знакомым. Я нажала на кнопку и обозлилась до невероятности. Ну, Рита, погоди! Думаешь, обманула? Сейчас узнаешь, где зимуют пингвины!

— Алло! — опять весело откликнулась Секридова.

— Это Даша.

— Которая?

— Та, что с шубой. Верни шиншиллу!

— Тебя заклинило? Говори с Алисой.

— Врунья!

— Кто? — обиженно воскликнула Секридова.

— Ты. Чей телефон мне дала?

— Алискин. Домашний.

— Ты мне продиктовала свой собственный домашний номер. Думала, я его не знаю? Ошиблась, дорогуша.

— Правильно. Мы вместе живем.

— В одной квартире?

— Ага.

— Алиса не подходит к телефону, — растерянно ответила я.

— Дрыхнет небось.

— Сейчас полтретьего, люди уже пообедали.

— И чего? — удивилась Рита.

Действительно, совершенно обычное дело — храпеть до полдника.

— Алиска утром приперлась, — продолжила Рита, — у нее сегодня эфир вечером, вот и давит подушку.

— А ты сейчас где?

— На работе.

— С прыщами?

— Они прошли.

— Хорошо, — протянула я. — Теперь скажи, ты шубу не видела?

— Опять двадцать пять! Сказано — нет.

— Я ведь не обвиняю тебя в краже.

— И на том спасибо.

— Просто подумала, может, на вешалке манто висит.

— Ничего нового там утром не было, — недовольно ответила Рита. — Езжай к Алиске, с нее и спрашивай. Она ваще такая...

— Какая?

— Ну... безголовая. И поддать способна.

— Ясно, давай адрес, — потребовала я.

Огромный серый дом вытянулся вдоль Солянки. Я никак не могла найти место для парковки, пришлось слегка нарушить правила — бросить машину за знаком «Остановка запрещена». Очень хорошо понимаю желание городских властей наказать тех, кто плюет на всякие ограничения, но тогда сделайте для людей подземные парковки, и никто не захочет оставлять свои «лошадки» где попало. Ну как поступить автовладельцу, если везде торчат запрещающие круги? Мне сейчас следовало устроить машину у метро, на площади, а потом идти два километра пешком. Интересно, есть ли в столице люди, четко выполняющие все предписания гаишников?

Побоявшись воспользоваться лифтом, похожим на мыльницу, засунутую в клетку для попугая, я пошла вверх пешком по нескончаемым пролетам. Квартира восемь оказалась на последнем, четвертом этаже. Дыша, словно марафонец в конце дистанции, я нажала на звонок. Похоже, Зайка права, нам всем следует начать вести правильный образ жизни. Может, и впрямь бросить курить?

Алиса не торопилась в прихожую, я упорно давила на коричневую кнопку, слушая, как за створкой заливается электрический «соловей». Потом, потеряв терпение, стукнула кулаком по ободранной деревяшке. Внезапно дверь приоткрылась. Я вошла в темную, пахнущую дорогими духами прихожую и крикнула:

— Алиса, ку-ку! Не бойтесь, ваш адрес мне дала Рита.

В апартаментах стояла напряженная тишина. Я огляделась. Раньше, в советские времена, журналисты любили употреблять в статьях про разные западные города фразу: «Нью-Йорк (Париж, Лондон, Вена) — город контрастов, нищета тут мирно уживается с богатством». Так вот, про прихожую, в которой я сейчас стояла, хотелось сказать именно эти слова.

Темный, грязный пол из плохо подогнанного паркета, затрапезный резиновый коврик у двери и пара дорогих кожаных сапог на тонких каблуках. Стены с засаленными обоями, роль вешалки исполняют простые железные крючки, а на одном из них — красивое черное велюровое пальто, за которое заплачено не меньше тридцати тысяч рублей. Колченогий комод, потерявший от дряхлости первоначальный цвет и половину фурнитуры, на растрескавшийся шпон столешницы которого небрежно брошены дорогущие лайковые перчатки, а на банкетке с поеденной молью бархатной обивкой маячит модная сумочка. Очень хорошо знаю, сколько стоит аксессуар, недавно боролась около прилавка с собственной жабой, глядя на милый ридикюльчик. Мое земноводное победило, я ушла домой, так и не купив неоправданно дорогую штучку, а вот Алиса порадовала себя.

Отчего я решила, что сумочка из телячьей кожи принадлежит радиоведущей? Да потому, что на ручке болтался брелок со стальной буквой А.

— Алиса! — заорала я. — Проснитесь! Ау! Отзовитесь! Вы где?

Я прошла по коридору, толкнула первую попавшуюся по дороге дверь. Открылась захламленная комната: обшарпанная мебель, грязные тряпки вместо занавесок, простецкий телевизор, допотопное трюмо и... шикарное вечернее платье, свисающее со стула. На протертом ковре валялось три туфли. Две черные замшевые, и одна ярко-красная, с мыском, украшенным бантиком. Кроватью для хозяйки норы служил диван, постельное белье смотрелось ужасно — похоже, его не стирали ни разу со дня покупки.

— Алиса, — позвала я, — Алиса, ау!

Спальня явно была пустой. Я пошла дальше, ноги привели в другую комнату, столь же грязную и неубранную, как первая, и вновь безлюдную. Испытывая некоторое разочарование, я изучила неожиданно чистую кухню. Очевидно, девицы не утруждали себя готовкой, да и вообще редко заглядывали сюда. Затем проверила ванную и даже туалет и констатировала: дома никого нет.

Я постояла пару минут в задумчивости, потом позвонила Рите.

— Это Даша.

— Ну, что опять?

— Приехала к Алисе.

— Отлично.

— Ее нет.

— Значит, ушла.

— Куда?

— Понятия не имею.

— Она не делилась с вами планами?

— С какого такого счастья?

— Вроде вместе живете.

— Вот уж не повод для отчетов.

— Можно мне поискать шубу?

— Где? — удивилась Рита.

— В шкафах, в коридоре. Навряд ли Алиса отправилась в розовой шиншилле на улицу.

— Эта дура и не на такое способна, — хихикнула Рита. — Ладно, ищите, коли надо. Эй, погодите! Если Алиски нет, то как внутрь попадете?

— Извините, я уже вошла. Дверь была не заперта.

— Вот, блин, идиотка! — завозмущалась Секридова. — У нас замок не захлопывается, его обязательно надо ключом закрывать. Сколько раз я ей твердила: не забудь про ключ, да проверь, подергай за ручку...

— Значит, можно заглянуть в шкафы?

— Да! — гаркнула Рита. — Надеюсь, найдете свое пальто и отстанете от меня.

Получив разрешение на обыск, я распахнула дверки и едва успела отскочить в сторону — с верхней полки упала коробка, набитая фотографиями. Чертыхаясь, я стала собирать глянцевые отпечатки. Интересно, кто запечатлен на большинстве из них? Если Алиса, то она настоящая красавица: высокая, стройная блондинка с тонкими чертами лица. А вот и изображение девушки в бикини — придраться не к чему, похоже, талия у девицы сантиметров пятьдесят, и никакого целлюлита. Интересно, ей от природы досталась грудь третьего размера или хирург вмешался с имплантатами?

Я аккуратно укладывала фото, невольно цепляясь взглядом за некоторые. В основном на них была запечатлена одна и та же симпатичная длинноволосая блондинка в разных позах: то девица стояла, призывно изогнув стан, то сидела в кресле, выставив на обозрение стройные ножки. Внезапно в куче карточек мелькнула одна, явно сделанная в студии усталым фотографом. Думаю, подобные «кадры» есть во многих семейных альбомах. Лет двадцать тому назад личный фотоаппарат был очень дорогой игрушкой, позволить его себе могли не многие, люди ходили в студии, и там их «щелкали» самым традиционным образом. У нас дома есть снимок с точь-в-точь такой же композицией, как на том, что сейчас я держала в руках. На фотопортрете была запечатлена довольно полная дама с круглощеким лицом и ярко-синими большими красивыми глазами, а на коленях у нее сидит девочка, по виду первоклассница. Волосы малышки украшает огромный капроновый бант. Вторая школьница, чуть старше, стоит слева от женщины, а из-за спины выглядывает коротко стриженный мальчик.

Я перевернула снимок и улыбнулась, прочитав надпись на обороте: «Ксюша, Рита, Алеша и Феня, первое сентября». Значит, я угадала, после торжественной линейки в школе семья и отправилась в студию.

В руки попало другое фото, и я вздрогнула. На снимке надгробие, самое простое — прямоугольный камень с фарфоровым овалом и надписью: «Волков Алексей. Спи спокойно». Мне стало не по себе: очевидно, коротко стриженный мальчик рано ушел из жизни.

Устранив беспорядок, я поставила коробку на место, пошевелила вешалки, не нашла на них никакой шиншиллы и открыла второй гардероб. В нос ударил странный запах. Наверное, девушки пользовались разным парфюмом. Одна любила нежные, цветочные ароматы, другая предпочитала нечто удушающесладкое, на мой вкус — отвратительное, тошнотворное.

Я подняла глаза, осмотрела платья. Затем решила проверить, не спрятана ли шуба в глубине двустворчатого монстра, раздвинула в разные стороны плечики и заорала от неожиданности.

У стенки из плохо покрашенной фанеры скрючилось тело в черном, сильно декольтированном платье. Мне стало страшно до невозможности.

— Эй, — прошептала я, — вы живы?

Тишина.

— Алиса, вам плохо?

Нет ответа. Длинные белокурые волосы закрывали лицо девушки. Следовало отвести в сторону пряди, посмотреть в глаза девушки, пощупать пульс, но у меня не хватило мужества на столь простые действия.

Слабыми пальцами я схватилась за мобильный.

— Рита!

— Как ты мне надоела! Если нашла свою крашеную дрянь, то забирай и уходи! — рявкнула модель.

— Скажи, у Алисы есть татуировка на ноге, вокруг щиколотки?

— Да, — удивленно подтвердила Секридова.

— Сине-красная? Кошка с крыльями?

— Ага. Она собезьянничала, — мирно пустилась в объяснения Рита. — У меня такая наколка очень давно. Алиска увидела и захотела такую же, мне пришлось с ней в салон ехать. Когда ей татушку сделали, сообразила: ну не дура ли я? Теперь уже не оригинально выгляжу.

— Можешь приехать домой?

— Зачем?

— Очень надо.

— Слушай, я ведь на работе.

— Дело в том... Алиса сидит в шкафу, — запинаясь, стала я объяснять ситуацию, — молчит, не шевелится. Похоже, ей совсем плохо! И так странно пахнет...

— Буду через полчаса! — заорала Рита. — Только не уходи!

Я машинально положила трубку на комод. Потом задом, задом — лишь бы не оставаться в такой вязкой тишине квартиры! — попятилась к выходу, выбралась на лестницу и рухнула на ступеньку. Сердце сильно стучало, в висках торчало по гвоздю, к горлу подбиралась тошнота. Пытаясь не свалиться в обморок, я тупо смотрела на стрелки часов. Прошло пятнадцать минут, полчаса, сорок пять, час... Где Рита?

Стукнула дверь лифта, из крохотной кабинки вылетела очаровательная блондинка в голубом плаще, та самая, фото которой лежали в коробке.

— Это ты Даша? — подлетела она ко мне.

Я кивнула:

— Да.

— Где Алиска?

— Там, в шкафу.

— Пошли.

— Куда?

— В квартиру.

— Ой, не хочу...

— А придется! — рявкнула Рита. — Давай двигай!

На дрожащих ногах я поплелась за Секридовой и сразу за дверью навалилась в коридоре на стену.

— Она там? — уже шепотом спросила хозяйка. — Во втором шкафу?

— Да, — прошептала и я.

— Мертвая?

— Похоже, неживая.

Рита очень осторожно приблизилась к гардеробу, шумно вздохнула, перекрестилась, заглянула внутрь, потом повернулась ко мне:

— Где?

— Кто?

— Алиска!

— Там лежит. Неужели не видишь?

— Нет.

— Вешалки раздвинь.

Рита подняла руки.

— Никого.

— У стены, в черном платье.

— Тут пусто.

— Врешь! — вырвалось у меня.

Рита покрутила пальцем у виска.

— Ваще! Сама глянь.

— Боюсь, — честно призналась я.

Секридова ухватила меня за правую руку.

— Нет уж, гляди, идиотка фигова!

Я зажмурилась и моментально получила подзатыльник.

— Ну-ка, — резко сказала Рита, — растопырь зенки!

От боли и возмущения я невольно разомкнула веки и увидела... пустое нутро гардероба.

— Ой, мама! — вырвалось из груди.

— Ну и че? — уперла руки в бока Секридова. — Сегодня не первое апреля, дура! Хорошо придумала... Говори, чья идея? А, знаю! Катьки Малкиной работа!

— Труп был здесь, — прошептала я. — Понюхай, запах остался!

Рита подергала носом, пробормотала что-то, я разобрала только слово «война».

— Что? — окончательно потеряла я способность правильно оценивать действительность. — Ты о чем?

— Духи так называются, — пояснила Секридова, — «Война», лимитированный выпуск. Мы их представляли, и дилеры подарили по флакончику. Пожадились, сволочи, пробничками отделались. Правда, мне запах не понравился, тошнотный. Но ведь на халяву получила. Принесла домой и Алиске отдала, а та рада стараться, облилась с головы до ног. Такой едкий аромат оказался! Она вчера постаралась, когда на тусню собиралась, тем парфюмом и несет.

— Вот видишь, — обрадовалась я, — была тут Алиса! Иначе откуда запах?

Рита сдернула с вешалки боа из лисы, сунула мне под нос.

— Во, нюхай, отсюда валит! Алиска вчера эту крашеную кошку на плечи бросила. Дерьмовая вещь, но ей нравится.

Я машинально пощупала шкурку, потом поднесла пальцы к носу.

— Ну и мерзость!

— Согласна, — усмехнулась Рита. — А теперь ответь, сколько тебе отвалила Малкина, чтобы меня со съемки сорвать? Ее рук дело! Катюнечка мигом просекла, какой резонанс от календарика будет, и пустилась во все тяжкие.

— Был труп, — тупо твердила я, — вот тут, у стенки.

— Хватит! Могла бы придумать более правдоподобную историю! — сверкнула глазами Рита. — Понимаю, тебе заработать подфартило. Я на тебя не злюсь, сама такая, готова ради денег на многое, но Катьку урыть охота. Рассказывай!

— У тебя есть кофе? — робко попросила я, пытаясь справиться с головокружением.

— Пошли на кухню, — скомандовала Рита. Потом она быстро подошла к входной двери, вытащила из кармана ключ, заперла замок и, прищурившись, сказала: — Не уйдешь, пока всю правду не выложишь. Я Малкину с твоей помощью закопаю.

ГЛАВА 7

Получив чашку неожиданно замечательно крепкой и вкусной арабики, я стала излагать Рите историю про шубу из розовой шиншиллы. Девушка оказалась на удивление внимательной слушательницей, она не перебивала меня, а вопросы стала задавать лишь после того, как я замолчала.

— Значит, ты Васильева, — протянула она. — Наслышана о вашей семье.

— Васильевых много, — пожала я плечами, — одних актрис с такой фамилией несколько. Еще имеются певец, художник, пара писателей, танцовщик, историк моды...

Рита ухмыльнулась:

— У тебя есть брат?

— Нет, — удивленно ответила я.

Секридова почесала нос.

— Я не могла ошибиться. И потом, фотку видела: дом ваш, терраса большая, ты в кресле сидишь, а на коленях жуть мерзкая, пучеглазая уродка с черной мордой.

— Это Хучик, — возмутилась я, — очаровательный мопс, одна из лучших собак на свете! Сама ты жуть мерзкая!

— Следовательно, у тебя есть брат Аркадий, — продолжила Рита. — Софка, она дотошная, все выяснила.

— Аркадий мой сын.

— Вау! Ты не похожа на старуху!

— А я и не пенсионерка!

— Что-то не монтируется. Аркадию-то уже не двадцать.

Я тяжело вздохнула. Ну не рассказывать же Маргарите все наши семейные перипетии?[1]

— При чем тут Кеша? — спросила я удивленно.

Секридова вытащила сигареты.

— У нас в агентстве работала Софка. Дура страшная, но хитрая. Сумела удачно выйти замуж, богатого

---

[1] История семьи Даши Васильевой рассказана в книгах Д. Донцовой «Крутые наследнички» и «За всеми зайцами», издательство «Эксмо».

подловила. Только недолго счастье ей улыбалось, Софка любовника завела и попалась. Ясный перец, муженек ее вон выгнал, а Софка хоть и кретинка, да сообразила: надо кусок от пирога отгрызть, вытряси из мужа алименты и отсудить квартиру. Вот и наняла адвоката. Уж кто ее на твоего Аркадия вывел, не знаю. Только Софка юриста увидела, сразу скумекала: вот он, новый вариант, да еще какой. Молодой, красивый, высокий, ездит на шикарной иномарке, костюм дорогущий. Самое оно, пора брать.

Я покачала головой. Ну и ну!.. Костюм, иномарка... А как же любовь? Нет, я безнадежно старомодна, потому что «прикид» кавалера заинтересует меня в самую последнюю очередь.

— Софка девка методичная, — спокойно продолжала Рита, — она живенько все про Аркадия выяснила: богат, живет в загородном особняке, большая практика. Она к нему в гости напросилась, все посмотрела, дом сфоткала. Потом нам показывала и хвасталась: вот где жить стану. Неужели ты ее не помнишь? Софку забыть трудно — очень шумная и ржет, словно лошадь.

Я пожала плечами.

— Аркадий часто привозит клиентов, чтобы побеседовать с ними в спокойной обстановке. А твоя Софка разве не слышала про наличие у Кеши жены и двоих детей?

Секридова махнула рукой.

— Кому это мешает!

— Ну и что? — с неподдельным интересом спросила я. — Получился... вариант?

Рита подперла рукой щеку.

— Не-а. Как Софка ни старалась, облом у нее, а не вариант получился. Аркадий «голубой». Ему до баб дела нет.

— Просто он любит Зайку.

— Фетишист? — вскинулась Рита. — С плюшевыми игрушками балуется?

— Аркадий нормальный человек, только он не желает изменять жене.

— Значит, импотент, — констатировала Секридова.

— По-твоему, парень, спокойно живущий с собственной супругой, либо гей, либо обременен другими сексуальными проблемами?

— Стопудово, — закивала Рита. — Софка на себя кофе пролила, кофту сняла, чтобы переодеться, и перед ним в самом роскошном белье крутилась, а он ничего не замечал.

— Ладно, так при чем в нашей ситуации Аркадий?

— Просто так, — протянула Секридова. — Ты богатая, верно?

— Скажем, обеспеченная.

— И не станешь у Катьки Малкиной деньги брать?

— За что?

— У нас съемки на календарь, на них всего три дня дали, с утра до ночи стоим. Малкина очень хотела на страничку попасть, а ее не взяли, но сказали, что если кто заболеет, то она будет на замену. Вот я и решила, что Катюха тебя наняла. Усекла? Ну, ты меня с площадки сдергиваешь, а ее под объектив ставят.

— Извини, не хотела испортить тебе карьеру, — испугалась я.

— Ладно, — махнула рукой Рита, — обойдется.

— Алиса правда лежала в шкафу!

— Тебе показалось.

— Нет! Видела ее отлично, платье черное, на щиколотке татуировка.

— Какая?

— Кошка с крыльями.

Секридова вытянула безупречно стройную ножку.

— Такая?

— Очень похоже, — согласилась я.

— Вот ведь я дурака сваляла, — снова о своем завела Рита, — отвела Алиску в салон, она такую же наколола. Теперь у нас с ней вид, как у детдомовских.

— Значит, ты понимаешь, что не вру сейчас, — обрадовалась я. — Откуда бы мне про наколку знать? Я никогда с Алисой не встречалась!

— Виноградова безголовая, — снисходительно пояснила собеседница, — если наклюкается — способна в шкафу спать лечь. Небось после той тусовки в гардероб влезла и храпака задала.

— Бред.

— Ты Алиску не знаешь, — засмеялась Рита. — Где ее свалило, там и ляжет. Наверное, хотела раздеться, открыла шкаф и того, брык...

— Куда же она потом делась?

— Встала, умылась и на работу побежала. У Алиски эфир в четыре начинается, она ответственная.

— Ты только что назвала подругу дурой.

— Ага, идиотка и есть. Но службу не пропускает, у них на радио строго, живо могут вытурить.

— У вас в квартире есть черный ход?

— Не-а.

— И как же Алиска ушла?

— Ты чего, ненормальная? Через дверь.

— Я сидела на ступеньках прямо перед ней. Никто не выходил.

— Просто не заметила. Или заснула.

— Нет, Алиса не покидала квартиру, — уверенно заявила я.

Рита улыбнулась.

— Давай сделаем так. Алиска вернется домой с работы, я тебе звякну, приедешь и поболтаешь с ней. Виноградова могла шубу спереть. У нее вечно денег нет, и она не побрезгует чужое прихватить.

— Договорились, — кивнула я, потом встала, пошла к двери и, уже выходя на лестницу, не выдержала: — И все-таки Алиса была в шкафу. Мертвая!

— Опять сто сорок восемь! — всплеснула руками Рита. — Ты же видела гардероб. Он пустой. Крови нет.

— Человека можно по-разному убить. Например, отравить, — резонно возразила я, — тогда крови и не останется.

— Вот ексель-моксель! — фыркнула Рита. — Езжай домой, позвоню, как Алиска появится. Кстати, скажи наркотикам «нет», иначе скоро будешь видеть зеленых мышей верхом на розовых слонах.

В каком-то странном, полуразобранном от недоумения состоянии я вышла на улицу и вытащила сигареты. Конечно, Рита может думать про меня все, что угодно, только я не употребляю кокаин, не нюхаю клей, не делаю себе уколы героина и не пью водку в неограниченном количестве. Я видела труп Алисы! Девушка не выходила из квартиры! Но куда подевалось тело?

С тихим шуршанием около меня остановилось маршрутное такси. Из микроавтобуса, кряхтя, вылез мужчина лет пятидесяти в немодном плаще и черной шляпе. Тяжело дыша, он вытащил из «Газели» торшер, очевидно, только что купленный в магазине, поставил его на тротуар, повернулся к своему приобретению спиной, снял головной убор и принялся вытирать лысую макушку идеально отглаженным носовым платком.

Я тупо наблюдала за дядькой, в голове у меня не осталось ни одной мысли.

Внезапно из подворотни вынырнула большая рыжая собака. Она потрусила к торшеру, понюхала деревянную штангу, на верху которой торчал абажур, потом подняла лапу, щедро пометила осветительный прибор, а затем испарилась за углом.

Мужчина спрятал платок, дернул носом, раз, другой, третий. Потом повернулся к торшеру, вытащил из кармана очки, водрузил их на лицо, склонился к асфальту, выпрямился и гневно воскликнул:

— Какая гадость! Кто написал?

Я, стоя на том же месте, вытащила вторую сигарету. Дядька поднял взор на меня.

— Это вы!

Я выронила пачку.

— Что?

— Вы использовали лампу в качестве туалета!

Абсурдность обвинения заставила меня рассмеяться.

— Еще и веселится! — покраснел владелец торшера. — Сейчас милицию позову!

— Мужчина, да вы подумайте, где стою я и где ваша лампа! И потом, вы же все время смотрели на меня!

— Тут больше никого нет, — занудил незнакомец, — только вышел из такси, отвернулся, а вы взяли и написали...

— Это собака.

— Какая?

— Дворовая.

— И где она?

— Убежала.

— Тьфу, прямо! — стал уже багроветь дядька. — Не было пса!

— Вы его не видели, он тихонько подошел, и раз...

— Нет, вы испортили мой новый торшер, извольте оплатить!

Я повертела пальцем у виска, потом щелкнула брелоком, открыла машину, села за руль и завела мотор.

— Люди, люди! — завопил дядька. — Милиция, сюда, скорей, она удирает!

Я вырулила на шоссе. Надо же быть таким идиотом! Не заметил, что творилось рядом с ним, и теперь абсолютно уверен, что приличная дама испортила ему лампу! Хотя... Может, и я такая же невнимательная? Вдруг и вправду задремала на ступеньках, заснула минут на десять, и именно в это время Алиса выскользнула из квартиры? Нет, я не смыкала глаз, никто не покидал апартаментов. Ага, а мужчина уверен, что никакой собаки не было...

Тяжело вздохнув, я перестроилась во второй ряд и полетела в Ложкино.

— Ой, Дарь Иванна! — лишь только стоило мне войти в дом, налетела на меня Ирка. — Тут у нас такое!

— Какое? — мрачно поинтересовалась я. — Что случилось в милом, сладком доме? Сорвало фитинги и подвал залило водой? Опять разбилось стекло в мансарде или Черри пописала на диван? Говори живей, меня сегодня ничем не удивить.

— Тёма этот... — понизив голос, зашептала Ирка, — ну, лысый пузан, который притащился спозаранок... похоже, он действительно сын полковника.

Я села на табуретку.

— Это невозможно.

— Почему? — хихикнула Ирка. — Александр Михайлович вспомнил.

— Что?

— Кого! Маму Тёмы. Они с пузаном полдня разговаривали и все выяснили! Хотите чаю?

— Нет, спасибо, лучше расскажи поподробнее о сыне Дегтярева.

Ира сложила руки на груди.

— Не подумайте, будто подслушивала.

— И в мыслях не держала такого.

— Просто шла мимо спальни полковника, уронила коробку со стиральным порошком и, пока его собирала, совершенно случайно стала свидетельницей их болтовни.

— Давай начинай! — велела я. — С подробностями!

Вообще-то следовало поинтересоваться у домработницы, зачем она бродила возле комнаты Александра Михайловича с моющим средством, ведь стиральная машина находится в противоположном конце дома. Но я не стала задавать лишние вопросы, а превратилась в слух.

Итак, Тёма без утайки изложил полковнику свою биографию. Он воспитывался в детском доме, но не потому, что происходил из семьи алкоголиков или бомжей. Светлана, мама мальчика, скончалась, когда тому еще не исполнилось и трех лет, других родственников у малыша не имелось, вот его и отдали на попечение государства.

В шестнадцать лет Тёма получил паспорт, пошел работать на один из местных заводов, поступил в институт на вечернее отделение и перебрался жить в квартиру, где был прописан. Жилье, вполне приличная «трешка», осталось от мамы. По законам тех лет сироту не имели права выписывать с жилплощади, к тому же она была кооперативной, купленной мамой, а Тёма являлся единственным ее законным наследником. Спустя года два после начала самостоятельной жизни Тимофей Ведро решил затеять ремонт, начал вынимать с полок книги и нашел дневник мамы.

Женщина вела его всю жизнь. Странички, исписанные мелким, убористым почерком, содержали множество интересных для парня сведений: он узнал о своей бабушке — учительнице, дедушке — начальнике цеха, а потом выяснил и личность отца. Мама скрупулезно описала свою встречу с москвичом, сотрудником уголовного розыска Александром Дегтяревым, который прибыл в ее городок в командировку.

Встретились молодые люди очень буднично, в магазине, и два месяца не расставались, потом Дегтярев отбыл в столицу. Никаких обещаний Светочке Александр не давал, он счел летнее приключение ничего не значащим фактом и, скорей всего, забыл о девушке. Но через девять месяцев после отъезда Дегтярева в столицу на свет явился Тёма. Света отправила любовнику письмо, в котором сообщила о рождении малыша, однако ответа не дождалась. Другая бы девушка поехала в столицу искать легкомысленного папашу, но Светочка была гордой, она решила самостоятельно поднимать мальчика. К тому же кататься в Москву с грудным младенцем тяжело, оставить же Тёму было не с кем.

Неизвестно, как бы дальше развивались события. Вполне вероятно, что лет, скажем, через десять мама могла бы взять с собой школьника-сына и все же отправиться на поиски отца ребенка. Но Светлана умерла.

А еще в ее дневнике намеками говорилось о некоем Владимире, женатом человеке, который собирался развестись с супругой и пойти в ЗАГС со Светой. Владимир давно подбивал клинья под Светлану. Тёма понял, что пара прожила вместе два года, потом влюбленные поругались и разбежались. Ссора случилась в апреле, а в мае в город прибыл Дегтярев. После отъезда милиционера в столицу Света и Владимир помирились, затем, когда на свет уже появился Тёма, разругались, но опять сошлись, через месяц вновь разбежались и вскоре снова стали жить вместе. Наверное, Светлана надеялась выйти замуж за Владимира, поэтому и не спешила в Москву. Но сходить в ЗАГС ей так и не удалось, а возлюбленный после смерти Светланы не захотел заботиться о ее сыне.

Узнав правду о своем происхождении, Тёма никаких действий предпринимать не стал. Он мирно учился, работал и, если честно, совершенно не задумывался об отце.

Своей семьи у Тимофея не имелось. Бывшие детдомовцы, как правило, неудачливы в личной жизни, и Тёма не стал исключением. У него не получалось строить отношения с женщинами, парень не понимал, как следует себя вести, чтобы простая связь переросла в прочный брак. Но холостячество не напрягало, Тёма был трудоголик, ему вполне хватало для счастья работы.

Полгода тому назад Тёма заболел гриппом и выпал из привычного ритма жизни. Целую неделю молодой человек валялся в кровати, тупо переключая каналы телевизора. В конце концов он наткнулся на передачу о доме престарелых.

— У всех этих несчастных людей есть дети, — вещал корреспондент, — но посмотрите, в каких условиях бедняги заканчивают свой жизненный путь.

Тёма увидел на экране убогие комнаты, обшарпанную мебель, плохо одетых, полуголодных стариков.

— Родственники не желают возиться с теми, кому требуется забота, — возмущался журналист, — а ведь Библия велит чтить своих родителей.

Тёма сел на кровати, он внезапно подумал об отце. Интересно, он жив? Если да, то чем занимается? Может, нуждается в помощи? Вдруг неизвестный ему Дегтярев погибает с голоду? Вполне вероятно, что Александр Михайлович и не подозревает о наличии у него взрослого сына, письмо, в котором Света сообщала о рождении ребенка, могло попросту не дойти до адресата. Нет, необходимо найти мужчину и поговорить с ним.

Осуществить задуманное оказалось до смешного просто. У Тёмы много приятелей, и один из них, наведя нужные справки, выяснил, что бывший лейтенант Александр Михайлович Дегтярев, ныне полковник, проживает в Подмосковье, в деревне Ложкино, что он одинок, ни жены, ни детей не имеет.

Узнав про сельскую местность, Тёма вздрогнул: похоже, сбываются самые его мрачные предположения. Воображение мигом нарисовало покосившуюся избенку безо всяких удобств, дощатую будку во дворе, расставленные около забора железные бочки с желтой водой и старика, который трясущимися руками снимает с картофельной ботвы колорадских жуков. Придя в ужас, Тёма немедленно вылетел в Москву. Он решил взять отца к себе, пусть хоть перед смертью бедняга поест досыта.

ГЛАВА 8

— Ну и как вам песня? — спросила Ирка.

— Очень печальная, — кивнула я. — Тёма, очевидно, добрый человек, не всякий захочет помочь родителю, который не принимал участия в его воспитании.

— Может, и так, — протянула Ирка, поворачиваясь к чайнику.

— У тебя иное мнение?

Домработница бросила в чашку пакетик с заваркой.

— Знаете, Дарь Иванна... Впрочем, не мое дело.

— Нет уж, говори.

Ирка глянула на меня.

— Вы этого Тёму рассмотрели?

— Не очень, — призналась я, — но он здорово похож на Дегтярева — лысый, толстый.

— Тут недавно по телику шоу двойников показывали, — сообщила Ирка, — ну прямо офигеть, до чего они на звезд смахивают. Представьте, Киркорова женщина изображает, ростом с телевышку. Во чего бывает!

— Ты куда клонишь? Высказывайся прямо! — велела я.

— Уж простите, Дарь Иванна, — занудила Ирка, — но вы человек увлекающийся, наивный, Машенька вся в маму пошла. Хоть вы ее не рожали, а одинаковые вышли. Зайка, та ваще безголовая, а Дегтярев только орет: «Я самый умный, остальные дураки», но на самом деле его годовалый ребенок вокруг пальца обведет. Один Аркадий Константинович рассудительный, но его ж никогда дома нет. Мой долг вас предостеречь.

— От чего?

Ирка схватила сахарницу.

— Полковник этого Тёму обнял и чуть не зарыдал, а сам бормочет: «Сынок любимый, ничего о тебе не знал, никакого письма не получал!» Разве так можно?

— Как?

— Верить человеку на слово! — вспыхнула Ирка. — У него чего в паспорте стоит? Ведро Тимофей Николаевич. При чем тут Дегтярев?

Я заморгала. Ирка подняла указательный палец.

— Во! Это раз. Теперь два. Ему про Ложкино приятель выяснил. Что ж он не сообщил правду: не деревня, а коттеджный поселок с домами за дикие сотни тысяч баксов!

— Вполне вероятно, что официально Ложкино числится селом, — пояснила я, — наш же поселок получил название от ближайшей деревни. У нас почтовый адрес «Ложкино-1», однако про цифру все забывают.

— Ладно, — кивнула Ирка. — Только я сумку этого Тёмы разбирала. Жуть!

— В каком смысле?

— Вещи — дерьмо, — заявила домработница, — я в шмотках разбираюсь.

— Грязное и рваное?

— Нет, — ухмыльнулась Ира, — новое совсем, чистое и целое. Но все российское: рубашки, белье, свитер. А ботинки... Говнодавы настоящие, простите, конечно!

— Не у всех есть деньги на фирменные вещи, — возмутилась я. — Ира, откуда такой снобизм? Между прочим, я очень люблю белье, которое шьют в Минске, стараюсь покупать только его: хлопковое, натуральное, изумительное. А куртки? Вон Зайка купила дорогущий пуховик, и тут же «молния» сломалась, а у Дегтярева российский третий год, как новый.

— Китайский, — поправила Ирка.

— Ну и что? Зато он стоил две копейки и цел до сих пор, — не сдавалась я. — Да бог с ними, с вещами. Давай вспомним о продуктах! Покупали мы итальянские макароны, и вечно они нам какими-то недоваренными казались. Перешли на родную «Макфу» и кушаем аппетитнейшие «гнезда» с грибочками в свое удовольствие! И, ко всему прочему, от них не толстеешь, и варятся они очень быстро!

— Тут вы правы, — согласилась Ирка. — Только у нас деньги есть, мы покупаем российское не от бедности, просто эти товары больше нравятся. А Тёма нищий! Видела я, какими он глазами на портьеры глядел, даже пощупал их. Нехороший человек.

— Ты сделала подобный вывод после того, как гость потрогал драпировки?

— А вы не зубоскальте, — надулась Ирка. — Он еще от Хуча шарахнулся, ноги поджал и спросил: «Он кусается?»

Я села на табуретку и почувствовала легкий дискомфорт. Меня всегда настораживают люди, которые не любят животных. Предположить, что Хучик способен кого-то укусить, может либо дурак, либо очень злой человек. У мопса и зубов-то практически нет, выросли через один.

— Знаете, как дело обстоит? — наседала Ира.

— Ну?

— Тёма ваш распрекрасный за своими Уральскими горами чуть с голоду не помер, — застрекотала домработница, — вот и решил в богатый дом пристроиться. Приехал сюда и набрехал с пять коробов. Мамин дневник... Ха! Он вам его показал?

— Нет.

— Вот! Теперь тут поселится, оденется, обуется, отъестся и ваще навсегда останется. Дегтярев его уже за сыночка считает, Манюня жалеет, даже Ольга прослезилась, глядя, как эта кастрюля полковника обнимает.

— Ведро, — машинально поправила я.

— Один шут разница, — скривилась Ирка. — Гоните его вон, прохиндея, вот мое мнение.

— И как ты предлагаешь провести операцию?

— Прямо так и скажите: «Вали домой».

— Не могу.

— Почему? — уперла руки в бока домработница.

— Не принято подобным образом обращаться с гостями.

— Тьфу! Если станете всех привечать, в нищете помрете.

— А где сейчас Тёма?

— Его Дегтярев в Москву увез.

— Нельзя же выгнать сына полковника.

— Он ему никто.

— Откуда такая уверенность?

— Задницей чую, — заявила Ирка.

Я постаралась скрыть усмешку. Надо же... Судя по некоторым расхожим выражениям, вышеупомянутый орган является главным для русского человека: он им чувствует беду и одновременно ищет на него приключений.

— Надо приблуду на анализ отправить. Генетический. Есть такой, я знаю, — посоветовала Ира. — Вот у нас на двадцать пятом участке Мироновы живут... Слышали?

Я кивнула.

— Хозяин горничную выгнал, — ажиотированно продолжила Ирка, — беременную. А та, не будь дурой, в лабораторию сносилась и его жене под нос бумажку сунула, где черным по белому написано, кто отец ее будущего ребенка.

— И кто?

— Ой, Дарь Иванна, несообразительная вы! Ясное дело, сам хозяин. Надо у этого Тёмы кровь взять.

Вот и станет ясно, чей он сын! — торжественно закончила Ирка.

— Неудобно как-то, — промямлила я, — подойти и заявить: «Предполагаю, вы обманщик, поехали на экспертизу». А если он и впрямь родня Александру Михайловичу? Обидим и Тёму, и полковника.

— Тогда надо хитростью анализ взять. Обманом.

— Как?

— Подумаю и соображу, — пообещала домработница.

— Хорошо, — согласилась я, — тоже поломаю голову над проблемой. Но очень тебя прошу, давай соблюдать презумпцию невиновности.

— Чего?

— Пока мы не доказали, что Тёма обманщик, он честный человек и живет в Ложкине на правах сына полковника, — объяснила я. — Понятно?

— Ничего, — мстительно процедила Ирка, — пусть временно сыром в масле катается! Скоро закончится лафа, я его сама веником вымету!

— Только после лабораторного заключения, — предостерегла я и услышала звонок своего мобильного.

— Даша? — спросил чей-то знакомый голос.

— Да, а кто говорит?

— Рита Секридова.

— Алиса пришла? — обрадовалась я. — Сделай одолжение, не выпускай ее, уже еду!

— Хорошо, — сухо выронила Рита, — жду.

Я бросилась к машине. Завела мотор и, не обращая внимания на сильный дождь, понеслась на Солянку.

Дверь в квартиру Риты опять оказалась открытой.

— Добрый день! — закричала я, влетая в прихожую. — Алиса, вы где?

— Ее нет, — мрачно сообщила Рита, высовываясь из кухни. — Иди сюда! Чего тарарам подняла?

— Ушла! — расстроилась я. — Ты же обещала ее остановить!

— Она не приходила.

— Послушай, я живу за городом, кататься туда-сюда по пробкам не особое удовольствие. Когда ты позвонила, я поняла, что Алиса явилась домой.

Секридова шлепнулась на колченогий стул, маячивший около буфета.

— Нет, она не объявлялась. Но... Смотри, у Алиски сегодня эфир.

— Так.

— Он прямой, не предварительная запись. Ей люди в студию звонят, заказывают песни, с днем рождения друг друга поздравляют. Ясно?

— В принципе, да, — кивнула я. — Ничего особенного, подобные шоу почти на каждой радиостанции есть.

— Но вечером Алиски на эфире не было, — протянула Рита.

— А кто там был?

— Диджей по фамилии Столяров. Я включила приемник и услышала его голос. Странно.

— Почему? Может, у Алиски случилось неотложное дело, и она попросила ее подменить.

— Нет, — помотала головой Рита, — у них подобное не принято. Генеральный продюсер терпеть не может манипуляции с расписанием. В этом году Алискина смена падала на первое января, в девять утра ей заступать следовало. Приятно, да?

— Невероятно, — кивнула я.

— Если тебе рассказать, из какого Алиска дерьма

выплыла, не поверишь, — монотонно вещала Рита. —
Ну да не о том речь. Алиска хотела в компании праздник отметить и нашла того, кто согласился у микрофона первого числа париться, — Столярова. У парня
как раз облом с бабой случился, ему идти было некуда, вот и сказал Алиске: «Хрен с тобой, я первого от-
тарабаню». Обрадованная, она побежала просить поменять ей смены. Но начальство встало на дыбы:
«Слушатели ждут именно Виноградову, — заявил ей
генеральный, — у нас не лавочка со спичками, вот
там все равно, какая морда за прилавком. Не нравится сидеть у микрофона, никто не заставляет, получи в
бухгалтерии расчет, и разойдемся друзьями». И Алиса, испуганная угрозой босса, в компанию свою не
поехала, примчалась первого января в девять утра,
трезвая, и вышла в эфир.

Я молча слушала Риту.

— А сегодня вместо нее Столяров вещал, — втол-
ковывала мне Секридова. — Причем вчера утром
Алиска, услышав про мое предложение сопровождать
Болтова, воскликнула: «Отлично, и выпить мне в
свое удовольствие удастся! На работу лишь вечером,
можно не ограничиваться бокалом шампанского».
Понимаешь, она не думала пропускать эфир. Алиска
страшно дорожит своей работой и боится ее потерять.

— Вдруг она попала в больницу? — предположила я. — Позвони ей на мобильный.

— Уже пыталась, он отключен. Хотя вот тут ничего особенного, у Алиски постоянно заканчиваются
деньги. Настораживает другое.

— Что? — подскочила я.

Рита вытащила из прически прядь волос и принялась накручивать ее на палец.

— Алиска, как я уже говорила, из грязи выползала. Она мне рассказывала: отец алкоголик, мать ему под стать, вечно бухая. У таких людей детки в младенчестве помирают...

Но Виноградовой повезло. Ее господь наделил упорством и трудолюбием, девочка сумела окончить школу, поступила в институт, пристроилась на радио и начала вылезать из нищеты. Денег у Алисы было мало, соблазнов в столице много, да еще в Москве принято человека встречать по одежке, поэтому радиоведущая тратила весь оклад на оплату квартиры и на обновки, еда в бюджете не предусматривалась. Чтобы не помереть с голоду, Алиса бегала по тусовкам, убивая двух зайцев: знакомилась со всякими людьми и наедалась на фуршете. В сумочке у Виноградовой всегда имелся небольшой пакетик, куда она незаметно клала халявные пирожки и бутерброды, обеспечивая себе завтрак, а то и обед.

Алиса целеустремленная девушка, она мечтала шагнуть выше по карьерной лестнице, ей было охота пробиться на телевидение, стать звездой, обрести большой оклад, купить собственные хоромы, машину... В общем, планов громадье. В отличие от очень многих девиц Алиса не желала выскакивать замуж, она надеялась лишь на себя и кокетничала с мужчинами на вечеринках с единственной целью: рассчитывая встретить всемогущего продюсера, который произнесет заветную фразу: «Давно ищу ведущую шоу, похожую на вас».

Выпить от души Алиса позволяла себе лишь тогда, когда участники тусовки расходились по домам. И то не всегда. Иногда новые знакомые предлагали продолжить вечер в другом ресторане, и Виноградова ехала с ними. В этом случае нужна трезвая голова, налаживание связей в Москве — процесс длительный и довольно трудный, а Алисе страшно хотелось стать звездой, она на все готова ради карьеры.

Если на тусовке случался облом, то есть никаких интересных встреч не происходило, вот тогда Алиска, выждав нужный момент и увидав, что в зале осталось пять-шесть крепко поддавших личностей, подходила к столику, где наливали спиртное, и быстро опрокидывала в себя пару-тройку бокалов. Не следует считать Виноградову алкоголичкой, ей просто требовалось расслабиться.

Но тут надо упомянуть об одной физиологической особенности Алисы. Девушка способна выпить довольно много вина и не опьянеть. Вернее, алкоголь «догоняет» Виноградову не сразу. Около часа она ходит трезвая, но в какой-то момент весь принятый алкоголь бьет ей в голову, причем с такой силой, что Алиска падает замертво...

Рита остановилась и посмотрела на меня.

— Понятно объясняю?

— Да, — кивнула я, — у меня есть один знакомый, Вадик Рогачев, у него та же особенность: вливает в себя водку стаканами и вроде как ни в одном глазу. А потом — бах, лежит на полу. Его словно выключают.

Рита слабо улыбнулась.

— Вот-вот. Алиса очень хорошо знала о том, какую шутку с ней играет выпивка, поэтому наливалась перед уходом и почти всегда успевала доехать до дома.

— Почти всегда?

Секридова включила чайник.

— Ну, пару раз она засыпала, не добежав до квартиры. Я ее находила во дворе, на лавочке. Но это исключение, обычно Алиска добиралась до спальни. Вернее нет, она вваливалась в квартиру, а там уж где упадет. Понимаешь, ее натурально вырубало, могла улечься в ванной на полу, в прихожей возле комода или в коридоре развалиться. Я с ней пыталась ругаться, говорила: «Если уж доперлась до дома, так дойди до койки». А Алиска растерянно хихикала и отвечала: «Извини, Ритусь, я собой в такой момент не управляю. Темнеет в голове, и все! Мне, главное, в квартиру притопать».

Чайник начал выпускать из носика пар, Секридова взяла с подоконника кружку, бросила в нее пакетик с заваркой и хмуро поинтересовалась:

— Понимаешь теперь, отчего я не слишком удивилась, когда ты про шкаф сказала? Нет, сначала, когда про смерть Алиски услышала, испугалась. Но потом сообразила: она домой заявилась, решила раздеться и в гардероб упала. Если честно, я правда подумала, что тебя Катька подговорила меня разыграть...

— Уже слышала историю про календарь, — перебила я модельку. — Зачем ты сейчас меня позвала, если Алиса не пришла?

Рита нервно огляделась по сторонам.

— Знаешь, похоже, ее украли. Унесли или увезли.

— Кто? Куда? Зачем? — принялась я задавать бестолковые вопросы. — И где шуба?

Секридова отхлебнула чай, дернулась.

— Вот, блин, горячий... В общем, когда ты уехала, я Катюхе позвонила и скандал устроила, пообещала ей морду расцарапать за ее шуточки. А Катька чуть не зарыдала: «Никого не посылала, на твое место не лезу». Уж так она оправдывалась, так отнекивалась... Потом Алиски в эфире не оказалось. Но главное... Смотри!

ГЛАВА 9

Рита встала и поманила меня рукой. Мы вышли в коридор.

— Вот, — ткнула Секридова пальцем в сапоги, валявшиеся у входа, — это Алискины.

— Дорогая обувь, — кивнула я, — модная, красивая, из натуральной кожи. О! Да еще с фирменным знаком! Послушай, почти такие же можно купить за сто евро, а в бутике ими торгуют по тысяче. То есть, покупая там, переплачиваешь девять сотен! Неужели не жаль денег?

Рита нахмурилась.

— Это богатая баба может прийти на тусню чуть не в пластиковых сланцах, и никто ее не осудит. Всем ясно, не от нищеты в тапках приперла, а потому что так захотелось. А мы, бедные девушки, должны носить самое дорогое и модное, иначе никуда не проникнешь, фейс-контроль не пропустит. Так вот, у Алиски одни сапоги.

— Понятное дело, — вздохнула я, — таких много не купишь.

— Ты не сообразила! — перебила меня Секридова и повторила: — У Алиски одни сапоги.

— Меня это не удивляет, — спокойно подхватила я. — Кстати говоря, поверь мне, есть не менее хорошие марки, и они дешевле.

— Нет, ты определенно дура! — воскликнула Рита. — У Алиски одни сапоги, других нет! В чем она ушла, если обувь лежит в прихожей?

— Действительно, — насторожилась я. — Впрочем, может, она нацепила кроссовки и джинсы?

— Ага, — кивнула Рита, — я тоже так сначала подумала. А потом открыла ее шкаф и увидела: все вещи на месте. Нет лишь вечернего платья, черного с большим декольте и очень короткой юбкой. В таком по улицам днем не пойдешь.

— Ты уверена, что она не натянула брюки?

— Абсолютно! — нервно воскликнула Рита. — У Алиски мало вещей, я их наизусть знаю, мы друг у друга шмотки постоянно берем.

— Допустим, — кивнула я.

— Сапоги тут, — стала загибать пальцы Секридова, — пальто тоже — вон то, велюровое. У Алиски, кроме него, еще куртка имеется, так она висит на крючке. Получается, что Виноградова сегодня, в дождливый день, утопала из дома в совершенно не подходящем платье, босая, без верхней одежды и сумки. На тусню она у меня аксессуарчики взяла, но они здесь сейчас. И в эфире ее не оказалось! Ну, как ситуация?

— Настораживающая, — согласилась я.

Секридова намотала на указательный палец прядь волос, подергала и прошептала:

— Думаю, ты не ошиблась, она лежала в шкафу. Вот... — сильно побледнев, Рита ткнула рукой в нутро гардероба. — Видишь пол?

— Конечно.

— Теперь нагнись и глянь внимательно. Там гвоздь есть...

Я всунулась в шкаф и уставилась на полувывинченный шуруп.

— Нашла? — прошептала Рита.

— Ага, — тоже отчего-то шепотом ответила я.

— Прядь волос светлых видишь?

— Да.

— Это Алискины! — воскликнула Рита. — Она там лежала!

— Сама же говорила, что подруга способна заснуть в любом положении и месте, — попыталась я успокоить Риту.

Но девушка совсем потеряла самообладание. Она вцепилась мне в плечи и заорала:

— Нет! Мне страшно!

Я еще раз обозрела шкаф.

— Алиса способна на дурацкие розыгрыши?

— Не думаю, — мрачно ответила Рита. — Да, она лежала в шкафу, иначе откуда тут ее волосы... Ты точно видела Виноградову!

— Осталось выяснить, каким образом она покинула квартиру, — хмыкнула я.

— Босиком, без верхней одежды, — обморочным голосом продолжила Рита. — Послушай, сегодня ведь пятнадцатое мая?

— Верно, — подтвердила я.

И тут Секридова побледнела, пошатнулась, а затем, странно всхлипнув, медленно опустилась на пол и вытянулась на грязном паркете.

— Рита! — испуганно позвала я. — Тебе плохо? Ответь, пожалуйста! Ау, отзовись...

Но манекенщица лежала без движения. Я кинулась на кухню, принесла стакан воды, начала брызгать на лицо Секридовой, изредка восклицая:

— Ритуля, открой глазки!

В конце концов девушка приподнялась и простонала:

— Пятнадцатое. Ее убили.

— Алису?

— Да.

— Кто?

— Не знаю.

— При чем тут пятнадцатое число?

Рита попыталась встать на ноги, но они отказывались служить хозяйке.

— Нас перепутали, — еле слышно выдавила из себя Секридова.

— Кого?

— Меня и Алиску, — заплакала Рита. — Виноградову убили по ошибке. Пятнадцатое мая... Пятнадцатое! Мая!

— Извини, пока ничего не понимаю, — осторожно сказала я. — При чем тут все-таки сегодняшнее число? День как день.

Секридова протянула мне руку.

— Помоги.

Я подхватила девушку.

— По-моему, тебе следует выпить чаю.

— Пятнадцатого мая умер папа, — не обращая внимания на мои слова, сказала Рита. — Потом погибла Ксюха, и число было то же. День в день ушла мама, затем Лешка. Понимаешь? Следующая была моя очередь. Я хотела судьбу обмануть, думала, Феня права, это дом наш проклятый, но... Видишь! Алиску просто со мной перепутали. Мы похожи, обе блондинки, и на щиколотке татушки одинаковые. А еще именно я вчера должна была Болтова сопровождать. И Виноградова с моей сумкой утопала на тусню, приметная вещица, дорогая, дизайнерская. Сумочка в коридоре лежит. Все одно к одному, а главное — пятнадцатое мая! Ой, дура я, дура! Надеялась, уеду и избегу проклятия! Зачем мне Феня правду рассказала...

По щекам Риты потекли слезы, губы у нее затряслись.

— Меня обязательно убьют. Непременно. Сейчас он просто ошибся.

— Кто?

— Он, она, оно... Феликс Ковалев! Не знаю! Нет, нет! Не хочу!

Громко зарыдав, Рита бросилась в свою спальню. Я побежала за девушкой. Увидав, как она кинулась на кровать лицом в подушку, я села на скомканное одеяло, обняла трясущуюся Секридову и стала гладить по плечу, приговаривая:

— Ну-ну, успокойся.

— Куда бежать?

— Перестань плакать.

— Страшно, страшно, страшно... — с монотонностью робота завела Рита — ...страшно, страшно...

Сообразив, что у девушки началась истерика, я попыталась успокоить бедняжку:

— Давай принесу тебе чай.

— Страшно, страшно...

— Я с тобой.

— Страшно, страшно... Меня убьют...

— Конечно, нет.

— Пятнадцатого числа, как всех.

Я наклонилась к Рите.

— Послушай, он, она, оно — или кто там? — убивает именно пятнадцатого мая?

— Да, — всхипнула манекенщица, — абсолютно верно.

— Вот и хорошо.

Рита перестала рыдать и оторвала голову от подушки.

— Издеваешься, да?

— Нет. Я тебя не оставлю ни на минуту, просижу тут до полуночи, то есть до наступления шестнадцатого числа. При свидетеле убийца не посмеет совершить задуманное. Пятнадцатое закончится, и у тебя будет целый год впереди. За триста шестьдесят пять дней я непременно найду того, кто так напугал тебя. Если он, конечно, существует.

Рита всхлипнула:

— Еще как существует! Феликс Ковалев.

— Это кто такой?

— Убийца! Он сумел уничтожить всю мою семью.

— Знаешь адрес парня?

— Ага.

— Говори скорей.

Неожиданно Рита расхохоталась.

— Адрес? Пожалуйста. Кладбище, за оградой у входа. Только, где погост, не знаю.

— Он умер?

— Молодец, сообразила! — попыталась справиться с истерическим смехом девушка. — Очень ты умная, я бы не дотумкала, что труп зароют, обычно их снаружи оставляют... Ха-ха-ха!

Я встала и, не говоря ни слова, пошла к выходу.

— Ты куда? — закричала Рита.

— Домой, дел полно.

— Бросишь меня тут? — завопила Секридова. — Обещала же посидеть до полуночи! Я боюсь оставаться одна. Погоди!

— Позови кого-нибудь из подруг, — мирно предложила я, — или сама к ним поезжай, а у меня времени на всякое идиотство нет. Прости, конечно, но это ты, похоже, решила надо мной поиздеваться.

Секридова вскочила.

— Пошли чаю попьем.

— Ты уже и так налилась им и ни разу не предложила мне чашку.

— Не обижайся. Мне правда очень страшно.

— Боишься умершего Феликса Ковалева? — усмехнулась я.

Рита устало кивнула:

— Да. Выслушай меня, все не так просто. Теперь я уверена: убить хотели не Алиску. Пожалуйста, не уходи!

Ощущая себя героиней пьесы абсурда, я села в кресло.

— Говори, только без соплей. Спокойно изложи факты.

Рита закивала:

— Это старинная семейная легенда. Мои предки были богатыми людьми, имели дворянский титул и владели тысячами душ крепостных крестьян...

Я скрестила ноги.

После революции 1917 года пришедшие к власти большевики начали планомерно уничтожать дворянство как класс. Населению страны репрессии объясняли просто: всякие там баре — угнетатели рабочего люда, Салтычихи мерзкие. Вот сейчас отнимем у них богатство, раздадим его нуждающимся и заживем счастливо. Сначала пострадали члены очень известных фамилий: Оболенские, Трубецкие, Волконские, Гагарины... Потом карающий меч палачей добрался до менее родовитых семей, до купцов и богатых крестьян, следом начали вырезать средний слой.

Долгие годы в СССР не имелось дворянства. И вдруг в начале девяностых чуть не у каждого второго бывшего советского человека обнаружились родовитые предки. Сначала я удивлялась, читая в журналах рассказы звезд о бабушках и дедушках, танцевавших на придворных балах. Потом спросила себя: «Что же люди раньше-то писали в анкетах? Кадровики ведь тщательно проверяли сотрудников. Неужели работники первого отдела выполняли свои обязанности спустя рукава? Или наши писатели, актеры и ученые слегка приукрашивают ситуацию? Может, их предки и бывали на балах в Зимнем дворце, но не в качестве дорогих гостей, а в ранге лакея или горничной?»

Вот и Рита сейчас самозабвенно пела песню о своих корнях.

— Волковы — старинный род, — абсолютно не подозревая о моих мыслях, торопливо говорила Секридова, — прапрадедушка был меценатом, у него в усадьбе жили художники, писатели...

— Может, попытаешься приблизиться к современности? — улыбнулась я. — И потом, насколько помню, твоя фамилия Секридова.

— Верно, — не смутилась Рита.

— При чем тогда тут богатые дворяне и меценаты Волковы?

— Мой папа был Петр Михайлович Волков, — пояснила Рита, — маму звали Анна Ильина. Нас имелось трое, детей в смысле. Лешка, Ксюха и я.

— Как же ты в Секридову превратилась?

— Да очень просто, — пожала плечами Рита, — замуж вышла.

— И где сейчас супруг?

— Хрен его знает, — вздохнула Рита, — самой иногда интересно. Не виделись мы... э... уж не помню сколько. Лет пять, а то и больше. Он пьяница был, потом на наркоту подсел. Один раз ушел из дома и не вернулся. Если честно, я только рада была, сил уже не осталось Костю терпеть. С «торчком» жить невозможно.

— Так ты не в разводе?

— Не-а, — хмыкнула Рита. — Юридически нет, а фактически давно с муженьком не встречалась. Думаю, он уже покойник. Ты меня выслушай внимательно.

Я прикрыла глаза.

— Продолжай.

И полился плавный рассказ манекенщицы. Примерно через десять минут у меня возникло стойкое ощущение, что Рита пересказывает сюжет телесериала. Если отбросить кучу ненужных подробностей вроде описания шикарных интерьеров дворца, принадлежавшего прапрадедушке, то «скелет» повествования выглядел так.

Дворянин Павел Волков, щедрый меценат, ценитель произведений искусства, богатый барин, имел при усадьбе театр, а в нем служили крепостные актеры. Несмотря на любовь к искусству, Павел был суровым хозяином, этаким Карабасом-Барабасом, он лично ставил спектакли и нещадно наказывал лицедеев за ошибки. Не успевал закрыться занавес, как доморощенный режиссер шел за кулисы, и начинался «разбор полетов». Волков никогда не хвалил подопечных, несчастные актеры считали за радость, если барин молча кивал, глядя на них. Но безмолвствовал Павел редко, обычно он находил предлог для возмущения, и труппе доставалось на орехи. У просвещенного мецената в арсенале имелись карцер, холодная комната без окон, розги и масса всяких иных «поощрений» вроде лишения еды или выставления провинившегося ночевать на улицу в суровую декабрьскую ночь.

Актеров для своего театра барин набирал сам — ездил по деревням, выискивал симпатичных юношей и девушек, отправлял их в усадьбу, а потом начинал муштровать. Одних ставил к станку, приказывая разучивать всякие балетные па, других приковывал к фисгармонии, пытался научить петь.

Народу у Волкова в селах жило много, поэтому театр всегда был укомплектован, но барин все равно колесил по деревням в надежде отыскать звезду.

И вот однажды Павлу повезло — он встретил удивительную красавицу и умницу Марфу Сныткину. Девушка была так хороша и столь талантлива, что даже суровый барин никогда не мог найти причину, дабы выпороть девицу. Марфа оказалась безупречной во всех отношениях.

Прослышав о необыкновенной актрисе, которая достойна блистать на подмостках императорского театра, к Волкову в гости потянулись соседи. Всем хотелось поглядеть на нимфу и послушать ее чарующее пение. Не утерпел и Феликс Ковалев, не слишком богатый молодой барин.

Как уж там получилось, Рита точно не знала, но Феликс и Марфа чудом познакомились, полюбили друг друга и начали тайком встречаться. В конце концов Феликс приехал к Волкову и попросил того продать ему Марфу.

Павел отказал, как сейчас бы сказали, в грубой, циничной форме и велел управляющему не пускать Ковалева в свои владения. Марфу же выпороли на конюшне. Хозяин хотел, чтобы девушка хорошо запомнила урок и выбросила из головы мысли о любви.

ГЛАВА 10

Современному человеку поведение Павла Волкова покажется отвратительным, но в царской России крестьян считали малыми детьми, которых следует учить уму-разуму. А как поступает любящий отец с непокорным ребенком? Достает розги и объясняет капризнику его ошибки. Селяне в основном были людьми здоровыми, а барские палачи особо не зверствовали, понимали, что перед ними поставлена задача не убить, а вразумить глупое создание, не внемлющее словам.

Марфу «отходили» без особой жестокости, ей было скорей обидно, чем больно. Волков, остыв, пожалел о своем решении и отправил к запертой в кладовке актрисе свою экономку Матрену.

— Отнеси ей бульону, — велел барин, — куриного. Но не говори, что я распорядился, вроде ты сама решила.

— Ясно, батюшка, — поклонилась Матрена.

— Ступай, чего замерла? — начал сердиться барин.

Экономка заторопилась вон. Но не прошло и пяти минут, как она примчалась назад с воплями:

— Батюшка, Павел Андреевич! Ой, беда, ой, горе!

— Что случилось? — всполошился Волков.

— Марфа повесилась, — запричитала Матрена, — удавилась в кладовке.

Павел бросился в ту каморку. Но поздно, помочь юной актрисе было невозможно. Спешно прибывшему доктору осталось лишь констатировать смерть.

Волков избежал следствия. Слуги, как ни странно, обожали барина и считали, что тот поступил абсолютно правильно, наказав ослушницу. В один голос они твердили местному уряднику[1]:

— Ничего ей не сделали, просто попужали.

Марфу похоронили за воротами кладбища, поскольку самоубийцу нельзя отпевать в церкви и не лежать им в освященной земле.

Через неделю на могиле актрисы нашли тело Феликса Ковалева. Поклонник актрисы застрелился из охотничьего ружья, оставив письмо, в котором обвинил Волкова не только в кончине Марфы, но и в сво-

---

[1] У р я д н и к — сотрудник полиции, некто вроде нынешнего участкового. (Прим. автора.)

ей смерти. «Самодур», «сатрап», «ирод» — это еще самые мягкие определения, которые значились на бумаге. Но главное — в прощальной записке имелась фраза: «Проклинаю весь род Волковых до семнадцатого колена. Да настигнет их смерть, а кто жив останется, повенчается с бедой! Каждого пятнадцатого мая, в день кончины моей любимой Марфы, солнце не станет светить в окна к Волковым, закроет их египетская мгла и кое для кого из проклятого семейства не рассеется, простятся они с жизнию. Господь справедлив, он тоже скорбит об ангеле».

Письмо Павлу прочитала мать Феликса. Приехала она к ничего не подозревающему соседу в крайне неприличное для визитов время — в девять утра, оттолкнула Матрену, пытавшуюся не пустить барыню, вошла в столовую, где меценат, сидя в шлафроке, вкушал кофий, и спокойно сообщила:

— Милостивый государь, сегодня ночью скончался мой сын.

Павел ахнул и перекрестился.

— Он велел вам передать свою последнюю волю, — абсолютно без эмоций продолжила дама и озвучила послание.

Волков схватился за сердце, а мать Феликса подняла руку и четко произнесла:

— Да будет так, пусть свершится божье правосудие!

Потом плюнула на пол и ушла.

Можете считать это простым совпадением, но ровно через год пятнадцатого мая скончался старший сын Павла. Спустя двенадцать месяцев из жизни ушла его жена. Стоит ли упоминать, что на листке календаря стояла дата 15 мая?

Волков, испуганный донельзя, бросил усадьбу и перебрался на житье в Москву.

Очевидно, проклятие слегка потеряло свою силу, потому что Павел дожил до глубокой старости и умер богатым человеком в окружении многих наследников.

Рита остановила рассказ и глянула на меня:

— Ясно теперь?

Я не хотела обидеть девушку, поэтому очень спокойно ответила:

— В любой семье существуют некие легенды. Вот, например, у одних моих знакомых в анамнезе имеется каторжница. Вроде какая-то их прапрапрапрабабуся поймала мужа с любовницей и, особо не колеблясь, убила изменщика чугунной сковородкой. Так вот с тех пор члены семьи считают, что им нельзя пользоваться этой кухонной утварью.

— Идиоты, — зашипела Рита, — кретинов на свете полно. Но у нас-то правда! Ты не дослушала!

Я вздохнула. Если упала в реку, придется плыть до берега. Не следовало начинать беседу о семейных преданиях, и теперь остается лишь ждать, пока впавшая в истерику Секридова не завершит рассказ.

Рите о предании разболтала няня Феня.

Отец Риты, Петр Михайлович, приходился Павлу праправнуком. Петр и его жена Анна много работали. Муж был инкассатором, а супруга служила экономистом. Петра Михайловича на службе уважали за правильный характер и ценили за патологическую честность. Человек, часто перевозящий огромные суммы, обязан иметь прививку от корыстолюбия. В истории инкассации, увы, есть случаи, когда те, кто был призван охранять деньги, запускал в них руку. А еще на инкассаторов иногда нападают грабители. Вот и Петр Михайлович однажды стал жертвой налетчиков.

Рита была совсем маленькой, ей и восьми лет не

исполнилось, но первоклассница очень хорошо запомнила, как в один далеко не прекрасный день мама примчалась за ней в школу и воскликнула:

— Папа умирает, нам надо поторопиться. Надевай скорей пальтишко, поедем в больницу.

— Папочка не может умереть, — пролепетала перепуганная насмерть девочка.

— Врач сказал, что ему совсем плохо, — прошептала мама, судорожно натягивая на остолбеневшую Риту капор, — мы сейчас в клинику помчимся.

Потом она ухватила Риту за руку и поволокла дочь на лестницу.

Риточка хотела сказать: «Я забыла надеть ботиночки, у меня на ножках сменка», — но у мамы был такой безумный вид, что ребенок молча отправился наружу в тапочках.

Сами понимаете, в каком состоянии малышка оказалась в больнице. Еще больший шок она испытала, увидав любимого папу, всего в трубках и каких-то проводочках. Правда, Рита оказалась крепче мамы. Та, заглянув в палату, незамедлительно шлепнулась в обморок.

— Унесите ее, — велел самый главный доктор. — А ты, деточка, хочешь побыть около папы?

— Он умрет? — прошептала Рита.

Врач вздрогнул.

— Кто сказал такую глупость? Мы его вылечим. Садись около кровати и подержи отца за руку, он сейчас спит. Побудешь тут, пока я твоей маме укол сделаю?

Осмелевшая Рита кивнула, потом взгромоздилась на железную, выкрашенную белой краской табуретку и схватила папину ладонь. Тепло от его пальцев успокаивало, Риту стало клонить в дрему.

— Доченька, — послышалось вдруг в тишине.

Рита раскрыла слипавшиеся веки и закричала:

— Папочка, ты не умрешь! Это врач сказал! Тебя вылечат!

— Никому не известен час его кончины, — проскрипел папа.

У Риты начала кружиться голова. Голос отца звучал, словно колокольный звон из подземелья, гулко и глухо одновременно. Перед глазами у ребенка запрыгали черные мушки, а потом обрушилась чернота.

Дома Риту сразу уложили в кровать.

— Довела девку... — ворчала Феня, нянька, натягивая на подопечную ночную рубашку. — Виданное ли дело, чтобы младенец в обморок упал.

— Папа не умрет, — перебила ее Рита.

— Вот и славно, — закивала няня, — теперь спи.

Рита вдруг замолчала.

— Интересная история, — хмыкнула я. — Завлекательная, а главное, оригинальная. Ни разу мне подобный сюжет ни в литературе, ни в кино не встречался. Как же ты про проклятие узнала?

Секридова вытащила из пачки сигарету, но не закурила, а начала методично высыпать на стол табак из бумажной трубочки.

— Как, как... Да очень просто! Феня через некоторое время прямо ополоумела, начала ходить и бормотать: «Пятнадцатое мая! Проклятый день!» Просто остановиться не могла. Готовит еду и бубнит: «Все сгинут!»

Произнеся это, Рита посмотрела в сторону, и мне отчего-то показалось: девушка врет или недоговаривает.

— И до того она меня своим зудением довела, — уже более уверенно продолжила Секридова, — что как-то раз, оставшись с Феней вдвоем, я метнулась к входной двери, заперла ее, зажала ключ в кулачке и заявила: «Не выпущу, пока не расскажешь все про проклятие!»

— Ох, егоза, — укорила воспитанницу Феня, — ладно, все равно рано или поздно узнать придется. Родители твои ни в бога, ни в черта не верят, лоб никогда не перекрестят... Ой, плохо! Слушай...

Вот так Рита узнала правду о семейном проклятии.

Спустя пару лет ей стало известно и то, что произошло в тот день, когда маме позвонили из клиники. Петр Михайлович и его напарник Федор Кулькин перевозили огромную по тем годам сумму в валюте — два миллиона долларов. Маршрут и цель поездки знало считаное число людей, все они, включая и инкассаторов, опытные и очень надежные сотрудники.

Ровно в полдень бронированный автомобиль припарковался у банка. Сначала наружу вышел Федор, он нес опечатанные мешки, за ним двигался Петр. Инкассаторам следовало сделать всего какихто десять шагов до двери. Никаких подозрительных лиц на пути следования не маячило, лишь слева мирно шествовала сгорбленная бабуська с большой детской коляской, из которой неслись недовольные вопли капризничавшего младенца.

Кулькин сделал шаг, второй, третий... Старуха, пытаясь утешить дитя, поднырнула под полог коляски, но плач стал лишь громче.

— Ишь, разоряется... — сказал Федор Петру. — Небось ребенок мокрый, а бабка ему соску в рот пи...

Договорить он не успел — грянули выстрелы. Кулькин рухнул на асфальт, а бедро Петра просверлила резкая боль. Падая, инкассатор успел заметить, как старуха, выпрямившись, сунула в коляску пистолет, потом ловко схватила мешки с долларами, бросила их туда же и исчезла с места преступления.

Кулькин умер на месте, Петр Михайлович чудом остался жив, ему просто повезло — пуля не задела важных артерий и вен, у Волкова осталась лишь легкая хромота. Доллары испарились без следа. Того, кто навел бандитов на след, сообщил им о том, в какой банк везут гигантскую сумму и в котором часу инкассаторы пойдут по улице с мешками, не обнаружили. Петра перевели в охранники, его поставили в зале бронеячеек, теперь у Волкова имелась тихая, совершенно неопасная работа. Он встречал посетителя, провожал его к нужному железному ящику, открывал один замок и, сказав: «Воспользуйтесь своим ключом», — уходил, оставляя клиента наедине с его добром.

Шли годы, Рита росла, она почти забыла о древней семейной легенде. Но потом в семье Волковых начало происходить нечто странное.

Умер Петр Михайлович. Несмотря на хромую ногу, он никогда не жаловался на здоровье, не болел, не ходил по врачам, а тут пришел с работы, побледнел, лег на диван и сказал Рите:

— Что-то мне нехорошо... Доченька, дай воды, меня на улице то ли оса, то ли пчела укусила, вот плохо и стало.

Девушка сбегала на кухню, притащила стакан с минералкой, подошла к папе и закричала:

— Помогите!

Петр Михайлович, весь синий, силился что-то сказать. Испуганная Рита попыталась напоить отца, потерпела неудачу, пролила воду на диван и бросилась вызывать «Скорую». Врачи прикатили неожиданно быстро, и четверти часа не прошло, как двое мужчин в синих куртках вошли в квартиру, только ничем помочь Волкову они не сумели. Петр Михайлович скончался, несмотря на усилия докторов.

В разгар реанимационных мероприятий вернулась Анна, но ее впустили в комнату лишь после того, как сердце мужа перестало биться.

— Как же так! — бросилась женщина к врачам. — Почему он умер?

— Мы не боги, — хмуро ответил один.

— Справку выпишем, — опустив глаза в пол, добавил второй. — Где у вас сесть можно?

— На кухне, — прошептала пока не успевшая осознать степень несчастья Рита, — там стол есть.

Мужчины прошли в указанном направлении и начали оформлять документы.

— Дата смерти пятнадцатое мая, — сказал тот, кто заполнял бумагу.

Рита вздрогнула.

— Пятнадцатое!

— Ну да, — поднял глаза доктор. — Что-то не так? Я ошибся в числе?

— Нет, — заверил коллега, — все точно. Вчера день рождения сына отмечали, он четырнадцатого родился.

— Вы не пустили меня проститься с мужем! — зарыдала Анна. — Не дали выслушать его последние слова!

— Это только в кино умирающий долго излагает свою волю, — тихо сказал один из докторов, — на самом деле по-иному выходит: в агонии молчат или что-то нечленораздельное бормочут.

Через день патологоанатом дал заключение: Петр Волков скончался от обширного инфаркта.

Спустя год пятнадцатого мая погибла сестра Риты Ксюша. Молодая, полная сил девушка утонула в Москве-реке. Ксения отправилась после работы с подругами на пляж недалеко от города, они сидели на траве и мирно беседовали, народу вокруг было много, просто яблоку упасть негде. Несмотря на середину мая, в столице стояла удушающая жара, и москвичи использовали любой удобный момент, чтобы подышать свежим воздухом.

Но Ксюше показалось мало смотреть на реку.

— Пойду искупаюсь! — воскликнула вдруг она.

— Вода ледяная, — попыталась ее отговорить подруга, — простудишься.

— Ерунда, — отмахнулась Ксения, — мне жарко. Да и, похоже, комар меня укусил, теперь шея зудит и чешется, в воде должно пройти.

— Неспроста народ на берегу сидит, — воззвала к благоразумию другая подружка, — рано еще открывать купальный сезон.

— Фу, какие вы зануды! — улыбнулась Ксюша. Потом она осмотрелась и ткнула пальцем в большое дерево, нависшее над речной гладью: — Если забраться на него, то можно спрыгнуть.

— Не надо! — в один голос закричали спутницы.

Но в Ксюшу словно бес вселился. Не обращая внимания на предостережения, девушка ловко вскарабкалась по стволу и с радостным визгом шлепнулась в воду. Поднялся фонтан брызг.

— Вот сумасшедшая! — завозмущались отдыхавшие у дуба люди. — Нас намочила.

— Ну, сейчас девчонка вылезет, я ей все скажу! — пообещала полная тетка, стряхивая с блузки капли. — Хочешь идиотничать — отойди в сторонку, где никого нет.

— Тогда до Москвы бежать придется, — засмеялся накачанный парень в черных плавках, — весь берег народом забит. Не злитесь, ведь на пляж пришли. Если воды боитесь, сидели бы дома.

— Ваша девушка нахалка! — окрысилась толстуха.

— Я с ней даже не знаком, — пояснил парень.

— Чего тогда защищаешь?

— Неохота твой лай слушать.

— Хам!

— Дура!

— Милицию позову, — пригрозила баба, — тебя в обезьянник посадят.

— За что? — возмутился качок.

— Нельзя людям грубить.

— Она первая начала.

— Перестаньте, — примирительно вмешался в «беседу» муж толстухи. — Кстати, а чего это девчонка не выныривает? Уж минуты три прошло!

Полная тетка на секунду замолчала, потом взвыла:

— Утопла! Ой! Захлебнулась!

Поднялась суматоха. Тело Ксюши подняли через два часа и сразу отправили в морг. Врач, делавший вскрытие, сказал:

— К сожалению, обычное дело. День жаркий, вода ледяная, Волкова не вошла в реку постепенно, а рухнула сразу, от резкого перепада температур сосуды не выдержали, упало давление, бедняжка потеряла сознание, нахлебалась воды и пошла ко дну. Не зря мы предупреждаем: соблюдайте осторожность, не кидайтесь с разбега в водоем, не прыгайте в незнакомых местах с высокого берега, можно не только шею о камни сломать, но и вот так нелепо жизни лишиться.

ГЛАВА 11

Через год после кончины старшей дочери умерла Анна.

— Она так переживала из-за Ксюши, — грустно

говорила Рита. — Не ела, не пила, только плакала! Алешка даже хотел ее к психиатру отвести, да не успел — пятнадцатого мая мамулечки не стало. Знаешь, мне вообще-то показалось, что ей вроде стало лучше. Мы в тот день на кладбище съездили, цветы положили папе и Ксюхе. Солнышко светило, вот только комары мешали...

Анну один довольно сильно укусил, прямо в шею. Она даже вскрикнула, потом попросила дочку: «Глянь, что там у меня сбоку, под правым ухом».

Рита поднялась на цыпочки и успокоила маму:

— Ерунда, комар тяпнул, след от укуса остался.

— Больно очень, — поморщилась Анна.

Дочь сорвала листок подорожника и предложила:

— Приложи к ранке, живо пройдет.

— Не надо, — отчего-то испугалась Анна, но Рита, преодолев сопротивление мамы, поплевала на растение и наклеила его на укус.

Дома Анна выбросила подорожник в мусорное ведро и пошла в ванную. И там ей стало плохо, женщина еле-еле сумела кликнуть дочь. Рита вызвала «Скорую», но на сей раз врачи приехали поздно — Волкова успела скончаться. Последние ее слова, обращенные к дочери, прозвучали укором:

— Никогда ничего не приноси с погоста домой, даже травинку, — прошептала мама. — Плохая примета, к смерти!

От всех переживаний Рита угодила в больницу. Врачи так и не сумели установить правильный диагноз. Девушка потеряла аппетит, вид любой еды вызывал тошноту и жар.

— Шок, — говорили одни специалисты.

— Депрессия, — спорили с ними другие.

— Вяло текущая шизофрения, — настаивали третьи.

— Онкология, — безапелляционно заявляли четвертые.

К единому мнению так и не пришли, чем и от чего лечить Риту, было непонятно. Ей просто ставили капельницы, поддерживали силы вливаниями.

Вот в отношении причины смерти Анны никакой двойственности не имелось, патологоанатом редко ошибается. Волкова покинула сей мир вследствие сердечного приступа.

— Ваша мама нервничала в последнее время? — поинтересовался медик у Алексея.

— Да, — хмуро ответил юноша, — у нас в семье череда смертей. Сначала папа умер, а год тому назад утонула моя старшая сестра. Маме стало плохо на ее могиле.

— Тогда понятно, — кивнул врач.

— И Ритка заболела, — испуганно добавил Алексей. — Вообще чума! Может, нас сглазили?

— Не верьте в чепуху, — резко ответил эскулап, — и всегда надейтесь на лучшее. Сестра должна поправиться.

Рита и в самом деле начала выкарабкиваться. Она перестала плакать и снова начала есть, но к несчастной девушке буквально прилипала всякая зараза. За последующий после смерти мамы год бедняжка четыре раза оказывалась в клинике: сначала с язвой желудка, затем с приступом холецистита, потом с обострением колита, а в конце апреля Рита получила воспаление легких и вновь загремела в больницу. Алеша пришел навещать сестру и вдруг предложил:

— Давай ремонт сделаем, а? Говорят, если квартиру обновить, из нее чернота уходит.

— Подумаем, — нехотя поддержала разговор Рита. Ей совершенно не хотелось разводить в доме грязь, да и лишних денег не имелось.

Леша начал с жаром уговаривать сестру. Рита поняла, что брат от нее не отвяжется, и согласилась.

— Хорошо, вот выйду отсюда, и займемся.

— Тогда я завтра же на рынок поеду, за обоями, — обрадовался Алексей.

— Стой! — попыталась она охладить энтузиазм брата.

Но парень уже выскочил в коридор, чуть не сбив с ног няньку Феню, которая как раз входила в палату.

— Тише, оглашенный! — завозмущалась старуха. — Куда он полетел?

— На рынок, наверное, — улыбнулась Рита, — хочет ремонт сделать.

— Зачем? — насторожилась Феня.

— Надеется сглаз прогнать, — ответила девушка, — никаких уговоров не слушает.

Феня опустилась на кровать.

— Не поможет, — выдохнула нянька. — Проклятие работает!

— Немедленно прекрати, — вздрогнула Рита, — сейчас врача позову, пожалуюсь, тебя выгонят. Мне и так плохо, нечего масла в огонь подливать.

— Лучше совсем жилье сменить, — ляпнула нянька, — на этой квартире порча.

— Уходи.

— Нет, точно, я знаю! Ее Алевтина навела.

— Кто? — приподнялась в подушках Рита.

— Кулькина.

— Знакомая фамилия.

— Еще бы! — всплеснула руками Феня. — Вдова напарника Петра, Федора Кулькина. Ну того, которого при налете убили. Аня, святая душа, с ней потом дружить пыталась, а та к знахарке обратилась и черную порчу навела.

— Иди домой, — велела Рита старухе, — у меня от твоей болтовни температура вверх поползла. Несешь всякую дурь! Что, еще одно проклятие на нас? И Ковалева, и Алевтины? Придумай чего получше!

— Нельзя тебе возвращаться домой, — дудела свое Феня. — Видишь, как получилось? Перемерли все, ваш с Алешкой черед. Хочешь мой совет? Продайте квартиру и купите новую, а лучше две. А то Алешка женится, ты замуж выскочишь, и получится коммуналка.

— Хорошо, — процедила Рита, — мерси за участие. А теперь до свидания, сами разберемся!

Феня пошаркала к выходу. На пороге она задержалась и погрозила Рите скрюченным артритным пальцем:

— Ты от меня только добро видела.

— Спасибо, — кивнула девушка.

— За родную кровь считаю.

— Я знаю.

— Зла никому не желаю.

— Абсолютно в этом уверена, — терпеливо ответила Рита.

— Предупреждаю о беде!

— Очень устала и хочу спать, — попыталась выгнать няньку поскорее Рита.

— Вижу, как от меня избавиться не чаешь, — покачала головой Феня, — а зря. Две беды разом встретились: проклятие Ковалева и порча Кулькиной. Бегите из квартиры, и Алевтинин наговор вас не достанет. Смените фамилию, пусть Волковы исчезнут, тогда дух Феликса Ковалева успокоится. А то, вишь, беда творится! Пятнадцатое мая скоро!

Рита повернулась лицом к стене и натянула одеяло на голову. Девушка изо всех сил хотела, чтобы глупая нянька ушла прочь. Но Феня продолжала зудеть, правда, теперь разобрать ее слова Рита не могла и через некоторое время спокойно заснула.

Домой девушка вернулась в начале мая и очень расстроилась, поняв, что брат начал ремонт. Слава богу, улучшать Алеша сначала решил свою комнату, переехал с вещами в гостиную, а в спаленке уже ободрал половину обоев.

— Денег у нас мало, — объяснял он Рите, — рубли зря тратить не будем, сам косметический ремонт сделаю, приятели помогут. Ты совсем выздоровела?

— В принципе, да, — осторожно кивнула девушка.

— Тогда съезди на рынок и пригляди плитку, — велел Леша, — запиши артикул, цену и скажи мне, поеду и куплю. Самое трудное — выбрать. Я отпуск в своей конторе взял, надо успеть пластическую операцию квартирке сделать. Давай поделим обязанности: я тут с друзьями шуровать буду, а ты материал подбираешь. Идет?

— Ладно, — согласилась Рита, которой не хотелось ничего: ни шляться по торговым точкам, ни заниматься ремонтом.

Алексей же с энтузиазмом схватился за дело. Ему помогали двое друзей, Жора и Юра, а Рита начала бродить по стройдворам и рынкам. Очень скоро она поняла, что товар практически везде представлен одинаковый, и цена в разных точках кардинально не отличается, не нашлось такой лавки, где кафель стоил бы в пять раз дешевле. Поэтому Рита приняла соломоново решение: она не станет больше мотаться по Москве, зайдет еще в пару магазинов поближе к дому, и все. И вот девушка забрела на большой склад и там познакомилась с приятным продавцом Костей

Секридовым. Симпатичная, даже красивая, Рита сразу понравилась юноше, и тот предложил:

— Давай сходим в кино?

— Можно, — кивнула Рита. — Только через месяц.

— Зачем так долго ждать? — изумился Секридов.

— Мне надо всякую ерунду покупать, — разоткровенничалась Рита, — шпатлевку, затирку, обои...

— Так я помогу! — оживился Костя. — Представь списочек и получишь нужное по оптовой цене.

— Правда? — обрадовалась Рита.

— Не сомневайся, — важно кивнул Костя. — Хочешь, прямо сейчас и начнем...

Не успела девушка охнуть, как новоиспеченный кавалер с азартом засучил рукава и через пару часов не только подобрал все необходимые материалы, но и сумел договориться с водителем, который согласился отвезти гору банок, рулонов и мешков к Рите на квартиру.

— Давай садись, — суетился Костя, подталкивая Риту к машине, — мы влезем на заднее сиденье.

— Ты тоже поедешь? — удивилась девушка.

— Конечно, — закивал Секридов, — одной тебе не справиться.

Когда автомобиль выскочил на проспект, шофер включил радио, веселый голос диджея наполнил салон.

— Пятнадцатое мая медленно приближается к вечеру. Между прочим, скоро выходные, проведем их весело!

По спине Риты неожиданно проскакал озноб.

— Какое сегодня число? — спросила она.

— Пятнадцатое мая, — хором ответили Костя и шофер, потом водитель добавил: — Ждешь, ждешь лето, а оно враз промелькнет, и не заметишь.

Рита вздрогнула и постаралась прогнать тревогу. Но та не уходила. В родной двор девушка въехала, трясясь как в лихорадке, и сразу увидела большую толпу, машину «Скорой помощи», милиционеров.

— Что-то случилось... — оживился Костя. — Вау! Человек из окна выпал. Вон там лежит, одеялом прикрытый. Ну не дураки ли эти самоубийцы!

У Риты потемнело в глазах.

Очнулась девушка в «Скорой», рядом сидел молодой мент.

— Вам того... самого... — забубнил он, — лучше стало?

— Да, — кивнула Волкова. — Там труп моего брата, я знаю.

— Кто рассказал о несчастном случае? — изумился милиционер.

Рита попыталась сесть.

— Догадалась, — прошептала она, — почувствовала.

— Он отдохнуть решил, — сообщил сержант. — Ремонт в квартире делал, пошел к ларьку, купил пива себе и приятелям, поднялся наверх, выпил бутылочку и упал.

Друзья Алексея практически ничего не добавили к повествованию.

— Мы только пивка холодного хлебнули. Алешка в палатку сгонял и принес, он хорошо себя чувствовал, — мямлил Жора.

— Его оса укусила, — вдруг сказал Юра. — Он все шею тер!

— Это ж ерунда! — отмахнулся Жора. — Подумаешь, меня сто раз цапали, и ничего.

— Вы по делу говорите! — оборвал приятелей представитель власти. — Не о насекомых. Значит, упавший крепко выпил?

— Мы всего по бутылочке... Разве это доза? — растерянно повторили парни. — Лешка потом еще стены погрунтовал и сказал: «Чего-то душно, пойду на кухню, открою окно, покурю». И все. Мы и не видели, как он сверзился, небось голова закружилась.

На следующий день Рита, тупо кивая, выслушала в кабинете следователя рассказ о произошедшем. Потом она попыталась донести до следователя семейную легенду о роковом для Волковых пятнадцатом числе, но молоденький лейтенант никакого значения повествованию не придал.

— Вам просто нужно отдохнуть, — посоветовал он, — ступайте домой.

— Нет! — закричала Рита. — Никогда! Квартира проклята! Феня права, Алевтина Кулькина заклятие наложила, а Феликс Ковалев семью Волковых до семнадцатого колена уничтожить решил.

Следователь потер затылок.

— Успокойтесь. Смерть вашего брата — несчастный случай. Стоит очень жаркое, душное лето. Алексей работал в помещении, куда не поступал свежий воздух, еще в квартире сильно пахло краской, лаком, токсичными веществами. Волков к тому же выпил пива, почувствовал себя плохо, закурил, открыл окно, от притока более холодного, чем в помещении, воздуха случился скачок давления...

— Слышала уже про спазм сосудов, когда умерла Ксюха, — перебила милиционера Рита.

— Вы, главное, не нервничайте, — снова проявил заботу следователь, — отправляйтесь домой.

— Ни за что! — заорала девушка и вылетела в коридор, где сидел Константин Секридов.

Парень обнял рыдающую Риту.

— Поехали ко мне, а? — предложил он. — Живу

один, в отличной квартире, она мне от бабушки досталась.

— Спасибо, — прошептала девушка, которая была готова на все, лишь бы больше никогда не входить туда, где прожила всю жизнь.

Рита всего один раз потом заглянула в родную обитель и наткнулась там на Феню.

— Что ты тут делаешь? — изумилась девушка.

— Да так... — туманно ответила нянька. — Где Лешка деньги на ремонт взял?

— Не знаю, — честно ответила Рита.

— Ой ли? — глянула на нее нянька. — Может, мне чуток дашь? Пенсия маленькая.

Неожиданно странное поведение бабки взбесило девушку.

— Ты мне кто? — заорала она. — Убирайся вон!

— Я тебя вырастила, — напомнила Феня.

— Вали отсюда, — пошла вразнос Рита, — хватит шляться без разрешения! Вон! Я замуж выхожу! Няньки не нужны! Отдавай ключи и убирайся! Не смей в чужую квартиру без приглашения заходить, в милицию сообщу, тебя арестуют!

Феня выпрямилась:

— Ладно, больше не побеспокою. Но проклятие действует: умрешь пятнадцатого мая. Не видать тебе счастья, подлая душа! Знаю, почему меня испугалась. Только мне чужого не надо, не к добру оно, и тебе радости не принесет.

Рита заморгала, а бабка, развив неожиданную для своего возраста скорость, испарилась.

Надо отдать должное Константину, он очень помог Рите. Для начала поселил девушку у себя и не делал никаких скабрезных намеков. Съездил в ее квартиру, навел там порядок, запер дверь и привез Рите ключи. Одновременно организовал похороны Алексея и позаботился о поминках.

Рита прониклась к Секридову благодарностью. Ей даже показалось, что она любит парня. Через три месяца сыграли тихую свадьбу: у Кости не имелось родственников, Рита тоже была одинокой, пировать с фейерверком не желали оба.

Некоторое время молодая женщина ощущала себя счастливой, потом муж неожиданно накупил водки, и выяснилась нехорошая правда: Константин алкоголик, только он не наливается спиртным каждый день, а временами уходит в запой, недели на две.

Целый год Рита боролась с пристрастием мужа, в конце концов уговорила того лечь в больницу. Она наивно полагала, что хоть врачи образумят супруга. В трезвом виде Костя был замечательным: милым, нежным, ласковым, заботливым, но, выпив стакан, превращался в злобное животное. Непьющего Секридова Рита любила, а его вторую, пьяную, ипостась ненавидела.

В клинике у Кости отбили охоту к возлияниям, но радость жены оказалась преждевременной — Секридов трансформировался в наркомана. Где он в больнице раздобыл героин, кто сделал ему первый укол, отчего зависимость возникла моментально? На все вопросы у Риты не имелось ответа.

Начался настоящий ад. Теперь у Константина практически не случалось просветлений, он потерял работу, вынес из дома все, что не приколочено, и пару раз сильно избил жену.

Потом наступила кульминация. В тот день Рита пришла домой в изумительном настроении. Ей наконец-то удалось выбиться из секретарш в модели. Симпатичную девушку, сидевшую в приемной агентства, заметил один из гламурных фотографов и предложил нащелкать снимков. Рита, которая давно поджидала счастливый момент, радостно согласилась позировать, и вот сегодня ей объявили: «Тебя зовут на показ, съемка в журнале понравилась».

Она прилетела домой на крыльях счастья, а в прихожей ее встретил трясущийся в ознобе Костя.

— Дай денег! — потребовал он.

— Нету, — нервно ответила Рита, прижимая к груди сумочку с зарплатой.

— Есть, — застонал Секридов.

— Не, честно, потратила.

— У тебя сегодня аванс.

— Не дали.

— Врешь!

— Ей-богу, — пятилась к двери Рита, — вообще ни копейки.

— Покажи сумку.

— Еще чего!

— Доставай кошелек.

— Он... он... он...

— Гони лавэ! — начал краснеть Костя.

Рита замотала головой.

— Мне надо купить косметику. Понимаешь, завтра пригласили на показ и...

— Обойдешься без пудры! — заорал Костя. — Я сейчас подохну, ломает всего!

— Не собираюсь деньги на наркоту давать! — возмутилась жена. — Я сама заработала и сама...

Договорить Рита не успела, Костя схватил жену за шею и начал медленно душить.

— Что? — приговаривал он. — Каково? Хорошо? Приятно умирать? А я вот так постоянно ломаюсь!

У Риты заложило уши, потом ее утянуло в темноту. Очнулась она на полу в прихожей, рядом валялись открытая сумочка и пустой кошелек. Еще сильно болела голова. Рита подняла руку к затылку, пощупала отчего-то липкие волосы, посмотрела на красные пальцы и чуть снова не лишилась чувств.

Желая получить рубли на дозу, Секридов сначала придушил жену, а потом швырнул бесчувственное тело супруги на пол. Падая, Рита разбила голову о галошницу, и теперь из раны сочилась кровь.

В полном ужасе женщина встала, заперла открытую входную дверь, пошла в ванную, кое-как при помощи двух зеркал изучила свой затылок и слегка успокоилась: никаких ужасных повреждений нет, просто ссадина, которую легко прикрыть волосами. Главное, лицо совсем не пострадало, можно отправляться на показ.

ГЛАВА 12

Секридов больше не вернулся. Прошло несколько лет, Рита стала забывать мужа. Однако не так давно ей приснился кошмар: Костя, пьяный, снова душит ее. Рита проснулась в холодном поту, встала, подперла дверь изнутри комодом и попыталась опять заснуть. Но оставшаяся часть ночи прошла без сна.

Днем работавшая манекенщицей Секридова удачно выступила на «языке»[1], отметила успех с остальными участниками дефиле в кафе и вдруг сообразила: вот придет она назад, в квартиру, а вдруг туда и правда вернулся Костя? Рите стало так плохо, что и не передать словами. А еще на нее накатил страх. Впервые за долгое время Рита вспомнила о муже и

---

[1] «Я з ы к» — сцена или помост, чаще всего вытянутой, редко прямоугольной формы, по которому ходят во время показа манекенщицы. (*Прим. автора.*)

сообразила: он ведь действительно может внезапно прийти домой.

— Ты чего такая грустная? — дернула ее за руку, выводя из размышлений, Алиса, девушка, которая приехала делать с показа радиорепортаж.

Рита, не очень любившая сообщать всему миру о личных неприятностях, неожиданно откровенно рассказала Алисе о Косте.

Виноградова усмехнулась:

— Нашла беду... Тьфу! Плюнуть и растереть! У меня муженек тоже алкоголик был, выгнала его вон, лишь фамилия осталась. Поехали.

— Куда? — изумилась Рита.

— К тебе. Очень удачно вышло! — потерла узкие ладошки Алиса. — Понимаешь, меня сегодня хозяйка съемной квартиры с жилплощади выперла. Сука! Не предупредила заранее, просто пришлепала в восемь утра и гавкнула: «Дочь замуж выходит, освобождай помещение». Я уже прямо голову сломала, где мне теперь жить... Давай так, я пару деньков у тебя переканчтуюсь, а заодно и объясню Константину, если он вдруг заявится, как себя вести следует.

— Что ты! — замахала руками Рита. — Секридов опасен, еще убьет тебя...

Алиса сжала кулаки.

— Слабо ему! Поверь, очень хорошо знаю подлую наркоманскую натуру. Во-первых, все торчки слабые, их соплей перебить можно. Ты просто сейчас испугана и растеряна. Так вот запомни: следует схватить чего ни попадя, да хоть туфлю на каблуке, и врезать сучаре промеж глаз. Во-вторых, незамедлительно вызвать ментов, а самой нестись в травмопункт, зафиксировать побои. Твое «счастье» отволокут в обезьянник, намнут ему бока, пятак начистят, и он в другой раз подумает, прежде чем кулаки распускать.

Я некоторое время с алкоголиками и кокаинщиками провела, научилась отбиваться. Никогда не сдавайся и не поворачивайся к беде спиной. Хныкать тоже бесполезно.

В голосе Алисы звучала такая уверенность в собственной правоте, что Рита прошептала:

— Спасибо за совет. Да, поехали ко мне.

С тех пор девушки стали жить вместе. Константин не появлялся, никакие неприятности с Секридовой не происходили. Правда, еще некоторое время у Риты от любого шороха на лестнице, за дверью, екало сердце, но потом она успокоилась. Да и что такого произошло? Всего лишь привиделся дурной сон. Похоже, старуха Феня оказалась права, вся беда концентрировалась в квартире Волковых, лишь там действовали проклятие Феликса Ковалева и порча, наведенная Алевтиной Кулькиной. До сегодняшнего дня Рита жила замечательно: занималась любимым делом и заводила приятных кавалеров. Вот только замуж не собиралась. Да и не могла она пойти в ЗАГС, ведь по документам у нее имелся муж...

Рита перевела дух и схватилась за сигареты.

Я решила прояснить ситуацию до конца.

— Значит, эта квартира — собственность Константина?

— Ага.

— А что с той квартирой, где ты провела детство?

Секридова сильно затянулась, выдохнула дым.

— Я туда даже заглядывать не хочу. Сначала «трешка» стояла запертой, а потом Алиска рассердилась, сказала: «Глупо поступаешь. Сдавать жилье надо, деньги лишними не будут». Я ее послушалась, обратилась в агентство, там теперь семья живет. Приличная, с двумя детьми, аккуратно платят.

— А где Секридов?

— Понятия не имею. Наверное, умер, — равнодушно сообщила Рита. — Я одно время его искала, по больницам ездила и даже пару раз в морг, а потом решила: зачем?

— Ты в милицию обращалась?

— Угу, — кивнула Рита. — Мне там объяснили: ежели в течение нескольких лет не объявится и труп нигде не найдут, то объявят мертвым.

— Ясно, — протянула я.

Собеседница раздавила в пепельнице окурок, потом открыла буфет, порылась в нем, вытащила альбом с фотографиями и шлепнула его на стол.

— Во, смотри. Это Алиска. Правда, мы похожи?

Я стала внимательно разглядывать снимки. Действительно, нечто общее у двух девушек имелось: обе длинноногие, стройные блондинки с волосами ниже плеч. Но на этом сходство заканчивалось. На лице Алисы было четко написано: я добьюсь успеха в жизни, выгрызу его зубами любой ценой. У радиоведущей большие глаза, в которых, несмотря на милую улыбку, горел огонек злости. А еще у Алисы почти квадратный подбородок, высокий лоб и четко очерченные скулы. Появись она на свет в древние времена, стала бы, наверное, амазонкой. А Рита имеет вид побитой болонки. Правда, она тоже улыбается, профессионально растягивает губы, но в глазах манекенщицы явственно читается неуверенность и зажатость.

Руки Риты методично переворачивали страницы.

— Это я на показе нижнего белья, — комментировала она, — а тут день рождения «Окобанка», мы в нарядах восемнадцатого века. Ой, вот прикол! Презентация сети салонов красоты «Бино». Нас покрыли золотой краской, а купальник на самом деле не настоящий, боди-арт. Стебно?

— Прикольно, — согласилась я, — выглядит настоящим бикини.

— Не, — рассмеялась Рита, переворачивая страницу, — лифчик со стрингами нарисованы. Знаешь, такое странное ощущение, когда в зал выходишь: вроде голая, а на самом деле прикрытая. О! Здесь мы с Костей в Феодосии. Он меня, когда только познакомились, в Крым возил. Эх, знать бы тогда, что ждет впереди, села б на поезд и мигом от него сбежала. Я тогда, несмотря на весь ужас в моей семье, счастливая была. Кошмар в Москве начался, когда вернулись и Костя за бутылками пошел.

— Видный мужчина, — оценила я Секридова, разглядывая снимок. — Только лица не разглядеть, его козырек бейсболки прикрывает.

— Верно, — согласилась Рита, — этого не отнять: и фигура у него имелась, и лицо, поверь, симпатичное. Только потом он в урода превратился: высох, сгорбился — натуральный старик.

— Жаль, отпечаток испорчен.

— Где? — удивилась Рита.

Я указала на черную полосу, пересекавшую живот Константина чуть повыше пупка.

— Вот, явный дефект.

— Нет, — засмеялась Секридова, — это татушка.

— Очень странная, похожая на пояс.

Рита смяла пустую пачку из-под сигарет.

— Ремень и есть. Костя в армии наколку сделал. Вроде она у него чернильная. Он рассказывал, что чуть не умер. Рисунок набивал солдат, он на гражданке художником работал, вот и решил на службе «творчеством» заняться. Это он придумал пояс в виде змеи, над пупком морда, а во рту у нее собственный хвост. Жуть черная! Костя тогда в больницу попал, температура, говорил, под сорок шпарила, заражение крови, еле выжил.

— Да уж, — покачала я головой, — мог и на том свете оказаться.

— Запросто, — кивнула Рита. — Я вот татушку делала совсем в других условиях: салон, мастер в стерильных перчатках, иголки одноразовые. Ой, кто-то лает... У меня нет собаки! Может, от соседей забежала? Неужели я дверь не закрыла?

— Не волнуйся, — улыбнулась я и вытащила мобильный, — у меня вместо звонка записан голос мопса Хуча.

— Супер! — одобрила Рита.

Я откинула крышку и услышала голос Маши:

— Мамусечка, ты где?

— Скоро приеду.

— Уже очень поздно!

— Извини, Манюня, задержалась. Что дома?

Маруська захихикала:

— Цирк! Александр Михайлович возил Тёму по магазинам, решил его модно одеть.

— Действительно, смешно, — согласилась я. — Получилось у них?

— Не передать словами! — сдавленно засмеялась Машка. — Ты когда вернешься?

Я глянула на часы: без четверти полночь.

— Думаю, через час буду дома, сейчас уже пробок нет.

— Ладно, подожду.

— Ложись, тебе завтра рано вставать.

— Нет, муся, — зашептала Маня, — здесь... В общем, лучше не по телефону. Чмок.

Я захлопнула крышку.

— Мне пора.

Рита судорожно вздохнула:

— Еще пятнадцать минут.

— Конечно, конечно, — кивнула я. — Уеду, когда начнется шестнадцатое число. Послушай теперь меня внимательно. У нас имеется таинственная история с исчезновением Алисы. И тебе, и мне следует отыскать Виноградову. Я хочу задать ей вопрос про шубу из розовой шиншиллы, а тебе надо убедиться, что подруга жива, пятнадцатое число тут совершенно ни при чем, история с проклятием выдумана старухой-нянькой по глупости. Увы, с Феней не поговорить.

— Почему?

— Так она умерла.

— Кто сказал? — изумилась Рита. — Жива небось. Такие, как она, вечные!

— Сколько же ей лет?

Секридова наморщила лоб.

— Ну... забыла.

— А с головой у Фени, думаешь, порядок?

— Не знаю, — ответила Рита, — я с ней не общаюсь.

— Так вот. Я попытаюсь узнать, куда подевалась Алиса, — продолжала я, — и где шуба.

— Ясно же, убили.

— Манто?

— Алиску!

— Трупа-то нет.

— Он ушел! — взвизгнула Рита.

— Как?

— Через дверь.

— На лестнице сидела я.

— Ты заснула, случается такое.

— Мертвое тело неспособно ходить.

— Это меня хотели убить, меня, меня... — снова завела Рита. — Перепутали нас...

Я посмотрела на часы.

— Все, успокойся. Наступило шестнадцатое число, теперь ты в безопасности.

— Надеюсь, — выдохнула Рита.

— Дай мне координаты Фени, — попросила я. — А завтра вечером снова встретимся.

— Зачем тебе моя старая нянька? — удивилась девушка.

— Тебе трудно?

— Нет, — пожала плечами Рита, вскочила, взяла с подоконника телефонную книжку и добавила: — Только у меня старый телефон. Вдруг она переехала? Говорю же, давно не встречаемся.

До Ложкина я добралась за сорок минут. И МКАД, и Новорижское шоссе оказались почти пустыми, основная масса москвичей уже лежала в своих постелях, впереди людей ждала рабочая неделя.

В нашем доме тоже было темно и тихо. Даже собаки не вышли встретить хозяйку, мерное сопение из гостиной сообщало о том, что стая разлеглась на мягких диванах и зарылась в пледы.

Стараясь не шуметь, я поднялась по лестнице, вошла в свою комнату и, ощущая свинцовую усталость, со всего размаха шлепнулась на кровать. И вдруг вместо мягкого матраса тело ощутило нечто странное, какую-то достаточно твердую кучу.

— Блин! — вдруг заверещала куча визгливым голосом. — Кто тут?

— Помогите! — заорала я, совершенно не ожидавшая обнаружить в своей постели живое одеяло.

Из коридора послышался топот, вспыхнул свет, на пороге появилась Маня.

— Мусик, что случилось? — воскликнула она.

Я стала тыкать пальцем в перину, под себя:

— Там, кричит...

— Безобразие! — завозмущалась Зайка, тоже входя в мою спальню. — Явилась домой ночью и устроила трамтарарам! Между прочим, людям с утра на работу!

«Одеяло» подо мной зашевелилось, из-под него высунулась растрепанная голова.

— Танюшка... — ахнула я.

— Это кто? — не снижая голоса, осведомилась Маша, не узнавшая Борейко.

— Просто очуметь! — топнула ногой Ольга.

— Ну вы вообще... — зевнула Таня. — Можно подумать, впервые видимся!

— Почему она тут спит? — слегка растерялась Маша.

— Действительно, — покраснела Зайка, — неожиданно встретить у Даши в кровати гостью. Ира! Ира!

— Чего? — сонным голосом спросила домработница, заглядывая в комнату.

— По какой причине Татьяна оккупировала Дашину спальню? — налетела на нее Зайка. — Смею напомнить, у нас на первом этаже имеются две пустые гостевые комнаты.

— Одна, — меланхолично возразила Ирка.

— А вторая куда подевалась? — изумилась Ольга.

— Там малыш поселился.

— Кто? — подпрыгнула я. — Еще и какие-то дети приехали?

— Забыли, Дарь Иванна? — прищурилась Ирка. — Крошка у нас теперь имеется, сынок Александра Михайловича.

— Заканчивайте визжать, — недовольным голосом прохныкала Татьяна.

— Ты весь день проспала! — осенило меня. — Не вылезала из-под одеяла?

— Устала очень, — потянулась Танюшка. — А теперь я бодра. Дайте кофе, тосты, джем, масло! Ирка, хлеб пожарь до румяной корочки! Я не расистка, но негров к завтраку не хочу.

— Сейчас ночь! — взвилась Зайка. — Час пробило!

— Скажите, пожалуйста... — удивилась Борейко. — И что, кофе не дадут? У вас как в пионерлагере? Пищеблок закрыт, повар домой ушел?

— Ступай вниз, — приказала я.

Татьяна схватила мой халат, помяла его в руках и недовольно отметила:

— Ну и дерьмо ты носишь! Неужели шелковый купить жаба душит?

Зайка раскрыла рот, чтобы достойно ответить гостье, но тут Борейко, побледнев, наклонилась над ковром и стала издавать ужасные звуки. Присутствующие бросились к ней, поднялась суматоха.

— Несите полотенце! — командовала Зайка.

— Надо дать ей стакан воды с солью, — засуетилась Маша, — а еще лучше два.

— Ни за что не стану пить гадость, — простонала Таня и откинулась на подушку. — Ой, умираю!

— Зачем такое питье? — удивилась Ирка.

— Ее тошнит, — заявила Машка. — Если у собаки плохо с желудком и исключен острый живот, то следует животное...

— Замолчи, — проныла Танька, — погибаю.

— У нее температура, — загремел, вваливаясь в комнату, Дегтярев. — Где-то тут у Дарьи аптечка. Вот, на, сунь под руку.

— Что? — застонала Борейко.

— Градусник, — ответил полковник, — его под мышку ставят.

— Это не гламурно, — закапризничала Танюшка. — Вся Европа держит термометр во рту... Подмышка... Фу, крайне вульгарно!

Я опустилась в кресло. Похоже, Тане не так уж и плохо, если она вспоминает о гламурности.

— Совай куда хочешь, — велел Дегтярев.

— Засовывай, — не преминула «ущипнуть» толстяка Зайка. — Глагола «совай» в русском языке нет.

— Если можно сказать, то есть, — не сдался Александр Михайлович.

— Я умираю, а вы о ерунде спорите, — протянула Татьяна.

— Всем слушать меня! — начал заниматься своим любимым делом — раздачей указаний — полковник. — Ирина, немедленно ступай к телефону и вызови из ложкинского медпункта дежурного врача.

— Я хочу гоголь-моголь. Из трех желтков, с сахаром и коньяком, — приподнялась над подушкой Таня. — Немедленно сделайте!

— Лучше сначала посоветоваться с терапевтом, — предусмотрительно сказала я.

— Хочу-у-у! Три желтка-а-а! — занудила «больная». — Проглочу гоголь-моголь и поправлюсь! Это лучшее лекарство-о-о! От всего-о-о!

— Пусть ест, — разрешил полковник, — будет жевать и молчать.

— Не следует пихать в человека, которого только что тошнило, сырые яйца, — осторожно предупредила я. — Может стать хуже.

— Хочу-у-у, — стонала Танюшка.

— Ирина, живо приготовь гоголь-моголь! — приказал Александр Михайлович.

— Так мне к телефону бежать или яички бить? — проявила вредность домработница.

— Сначала звони, — распорядился полковник.

— Нет! — взвизгнула Таня. — Гоголь-моголь вперед! Ирка! Живо!

Ирина глянула на меня:

— Кого слушать?

Я малодушно закашлялась и сделала вид, что не услышала вопроса.

— Давайте я сделаю гоголь-моголь, — предложил чей-то басок.

Все повернулись к двери — на пороге стоял Тёма.

— А ты умеешь? — удивилась Зайка.

Мужчина кивнул:

— Увлекаюсь кулинарией, собираю книги с рецептами. Знаете, очень реанимирует: придешь домой после работы усталый, испечешь себе кексик и...

— Рули на кухню, сынок, — нежно проворковал полковник.

Тёма кивнул и с грацией бегемота потрусил к лестнице.

— А ты к телефону, — велел Дегтярев Ирке.

В глазах домработницы полыхнул злой огонь, но она, не говоря ни слова, побежала вслед за Тёмой.

ГЛАВА 13

— Это кто? — залюбопытствовала Танюшка. — Не знаю его.

— Мой сын, — гордо ответил Дегтярев.

— У тебя есть дети? — разинула рот Борейко. — Ну, блин, прикол... Когда же Дашка его родила?

— Это Тёма, — пустилась в объяснения Зайка, — жил в детдоме, приехал внезапно, он из-за Уральских гор. Его мать...

— Ясно, — подытожила через пять минут Таня, — нищий родственник. Знаю таких. Почти состарился, денег не нажил и решил о родителях вспомнить. Ну, народ! Дегтярев, а ты точно уверен, что это твое произведение искусства? Вы, блин, дураки! Всех пускаете! Завтра сюда китаец заявится, Сяо-Ляо, и тебе на шею повесится со всеми узкоглазыми внуками.

Дегтярев покраснел.

— Вот гоголь-моголь, — засопел Тёма, вваливаясь в спальню. — Я его сверху какао посыпал.

— Мерси, дружочек, — царственно кивнула Танюша и в мгновение ока слопала содержимое креманки. — А теперь унеси пустую посуду, помой живенько и можешь быть свободным.

Полковник превратился в гигантскую свеклу.

— Ладно, — скривилась Зайка, — раз никто не умер, пойду спать.

— Доктор будет через десять минут, — сообщила Ирка, влетая в спальню.

— Думаю, мы зря его вызвали, — процедил сквозь зубы Александр Михайлович.

И тут Борейко с громким стоном снова наклонилась над полом.

— Таз, дайте таз! — завопила Зайка.

Опять поднялась суматоха. Спустя пару минут Таня лежала в подушках. Лицо ее по цвету сравнялось с наволочкой, глаза ввалились.

— Я умираю, — прошептала она, — совсем...

— Не нервничай, — приказал Дегтярев, впихивая в рот Борейко градусник. — Молчи! Ирка, положи ей на лоб полотенце, намочив его предварительно уксусом.

— Это зачем? — удивилась домработница.

— Не рассуждать! — обозлился полковник.

— Вечно на меня орут, — скуксилась Ирка, и тут раздался звонок в дверь.

Громко залаяв, собаки побежали в прихожую.

— Врач пришел, — возвестил Дегтярев. — Всем оставаться на месте происшествия, ничего не трогать!

— По-моему, ты слегка перепутал ситуации, — фыркнула Зайка. — Таня пока жива, и мы в спальне у Даши.

— Так еще утро не наступило, — ляпнул Дегтярев, — может, кто и помрет. Вон какая Таня зеленая!

Борейко закрыла глаза, я испугалась, но тут в комнату бодрым шагом вошел местный эскулап Семен Петрович и повелительно гаркнул:

— Просьба всех оставить меня с больной наедине.

Мы вышли в библиотеку и сели в кресла. В доме повисла тишина.

— А где Кеша? — спохватилась я, сообразив, что Аркадия нет со всеми.

— Уехал в Новомосковск, — пояснила Зайка, — вернется завтра к вечеру.

— По-моему, этот доктор хам, — ожил Дегтярев. — Пришел, раскомандовался...

— Семен Петрович хороший специалист, — попыталась я защитить врача.

— У нас в заводской поликлинике есть терапевт, — прогудел Тёма, — такой противный! Но лечит хорошо, просто глаз-алмаз. Я один раз к нему обратился, пожаловался на одышку, а он заявил: «Жрать меньше надо, а то диабет получишь, вместе с атеросклерозом».

— Вот, вот! — радостно закивала Зайка. — Дегтяреву мы то же самое говорили.

— Вы служите на заводе? — решила я сменить тему беседы.

— Уже нет, — слегка покраснел Тёма, — неинтересно стало. Я такой человек увлекающийся, ни в жизнь не стану делать ничего против своего желания.

Вначале мне на предприятии хорошо жилось, интересно, но потом я заскучал и занялся в основном торговлей. Живое дело!

Я молча слушала Тёму. Все понятно, мальчика, выросшего в детском доме, определили после девятого класса в ПТУ и отправили затем в цех. В тех местах много металлургических комплексов, стоять у доменной печи или трубопрокатного стана очень тяжелое дело, а платят рабочим не слишком густо, вот Тёма и подался в челноки. Катается, вероятно, в Китай, привозит в клетчатых сумках всякую ерунду: одежду или косметику, а может, обувь — и продает в России. Наверное, имеет лоток на местном рынке.

— А чем вы торгуете? — поинтересовалась Маня. Тёма заулыбался:

— Думаю, ты бы сумела найти себе в ассортименте кой-чего по вкусу. Понимаешь...

Дверь моей спальни с треском распахнулась.

— Какой идиот распорядился дать больной гоголь-моголь? — грозно спросил Семен Петрович.

— Нельзя было? — испуганно вскочил Тёма. — Яички свежие, я понюхал.

— Женщина жалуется на дискомфорт желудочно-кишечного тракта, — рявкнул терапевт, — ее тошнит, а вы гоголь-моголь подносите. Убить несчастную задумали?

— Нет-нет, — жалобно протянул Тёма, косясь одним глазом на полковника, чьи щеки медленно наливались кровью. — Она так просила, настаивала... вот... подумали... бедняжке не следует нервничать...

— Если она у вас желе из крысиного яда поклянчит, — неожиданно ласково осведомился эскулап, — тоже дадите? Чтобы не капризничала...

— Нет, — забубнил Тёма. — Но от яичек какой вред?

— Темнота большинства людей поражает! — завозмущался Семен Петрович. — У госпожи Борейко острый панкреатит. Диагноз, правда, предварительный, завтра утром необходимо сделать анализ крови.

— Здорово, — заорала Машка, — то, что надо! Суперски! Спасибо, Семен Петрович!

— Почему ты так обрадовалась? — поразился врач.

Машка опустила хитрый взор.

— Ну... э... прикольно! Иголка, пробирка!

Семен Петрович крякнул и с укором посмотрел на меня.

— Современные дети слишком увлекаются компьютерными играми, у них снижены моральные критерии. Я не психолог, но рекомендую показать девочку специалисту, который скорректирует ее поведение.

— Вернемся к панкреатиту, — перебила я терапевта. — Что нам делать?

— Вам? Дать градусник. Надо измерить температуру, — снисходительно велел врач. — А больной следует соблюдать классический режим: холод, голод и покой.

— Ее нельзя перемещать? — осведомилась Зайка.

— Нежелательно, — отрезал врач.

— Минуточку, а мне что, спать на коврике у камина? — испугалась я.

— Скажете тоже, Дарь Иванна, — укорила Ирка. — Ночку в гостевой проведете.

— Лучше перенести туда Таню, — уперлась я.

— Но ведь ее нельзя шевелить, — напомнил Тёма.

Мне захотелось стукнуть «сыночка». Какого черта он вмешивается?

— Градусник? — вдруг удивилась Оля. — Так ведь он у Тани во рту торчит.

— Да? — изумился Семен Петрович. — Не заметил.

Я быстро отвернулась к книжным шкафам. Хорош гусь! Как же он производил осмотр больной?

— Она так бойко разговаривала, — продолжил доктор.

Зайка вскочила и бросилась в спальню, мы побежали за Ольгой.

— Мне плохо... — простонала Танюшка, — умираю...

— Где градусник? — перебила нытье Зайка.

— Во рту, — ответила Таня.

— Его там нет, — сказала Ирка.

Больная на секунду примолкла.

— Куда ж подевался? — спросила она через секунду.

— Вот именно это мы и хотим выяснить, — занервничал Дегтярев.

— Небось на тумбочку бросила, — предположила Ирка.

— Там пусто, — оповестила Машка.

Все забегали по комнате, издавая замечания:

— На пол упал!

— Под кроватью гляньте!

— В футляре посмотрите...

— Отодвиньте столик!

— Я его проглотила! — обморочным голосом выдавила из себя Борейко.

По моей спине пробежал холод.

— Ерунда! — бодро откликнулся Дегтярев. — Человек неспособен слопать термометр.

— Запросто! — заспорила Машка. — Животные чего только не едят! Нам в ветеринарной академии рассказывали, орангутанг схватил...

— Мамочки... — прошептала Танюшка. — Чувствую...

— Что? — бросились мы к кровати.

Борейко положила правую руку на живот.

— Вот он. Шевелится.

— Термометр неспособен двигаться, — возразила я.

— А этот ползает, — почти неслышно продолжила Таня. — Ой, там же ртуть. Я умру!

— Нет, — быстро сказал Семен Петрович, — опасны лишь пары металла.

— Скажите пожалуйста! — восхитился Тёма. — Не знал. Следовательно, можно закусывать ртутью, главное, не нюхать ее?

— Верно, — подтвердил терапевт.

— А стекло? — всхлипнула Борейко. — Если оно разобьется?

— Следует немедленно ехать в клинику, — откровенно испугался врач. — Срочно! На операцию!

— Не-е-ет! — простонала Танюшка. — Останется шрам! Как у Сереги! Ему делали что-то, весь живот изуродовали, такой рубец остался красный...

— Хочешь лежать в гробу целой? — обозлился Дегтярев.

Глаза Татьяны расширились.

— Не-е-ет!

— Что «нет»? — нервно поинтересовалась Зайка.

— Все! — дрожащим голосом продолжила Таня. — Не хочу в больницу и умирать не собираюсь.

— Термометр разобьется, — менторски сообщил Семен Петрович, — осколки кишечник поранят, и каюк.

— Не-ет!

— Да.

— Не-ет!

— Да.

— Не-е-ет! Я шевелиться не стану. Никогда. Буду лежать в кровати! — заявила Таня. — С чего тогда градуснику трескаться?

— Дарь Иванна, — жарко зашептала мне в ухо Ирка, — не сомневайтесь, коли она тут на всю жизнь застрянет, я ваши вещи вниз перетащу. И картинки с собачками тоже перевешу.

— Спасибо, — тихо ответила я.

— Вот у нас на заводе ксерокс был... — неожиданно заговорил Тёма, — такая машина копировальная, большая... в бухгалтерии стоял. Один раз заявку в техотдел подали на замену картриджа. Пошел к финансистам мастер. А главбух у нас, Елена Сергеевна, женщина не мелкая, сто двадцать кило и рост хороший. В общем, входит ремонтник в комнату, а Елена Сергеевна так ему обрадовалась... «Милый, — кричит, — заждались прям! Уж трясли, трясли, а все без толку, бледно копии делает». Понимаете, да? Если ксерокс плохо печатает, можно вытащить контейнер с краской, повертеть его, и на некоторое время аппарат оживет. Мастер поразился: «Молодцы какие, умеете картридж вынимать!» «А зачем что-то вытаскивать?» — в свою очередь удивилась Елена Сергеевна. «Как же вы его трясли?» — не понял ремонтник. Главбух подошла к ксероксу, легко оторвала от пола многокилограммовый агрегат и, энергично встряхнув его, ответила: «Да просто. Вот так».

— Есть женщины в русских селеньях, — захихикал Дегтярев, — во всякой одеже прекрасны, ко всякой работе ловки.

— Ну и к чему вы нам эту сказку спели? — воззрилась на Тёму Зайка. — Нашли время воспоминаниям предаваться.

— Я со смыслом говорил. Может, если Таню потрясти, градусник выпадет? — предположил Тёма.

— Откуда? — взвыла Ольга.

Тёма покраснел.

— Ну... типа... оттуда... из... В общем, он же через рот внутрь попал!

— Ее придется вниз головой мотать, — обрадовалась Ирка. — А что? Может, и правда получится? Пусть Александр Михайлович и Тёма на кровать встанут.

— Зачем? — осторожно осведомилась я.

— Возьмут Татьяну Васильевну за ноги, один за правую, другой за левую, перевернут и...

— Не хочу! — закричала Таня. — Еще чего!

— Градусник может и другим путем покинуть организм, — алея, словно шиповник, проговорил Тёма.

— Верно, дадим ей каши... — сообразила Маня.

— Вы сумасшедшие! — не выдержал Семен Петрович. — У больной панкреатит, ей нельзя горячее.

— А холодный геркулес можно? — не отступала Маня. — На воде, без масла, соли и сахара?

— Думаю, подобное кушанье не нанесет вреда, — после некоторого раздумья сообщил терапевт.

— Не-ет! — понеслось с кровати. — Не-ет!

— Танюша, — очень ласково заговорил вообще-то не любящий Борейко Дегтярев, — случилась беда, градусник попал в желудок... Так?

— Да, — закивала Таня. — Сама не понимаю, как это произошло. Сделала вдох, ам, и готово. Теперь лежит в животе, я его чувствую.

— Термометр стеклянный, — увещевал полковник, — может разбиться. Представляешь беду?

Борейко закивала.

— Каша вязкая, — вступила в беседу Зайка, — она

обволочет градусник и доставит его к выходу. Поняла?

— Не-а!

— Еще кто-то делал мне замечания, — не утерпел Дегтярев, — укорял в незнании родного языка! А сама говорит «обволочет». Надо — обволокнет!

Семен Петрович сел в кресло и начал вытирать лоб носовым платком.

— Ира, свари кашу, — попросила я.

Домработница кивнула и унеслась.

Через какое-то время остывший геркулес был доставлен в мою спальню.

— Ну, Танюша, — заворковала я, — давай садись!

— Ни в коем случае, — испугался полковник, — пусть лежа ест.

— Не хочу, — засопротивлялась Таня.

Мы начали уговаривать капризницу:

— Попробуй только!

— Очень вкусно.

— Ну пару ложечек...

Затем принялись ругать хныкающую гостью:

— Очень неразумно себя ведешь!

— Прекрати стонать.

— Операцию сделают, шрам останется...

Последний аргумент оказался решающим, Борейко скривилась, но кивнула:

— Хорошо, давайте. Фу, какая гадость! Отвратительно!

Преодолевая сопротивление, мы впихнули в несчастную чуть ли не литр невкусной каши и посмотрели на Семена Петровича.

— Думаю, теперь можно осторожно посадить больную, — кивнул терапевт.

— Давай, Танюшенька, — заквохтала Зайка, — вытяни ручки, вот так, так, так... Сидим!

— Ой! — закричала Маша. — Смотрите!

Я глянула на кровать и ахнула. На простыне лежал термометр.

— Что там? — забеспокоилась Борейко. — Меня опять тошнит!

— Гра... — начала было Маня, но тут же захлопнула рот.

— Что? — нервничала Таня.

— Градусник нашелся, — ляпнул Тёма. — Он все время под вами находился, вы ничего не глотали.

Борейко резво вскочила на ноги и уставилась на постель.

— Здорово получилось, — радовался глупый Тёма, — ни в какую больницу ехать не надо!

Татьяна схватилась за живот.

— Изверги! Заставили меня сожрать столько этой мерзкой пакости! Напугали до обморока!

— Ты сама сказала, что проглотила его, — напомнил полковник.

— Я? — взвизгнула гостья. — Никогда! Ой, желудок болит! Уходите! Спать хочу!

— Завтра надо непременно сдать анализы, — напомнил Семен Петрович и был таков.

— Может, все-таки спустишься вниз, в гостевую? — робко спросила я. — Теперь не страшно идти по лестнице.

— Вот ты какая... — укоризненно нахмурилась Танюшка. — Я умираю, а ты гонишь меня вон!

Ощущая себя почти убийцей, я схватила из шкафа пижаму и понуро поплелась в гостевую комнату.

— Шуба нашлась? — окликнула меня Таня.

— Пока нет, — нехотя ответила я.

— Ты уж поторопись, — велела Танечка, шлепаясь в мою кровать, — а то Сергей вернется и всем задаст.

— Кого имеешь в виду под всеми? — решила уточнить я.

— Тебя, — зевнула Борейко. — Кто мне помогает мужа обманывать? Боровиков нервный — впрочем, большинство олигархов такие — чуть что, за пистолет хватается. Ты уж постарайся, отыщи манто, иначе нехорошо получится. Я-то как-нибудь выкручусь, а тебе влетит.

ГЛАВА 14

Не успела я заснуть, как чья-то твердая рука начала трясти меня за плечо.

— Муся... — зашептала Машка.

Я с трудом раскрыла глаза и простонала:

— Который час?

— Восемь утра, — ответила Манюня.

— Боже, неужели? Думала, спала две минуты.

— Извини, пожалуйста, надо анализы сдать.

Я попыталась привести мысли в порядок.

— Какие? Зачем? У меня ничего не болит.

Манюня плюхнулась на мою кровать и зашептала:

— Понимаешь, похоже, Тёма не тот, за кого себя выдает. Зайке он тоже самозванцем показался, и Кеша в легком недоумении. Даже Иван усомнился, а ведь он наивный, как Хучик.

Я усмехнулась. Наш садовник действительно настолько недалекий человек, что позволяет своей супруге, хитрой Ирке, вить из себя веревки.

— Один Дегтярев Тёме безоговорочно поверил, — продолжила Машка. — Представляешь, он вчера ему костюм купил, рубашки...

Я уставилась на Машку.

— Полковник правда поехал в магазин? Думала, ты пошутила вчера, когда сказала об этом.

Маня скривилась:

— Нет, я не шутила. Он решил одеть сыночка.

— Сам? Лично?

— Вот-вот! — усмехнулась Маруська. — Я тоже обомлела, когда узнала.

Я встала и пошла к шкафу. Многие мужчины не любят ходить за покупками, но Александра Михайловича отличает патологическая ненависть к торговым центрам, толстяк всеми силами старается избежать контактов с работниками прилавка. А еще полковник доводит меня до бешенства своим упорным нежеланием расставаться с пиджаками, брюками и свитерами, потерявшими приличный вид.

— Ерунда, — бубнит он, если я начинаю злиться и показывать на пятна, украшающие пуловер. — Эка беда — уронил на живот кусок селедки. Отстирается. Где дырка? Тут? Ее заштопать можно, незачем тратить деньги зря.

Еще хуже полковник ведет себя, если мне удается затащить его в какой-нибудь магазин. Александр Михайлович мигом превращается в идиота. Он застывает столбом в примерочной кабинке, и дальше ситуация начинает напоминать анекдот про мальчика-олигофрена, у которого педагоги пытаются выяснить планы по поводу будущей профессии. Я таскаю охапками шмотки, натягиваю их на толстяка, одергиваю, поправляю рукава, поворачиваю полковника к зеркалу и спрашиваю:

— Ну? Нравится?

— Не знаю... — блеет Дегтярев, — не знаю... не знаю...

Вот уж всем ответам ответ! Ну как можно не знать, подходит тебе вещь или нет? Осмотри себя повнимательней со всех сторон, и поймешь. Но Александр Михайлович уныло стонет:

— Не знаю.

— Надень бордовый пиджак, — бойко командую я.

— Не знаю.

— Бежевый!

— Не знаю.

— Примерь темно-синий.

— Не знаю.

В конце концов мое терпение лопается.

— Берем все! — кричу я в полном изнеможении.

И тут начинается второй акт спектакля. Сообразив, что «откосить» от покупок не удастся, полковник меняет тактику.

— Нет, — мямлит он, — ничего не надо.

— Почему? — злюсь я.

— Очень живот обтягивает.

— Ладно, прикинь другой размер.

— Плечи висят.

— Тогда свитер.

— В нем брюхо торчит.

— Послушай, что же делать? Пятьдесят шестой велик, пятьдесят четвертый мал... — Я теряю остатки самообладания, и тут Дегтярев вновь превращается в дебила:

— Не знаю. Впрочем, старый пиджачок еще вполне хорош. Пошли скорей отсюда домой.

Понимаете теперь, отчего мы с Манюней впали в глубочайшее изумление, услышав о поездке полковника по магазинам?

— Единственный способ разоблачить мошенника — сделать анализ крови и показать Александру Михайловичу, — подпрыгивала Маня. — Я уже голову сломала, как это провернуть аккуратно, ведь кровь нужна от них обоих. Под каким предлогом ее взять? А тут — панкреатит у Татьяны! Я всем объявила, что болезнь прилипчивая, следует провериться.

— Панкреатит не заразен, — поправила я Маню, надевая халат.

— А кто об этом знает? — прищурилась Маня. — Между прочим, Зайка, Ира и Иван уже сдали анализы, Тёма с Александром Михайловичем тоже. Осталась лишь ты! Давай, мусик, плиз. Результаты будут готовы через несколько дней. Дегтярев привык доверять экспертизам, так что все классно получается.

Я боюсь уколов вообще, но больше всего мне почему-то не нравится сдавать кровь из пальца. В особенности пугает момент ожидания, секунда до того, как лаборантка ткнет в твою руку острой иголкой. Но еще сильнее сейчас меня волновала мысль, что придется жить рядом с мошенником, надумавшим воспользоваться наивностью Дегтярева. Ради того, чтобы избавить дом от хитреца, можно согласиться на многое... И я почти с радостью пошла на встречу с иглой.

В гостиной сидела симпатичная девушка в белом халатике.

— Вы не завтракали? — спросила она.

Я помотала головой.

— Отлично, — улыбнулась лаборантка, — кладите руку на подушечку.

— Анализ берут из вены?

— Не волнуйтесь, больно не будет, — заверила медсестра и очень ловко справилась с поставленной задачей.

— Не хотите кофе? — предложила я ей после того, как она убрала пробирку, жгут и прочие приспособления в чемоданчик.

— Спасибо, — кивнула девушка.

Позвав Ирку и перепоручив ей лаборантку, я ушла в комнату, временно ставшую моей, и спокойно приняла душ. Потом позавтракала, покурила, села у стола, взяла телефон и набрала полученный от Риты номер.

— Алло, — ответил хриплый, какой-то бесполый голос.

— Здравствуйте, — вежливо начала я, — позовите, пожалуйста, бабушку Феню.

— Это я.

— Извините, не знаю вашего отчества.

— Митрофановна. Но лучше без него, — донеслось из трубки. — А вы кто?

— Даша Васильева, хорошая знакомая Риты Секридовой.

— Кого? — слегка растерянно переспросила нянька.

— Простите, — спохватилась я, — Риты Волковой. Помните девушку?

Феня начала кашлять.

— Конечно, — произнесла она наконец, — только мы больше не общаемся. Странно, что Рита про меня вспомнила.

— Можно к вам подъехать?

— А зачем?

— Рите нужна ваша помощь, — решила я заинтриговать няньку, — у нее случилась неприятность. Большая!

Феня неожиданно засмеялась.

— Понятно. Зачем бы иначе Рите обо мне вспоминать. Но я не собираюсь ей помогать.

— Насколько я поняла, вы воспитывали Волкову?

— Верно, с детства. Только Рита меня выгнала,

по-хамски со своей няней поступила, вот я и прекратила общение с ней.

— Ну, пожалуйста! — взмолилась я. — Ей-богу, так надо побеседовать!

— И о чем?

— Лучше при встрече объясню. Это касается жизни Риты, ее хотят убить!

— Мне на работу пора.

— Вы работаете? — не сумела я скрыть удивления.

— Почему нет? — фыркнула Феня и снова закашлялась.

— Ваш возраст, — весьма невежливо отреагировала я, — он разве позволяет...

Из трубки вновь донесся кашель.

— Рита небось сообщила, что мне уже сто лет?

— Нет, — растерянно ответила я.

— А мне всего-то семьдесят исполнилось, — бойко прохрипела Феня, — по нынешним временам это не возраст. Правда, Рита меня древней мумией считает, ей и в голову не приходило выяснить, сколько няньке стукнуло. Кстати, она никого с днем рождения не поздравляла. Вот такая девочка выросла. Эгоистка!

— Уважаемая Феня, — очень ласково запела я, — сделайте одолжение, помогите, умоляю. Речь идет о семейном проклятии. Пятнадцатого мая на Риту совершили нападение.

— Она жива? — воскликнула нянька.

— Да, но в очень плохом состоянии. Понимаете, девушек перепутали... Рита сразу догадалась... Алиса пропала... ушла без сапог... похоже, ее убили... — заторопилась я вывалить пугающую информацию, чтобы посильнее заинтриговать няньку.

— Ничего не понимаю, — перебила меня та. — И разбираться не хочу. Прощайте.

— Пожалуйста! — взмолилась я. — Надо лишь поговорить с Ритой и объяснить ей, что проклятие Ковалева и порча Алевтины Кулькиной — глупая болтовня.

— А при чем тут Кулькина? — нервно спросила Феня. — Она-то тут с какого бока? Откуда про Алевтину знаете?

— Вот встретимся, и расскажу, — пообещала я. — Дайте свой адрес!

— Московская область, совхоз «Светлый луч», улица Ленина, дом один, — сообщила Феня.

— Просто из советских времен названия, — восхитилась я.

— Наш председатель не стал зря деньги тратить, — неожиданно приветливо ответила Феня и снова закашлялась. — Просто оставил все как есть.

— Номер квартирки подскажите, — попросила я.

Феня тихо засмеялась.

— Нету его. Какие в избе номера? Но не надо вам сюда кататься, далеко.

— Я на машине, думаю, часа за два доберусь.

— Невесело в пробках стоять, — проявила Феня неожиданное для пожилой женщины знание ситуации на дорогах, — лучше в Москве пересечься.

— Хорошо! — обрадовалась я. — Назначайте место.

Из трубки донесся кашель.

— Алтуфьевское шоссе знаете?

— Говорите дальше, я найду.

— Там есть бензоколонка... — принялась подробно растолковывать дорогу Феня.

Уяснив место, где находится кафе, в котором Феня решила устроить нашу встречу, я побежала в гараж, на ходу натягивая куртку. Сегодня от приятно теплой, почти летней погоды не осталось и следа, небо заволокло тучами, вот-вот собирался начаться дождик.

Тот, кто ездил по МКАД от Новорижской дороги до Алтуфьевского шоссе, сейчас хорошо поймет меня. Я собрала все возможные пробки, очумела от количества грузовиков, не обращавших никакого внимания на мою крохотную «букашку», и возненавидела людей, забывающих включать сигналы поворота. До нужного кафе я добралась лишь через два с половиной часа, потная, с головной болью. Очень надеясь на то, что Феня не ушла, я толкнула дверь, спустилась в подвальное помещение и прищурилась.

В зале царил полумрак, окон тут не имелось, мягкий свет исходил от бра, прикрытых абажурами с бахромой. Неожиданно я расслабилась. В кафе оказалось почти пусто, столики были спрятаны в уютных нишах, и сначала мне показалось, что посетителей вообще нет. Вдобавок тут играла мелодичная музыка — пел давно не модный Челентано.

— Что желаете? — тихо спросила, подойдя ко мне, официантка. — Вам столик на одного человека?

— Меня здесь ждут, — ответила я.

— Мужчина? — наклонила голову набок девушка.

— Нет, пожилая дама.

— Сюда, пожалуйста, налево, — кивнула работница кафе.

К моему огромному удивлению, за поворотом открылся еще один зальчик, оформленный в восточном стиле. В нем царила уже почти темнота, электрический свет отсутствовал, на стенах, в специальных подставках, мерцали свечи. Тут, как и в первом поме-

щении, имелись ниши, только вход в них был при-
крыт портьерами.

— Прошу, — сделала широкий жест рукой девушка и отдернула одну занавеску.

В полумраке я увидела стол, два диванчика и
весьма полную пожилую женщину, восседающую за
стаканом кофе латте. Бабушка выглядела отнюдь не
по-деревенски. Седые волосы были уложены в старо-
модную прическу — с такой ходит английская коро-
лева, образец викторианской элегантности и сдер-
жанности. Лицо Фени украшали круглые очки с би-
фокальными стеклами в круглой, «совиной», оправе,
шею прикрывал высокий воротник водолазки, на
плечах сидел твидовый пиджак, а руки скрывали перчатки.

— Это вы хотели поговорить со мной? — покашливая, осведомилась дама.

— Да, — кивнула я.

— Вы опоздали! — возмутилась Феня.

— Бога ради, простите! Пробки...

— Если выехать пораньше, то прибудешь вовремя, — отрезала старуха. — Ладно, начинайте!

Я подробно изложила ситуацию. Феня сняла очки, положила их на стол и глянула на меня неожиданно яркими карими глазами.

— И чего от меня надо? — резко поинтересовалась она.

— Рита находится на грани нервного срыва!

— Я ее очень любила, а теперь ненавижу. И ничем помочь не могу.

— Наоборот, в ваших силах образумить девушку.

— Каким же образом? — опустила уголки губ
Феня.

— Давайте, отвезу вас к Рите...

— Еще чего! — пришла в негодование бабуся. — Я заменила Рите мать — Анна, ее родительница, не слишком заботилась о детях, нарожала и хвост задрала. Все говорила: работаю, деньги получаю. Эко удивление! Тысячи женщин днем на службе топчутся, вечером вторую смену у плиты стоят. Только Анне очень не хотелось себя утруждать. Придет домой, в комнате закроется и шуршит там бумагами. А если к ней с вопросом подойдешь, наорет: «Не мешайте, отчет доделываю!»

— Массе людей приходится дома дописывать служебные документы, — протянула я.

Феня засмеялась, смех перешел в кашель.

— Может, и так. Но я тут недалеко в одной фирме за порядком слежу, в общем, завхоз я там, и насмотрелась, как сотруднички рабочее время убивают — чаи гоняют, курят, болтают. Вернется такая «труженица» к себе домой и начнет жаловаться: «Устала, сил нет, посуду мыть не стану, суп не сварю... муженек или свекровь, проверьте уроки у детей...»

— Анна была из таких?

Феня усмехнулась:

— В точку попали. Лишь о себе думала, и Рита в нее пошла. Ксюша и Алеша, царствие им небесное, вечная память, в отца удались. Тот наивным был, вроде... потом оказалось... Ну, это вам неинтересно... давнее дело...

— Вы о чем?— напряглась я.

Феня отхлебнула остывший кофе.

— Не стоит вспоминать. Глупости! Анна во всех бедах сама виновата. Рита — ее достойное продолжение. Если хотите знать, то легенда существует. И проклятие, наложенное Ковалевым, действует.

— Просто мракобесие какое-то! — возмутилась я. — Думала, вы, трезвомыслящий человек, съездите к Рите и скажете: «На тебя произвели слишком большое впечатление услышанные в детстве сказки. Успокойся, все это ерунда». Девушка вам поверит и перестанет дергаться. А то она вчера чуть не скончалась от ужаса!

Губы Фени поползли в разные стороны, но бабушка быстро спохватилась, притормозила злорадную улыбку. Потом она придвинула к себе лежавшую на диванчике большую хозяйственную сумку и начала выкладывать на стол вещи: здоровенное, основательно потертое портмоне, футляр от очков, баллончик со спреем от астмы, щетку для волос... В конце концов на свет явилась газета.

— Вот, — удовлетворенно кивнула Феня, — почитайте, здесь о похожей истории рассказано. Дух покойного преследовал своего убийцу!

Я взяла листок и глянула на название издания — «Инопланетная правда». Понятно!

— Воспитывала Риту, как родную... — неожиданно всхлипнула Феня и начала засовывать вещи назад в свою необъятную кошелку, — любила, холила, лелеяла... И какова благодарность? Она меня чуть ли не с кулаками выгнала. Я-то надеялась: имею родную душу. Ан нет, выпестовала волчонка... Пусть сама со своими проблемами разбирается!

Я положила газетенку на стол и заявила:

— Но вы тоже хороши!

— Интересно, в чем провинилась? — закашлялась Феня и схватила ингалятор. — Астма замучила, — пояснила она, сделав несколько пшиков, — когда-нибудь совсем задушит. Так что я, по-вашему, дурного совершила?

— Зачем было ребенку голову идиотскими сказками дурить?

— Девочка должна знать семейную историю, — назидательно сообщила Феня. — Если человек о своих корнях не ведает, он вырастает Иваном, не помнящим родства. От таких все беды! Да-с!

— Ладно, с преданием про Ковалева понятно, — согласилась я. — А Кулькина? Порча, наложенная на квартиру? Вот уж славно вы придумали!

Феня ткнула пальцем в газету.

— Вы поинтересуйтесь, там и про сглаз есть. А насчет Кулькиной... Тут своя беда, но я о ней распространяться не стану. Алевтина и... Ладно, смолчу, не моя тайна.

ГЛАВА 15

— Вы просто обязаны успокоить Риту! — взвилась я. — Хоть понимаете, в каком она положении?

— Что же с ней такого плохого? — попыталась вытаращить очень уж молодые и яркие для своего возраста глаза бывшая нянька. — Насколько знаю, живет припеваючи, платья демонстрирует. Совсем не трудное занятие, это не полы мыть или у станка стоять.

Высказавшись, бабуся нацепила на нос очки, попыталась взять стакан с латте, но промахнулась, схватила вазочку с салфетками.

— Старость не радость, — резюмировала она, осознав свою ошибку, — пора стекла менять. Зрение ни к черту, да и астма замучила. Ну скажите, хорошо с моим здоровьем работать?

— Лучше дома сидеть, — кивнула я.

— Вот-вот, — согласилась Феня, — совершенно

справедливо. Только на какие шиши кушать? Пошла пенсию в собес оформлять и чуть не зарыдала. Спрашиваю у тамошних сотрудниц: «Скажите, тот, кто старикам подобное пособие положил, сам на него живет?» А девки мне в ответ: «Вы всю жизнь пролентяйничали, чего теперь хотите?» Я им: «Побойтесь бога! В няньках крутилась, в пять утра вскакивала, в час ночи голову на подушку клала. Троих подняла, воспитала». Только никак собесовки не впечатлились, в лоб мне заявили: «Договор с хозяевами оформляли? Нет? Государство обманывали, налогов не платили, а теперь хорошую пенсию желаете. По Сеньке и шапка! Ступайте к бывшим воспитанникам, раз хорошей нянькой были, они вам приплатят на бедность». Только Рита бабушку бортанула, а Ксюша с Алешей на том свете.

— У Секридовой тяжелое положение, — невесть почему кинулась я защищать манекенщицу, — моделям платят не слишком много.

— Журналы читаю, — возразила Феня, — там иное пишут.

— Может, на Западе «вешалки» и правда имеют миллионы, но у нас дело обстоит иначе. А из-за ваших идиотских рассказов про порчу Рита боится войти в собственную квартиру. Только представьте, в каком она ужасе: даже не заглядывает в родной дом!

— Вот и правильно, — заталдычила Феня. — Ковалев только и ждет момента. И Алевтина черноту навела.

— Вас противно слушать! — взвилась я. — Кулькиной-то за что Риту ненавидеть?

Бабушка взяла ингалятор.

— Дело давнее, темное и страшное. Но уж поверьте, Алевтина давно хочет Ритку извести. Странно, что она еще до сих пор не осуществила свое намерение.

— Кулькина жива?

— Моложе меня, — хмыкнула Феня, — чего ей сделается! Сына имеет или дочь, уж не помню, кого родила. Да она все потеряла! Они думали, я не слышу, спит нянька... Ан нет, ушки у меня на макушке были. Кстати, Алевтина уголовница. Охохоюшки, чего вышло-то...

У меня закружилась голова, руки открыли сумку, достали кошелек.

— Феня, насколько я поняла, вы живете бедно?

— С кваса на воду перебиваюсь, — подтвердила старуха.

— Сколько хотите за рассказ о Кулькиной? Почему она ненавидит Риту? Алевтина способна на убийство?

Старуха засмеялась:

— Может ли Алевтина убить? Да она этим всю молодость занималась. Ладно, помогу Ритке. Хоть и зла на нее за хамство, но любовь так просто из сердца не выкинуть. Так вот, никакого проклятия Феликса Ковалева не было. Выдумала я его!

— Зачем?!

— Так как ей было правду сообщить? — с жаром воскликнула старуха. — Алевтина тогда пообещала: «Всех пятнадцатого поубиваю, не выживут». Я сначала-то внимания не обратила, думала, просто так орет. А потом началось! Как пятнадцатое мая, то беда: кошку дохлую к двери подбросили, Анне из водяного пистолета чернилами пальто испортили, окно разбили. Вот тогда и скумекала: достанет она нас, пусть дети настороже будут. Посоветовались мы с Анной и придумали глупость про актрису-самоубийцу. Вернее, книжку я читала, оттуда и взяла. Вот она истина. А дальше... Сколько у вас денег в кошельке?

— Не помню.

— Богато живете, — констатировала Феня, — я до копеечки сумму назову. Считайте.

Я зашуршала купюрами.

— Двадцать четыре тысячи семьсот тридцать рублей.

— Давайте сюда! — алчно воскликнула Феня. — У меня как раз телик умер, новый нужен.

Я протянула старухе пачку.

— Отлично, — буркнула бабуся и, сунув ассигнации прямо так, без кошелька, в сумку, приказала: — Ну, слушайте! Непросто там все...

Петр Михайлович Волков, отец Риты, работал инкассатором с незапамятных времен. Очень положительный, спокойный парень, отслужил в армии и был с распростертыми объятиями принят в ряды тех, кто перевозит деньги. Естественно, Петру не сразу доверили оружие и мешки с миллионами, сначала он учился, затем работал на подхвате у опытного инкассатора, и лишь потом Волкову разрешили самостоятельно перевозить деньги.

Когда Феня появилась в доме, хозяин уже имел замечательный послужной список. Петр Михайлович няньке нравился, а его жена, Анна, нет, та казалась кукушкой. Муж хотел детей, вот супруга и нарожала двух дочек и сына, но в отличие от главы семьи Аня чадолюбием не страдала, ребята появились на свет в качестве страхового полиса. Умная женщина хорошо знала: Петр никогда не бросит своих обожаемых кровиночек. Сидеть дома и вести скромный образ жизни домашней хозяйки женщина абсолютно не хотела. Тогда появилась в семье Феня, которая, в сущности, стала деткам и мамой, и папой. Петр Михайлович, крайне нежно относившийся к отпрыскам, работал чуть не сутками, хотел как можно лучше обеспечить свое семейство. Анна же просиживала юбку на службе за копейки. Она даже не продвигалась вверх по карьерной лестнице — не хотела лишних забот. Да и зачем рваться? Трудолюбивый муж тащил в клювике денежки, оплачивал няню, можно весело проводить время.

Не следует думать, что Аня носилась по танцулькам. Нет, она была умной женщиной и не собиралась терять замечательного супруга. Ровно в восемь Анна всегда возвращалась из конторы, мимоходом целовала детей, вынимала из сумки шоколадки и быстро спрашивала:

— Хорошо себя вели? Феню слушались? Ладно, ладно, не кричите, идите умываться, вам спать пора. Маме еще дома работать надо.

Вроде на первый взгляд все прекрасно: нигде не задержалась, приобрела деткам конфетки, поужинала и села за отчеты. Но Феня живо разобралась в происходящем. Дети Анне в тягость, шоколадки она им всучивает с одной целью: чтобы не приставали к родительнице, и вовсе женщина не горбатится над финансовыми документами. Пару раз любопытная нянька заглядывала к Анне и видела, как та быстро прикрывает толстую книгу ведомостями. Хозяйка просто наслаждалась романами, а не чахла над цифрами! А еще у Анны было отнюдь не женское хобби: она любила стрелять в тире — в юности занималась в секции стрельбы и сохранила любовь к оружию.

Очень скоро Феня стала в доме своим человеком и волей-неволей слышала разговоры, а порой и ссоры хозяев. Однажды к Петру Михайловичу пришел его старинный приятель Федор Кулькин и попросил:

— Устрой меня в инкассацию.

— Зачем? — удивился Волков. — Отчего работу поменять решил?

Кулькин замялся:

— Жениться хочу.

— Отлично, — обрадовался Петр, — хватит холостяковать. Кого нашел?

Федор смутился.

— Алевтиной зовут.

— Красивое имя.

— Инкассаторы больше получают, чем мы в милиции, — зачастил Кулькин, — да и график четкий, вроде два дня через два, а у меня то внеплановая смена, то усиление, то еще что-нибудь, порой совсем выходных не бывает.

— У нас теперь тоже бардак, — отмахнулся Петр. — Может, тебе все же лучше в ментовке остаться? В звании скоро повысят, прибавят довольствие.

Разговор происходил в гостиной у Волковых, Анна была на работе, дети в школе. Наверное, Петр Михайлович и Федор не услышали, как нянька, ходившая за продуктами, вернулась домой. Мужчины считали, что находятся в квартире одни, и беседовали громко, не стесняясь.

— Не стоит толстую синицу на журавля менять, — разумно советовал приятелю Волков. — В ЗАГС сходишь, это тебе в плюс. К женатому мужчине отношение иное, доверия больше.

— Из-за свадьбы-то и придется уходить из отделения, — ответил Федор. — Понимаешь, Алевтина... ну... в общем, сидела она.

— Ничего себе! — удивился Петр. — Тебе нормальных баб было мало, уголовницу нашел? Немедленно выбрось эту дурь из головы! Слушай, у нас такие девушки есть на работе...

— Я Алю люблю, — возразил Федор. — Нравится она мне. И не виновата ни в чем.

— За что ж ей срок дали?

— Мужа убила.

— Ого! — вылетело у Волкова. — Ты, Федька, никак сдурел!

— Он ее избивал, — бросился на защиту невесты Кулькин, — мордовал по-черному, заставлял на панель выходить.

— Так она еще и шлюха! — вышел из себя Петр.

— Силой ее под мужиков подкладывал. Я знаю, сам дело вел, Аля не хотела проституткой работать, а муж бил и к клиентам возил. Она бежать пыталась, ее снова стегали, руку сломали. Знаешь, когда ее арестовали и в СИЗО отправили, а там медицинский осмотр пройти надо, так доктор чуть не зарыдал — все тело у бедняжки в шрамах, об нее сигареты тушили. В один день Аля не выдержала и на мужа кинулась, ткнула в него ножом. А уж со свекровью случайно вышло, та сама упала.

— Она еще и мать мужа пришила?

— Та бандершей была, — продолжил рассказ Кулькин, — ей подпольный бордель принадлежал: сынок в охране, невестка — основное тело. Ловко?

— Да уж... — согласился Петр. — А мамочку она тоже ножичком пырнула?

— Нет. Бабка увидела невестку с окровавленным ножом и деру дала, да запнулась о порог, упала, шею сломала. Стопроцентно несчастный случай.

— Веселое кино.

— Суд учел обстоятельства.

— Ясно.

— Даже прокурор не настаивал на суровом наказании.

— Это странно? — спросил Петр.

Кулькин хмыкнул:

— Если человека в СИЗО козлом назвать или петухом, то здорово огрести можно. Но знаешь, какое там самое страшное оскорбление?

— Нет, откуда... Я с уголовниками не общаюсь.

— Крикнуть: «Ты прям прокурор». Вот тут убьют.

— За что?

Федор протяжно вздохнул.

— Ладно, не будем. Але дали ерундовый срок, она его отсидела и пришла у меня совета просить, как жить.

— А ты, значит, влюбился?

— Верно.

— И работу хочешь поменять?

Кулькин понизил голос:

— Ну да, иначе вроде как нельзя нам расписываться. Вернее, можно, только мне из уголовки уходить надо.

Петр засмеялся:

— К нам тебя тоже не возьмут, с женой-то убийцей!

— Я Але чистый паспорт сделал, — спокойно заявил Федор. — Все продумал, до мелочей. Дела ее в архиве нет, начнут проверять, ничего не найдут.

— Куда ж делось? — спросил Волков.

— Пропало.

— Ясненько!

— Документы в полном порядке, она мою фамилию возьмет, Кулькиной станет.

— Если обстряпал все ловко, оставайся в милиции.

— Нет, у нас такое не пройдет, — вздохнул Федор. — Алю в лицо кое-кто в отделении знает. Порекомендуй меня в инкассацию, а?

Примерно час Кулькин уговаривал Петра. В конце концов Волков сломался и сказал:

— Ладно, только действовать надо хитро. Если я тебе протекцию составлю, то не возьмут.

— Почему? — поразился Кулькин. — Думал, наоборот. Обычно, если лучший сотрудник кого приводит, то его знакомому зеленый свет.

— У нас все с ног на голову перевернуто, — начал просвещать приятеля Волков. — Дружба между инкассаторами не поощряется, начальство боится, вдруг они сговорятся и деньги украдут.

— Вот в чем дело! Значит, мимо хорошая служба...

— Погоди расстраиваться, — остановил Кулькина Волков. — Сказал же, помогу. Только нам придется делать вид, будто мы незнакомы. Ясно? Смотри, не кинься ко мне с протянутой рукой.

— Уж не дурак, — засмеялся Федор. — Слышь, Петяха, устроишь меня, век благодарен буду!

Феня не знала, каким образом ее хозяин решил проблему, но Кулькин получил вожделенное место и пришел вместе с женой благодарить Петра. Волковы накрыли стол, нянька, сновавшая между гостиной и кухней, оказалась поражена внешностью Алевтины. Убийца смотрелась невинной овечкой — маленькая, даже тщедушная, с детски-кукольным личиком и облаком светло-русых волос над головой. На все вопросы она отвечала коротко, сама разговоры не заводила и около красивого, фигуристого Федора смотрелась застиранной тряпкой.

Когда гости ушли, Анна сказала Петру:

— Ну и страшная у Федьки баба. Чего он в ней нашел?

— Сам не понимаю, — ответил Волков, — ни рожи ни кожи. Вот ты у меня красавица!

Несколько следующих лет пролетели вполне счастливо. Волковы собирали деньги на дачу — Петр мечтал на выходные выезжать в лесок, жарить шашлыки, ловить в близлежащем озере рыбу. У Кулькиных родился ребенок, то ли мальчик, то ли девочка, Феня забыла пол младенца. Федор по-прежнему возил деньги, Алевтина работала продавцом в обувном магазине. Она совершенно не изменилась, оставалась такой же блеклой и тихой.

Каждый вечер тридцать первого декабря семьи собирались вместе, по очереди то у Петра с Аней, то у Федора с Алей. Была у них такая традиция. Роковой Новый год отмечали у Волковых. Мужчины сильно выпили, женщины тоже от души угостились шампанским. Фене стало плохо — от сладкого, сильно газированного напитка заболела голова, и няня легла спать в комнате детей.

Около четырех утра Феня проснулась и пошла на кухню, ей очень захотелось пить. Боясь разбудить хозяев, няня не зажгла свет и не надела тапочки, чтобы не греметь шлепками. На цыпочках, бесшумно, словно кошка, Феня приблизилась к кухне и замерла.

У подоконника целовалась пара. Нянька притаилась в коридоре. Сначала ей показалось, что это Петр и Анна нежничают в полутьме, освещенные светом луны, падающим через незанавешенное окно, но потом мужчина заговорил, и Феня с величайшим изумлением поняла: ее хозяйка только что страстно прижимала к себе... Федора.

— Люблю тебя, — пробормотала мать семейства.

— Я тоже, — ответил Кулькин.

— Что же делать?

— Пока не знаю.

— Мы слишком поздно все про себя поняли, —

всхлипнула Аня. — У меня трое детей, и у тебя ребенок.

— Выход найдется, — попытался утешить любовницу Федор.

— Выход... Куда? — мрачно поинтересовалась Аня. — Так всю жизнь и проведем, прячась по углам. Раньше хоть у вас с Петром смены не совпадали, а теперь в пару поставили, вообще шансов встретиться нет. Смотрела сегодня на тебя за столом и думала: «Ну зачем ты на этой крысе женился?»

— Аля хорошая, — пробормотал Федор, — но я ошибся, принял жалость за любовь.

— Мы оба не так построили свою жизнь! — со слезами воскликнула Анна. — Теперь ничего не поделать. Так и умрем в разлуке.

До слуха Фени долетели ее сдавленные рыдания.

— Любимая, успокойся, — глухо произнес Кулькин.

— Не могу так больше, — простонала Анна. — Тайком, урывками, на кухне, с ужасом оглядываясь, вдруг кто войдет... Хочу открыто, при всех закричать: «Он мой!»

— Подожди немного.

— Чего? Ты оставишь Алю?

— Возможно, — уклончиво ответил Федор. — А ты уйдешь от Петра?

— Да! — безо всякого раздумья воскликнула Анна. — Хоть сию минуту! Пошли, все ему скажем.

— Так нельзя.

— Вот видишь! Испугался!

— Нет, просто не привык решать вопросы наскоком.

— Ты меня не любишь! — в отчаянии упрекнула Анна. — Я тебе нужна просто для развлечения.

— Милая, — зашептал Федор, — следует проявить осторожность.

— Кого нам бояться?

— Люди осудят!

Анна коротко рассмеялась:

— Мне плевать.

— У нас дети, — напомнил Федор.

— Это его дети, — презрительно отозвалась Анна, — у НАС никого нет.

— Аля не виновата.

— Я против нее ничего не имею, кроме одного: твоей женой должна была стать не она.

— Аля много пережила.

— Сейчас заплачу.

— И она очень злопамятная. Тихая, тихая, а по-настоящему злая.

— Ты к чему клонишь? Решил от меня избавиться? Лучше говори прямо! — заявила Анна. — Я не из тех, кто цепляется за мужика и устраивает дебоши. На мой взгляд, горькая правда приятней сладкой лжи!

— Мы будем вместе, — торжественно объявил Федор, — и никакого скандала не случится. Аля отпустит меня, Петя тебя.

— Цирк! Да твоя баба вой поднимет!

— Нет.

— Откуда такая уверенность?

— Что же за жизнь такая! — зачастил Федор. — Вокруг бардак, цены скачут. Кое-кто большие деньги отхватил, мы же с Петькой совсем нищие, перевозим бандитские бабки. Во как! Нынче ведь нет чистых накоплений, все — у народа наворованное. Сколько раз людей обманывали, то в одну реформу, то в другую, а мы им мешки с долларами таскай! Не хило? Ладно, давай о наших делах. Ты, похоже, не в курсе, что Аля Петрухе нравится?

— Врешь, — выдохнула Анна.

— Верняк, — подтвердил Федор, — уж извини, но настучу. Они вместе в кино ходили.

ГЛАВА 16

Наступила напряженная тишина.

— Это что же получается? — ожила Анна. — Я с тобой, а она с Петькой?

— Выходит, так, — согласился Федор.

— Значит, скандала не случится, — обрадовалась женщина, — просто поменяемся мужьями. Пусть и детей забирают, мы с чистого листа начнем.

Услыхав последнее заявление хозяйки, Феня чуть не задохнулась от негодования, но Кулькин не смутился.

— Мы должны тщательно обдумать ситуацию.

— Ага, — согласилась Анна. — И еще одно: не хочу жить нищей. Если добудем денег, то сумеем приобрести себе квартиру и избавимся от многих проблем.

— Где ж деньги взять? — вздохнул Кулькин.

— И это ты спрашиваешь? — змеей зашипела любовница. — Миллионы перевозите...

— С ума сошла!

— Вовсе нет.

— Мы доставляем чужие деньги.

— Сам говорил: они бандитские!

В кухне опять повисло молчание, затем Федор очень тихо сказал:

— Ну... да.

— И Петя того же мнения. Я знаю, — азартно заявила Анна, — раньше люди честными были, деньги государственными считались. А теперь... Вон наш сосед снизу, Ванька Лесков, всем известно, он браток, с пистолетом ходит. И что? Иван за последний год джип купил, жену в шубы закутал, дочь, малолетнюю проститутку, золотом обвесил, строительство затеял: скупил все квартиры на этаже, теперь евроремонт делает. Откуда средства, спрашивается?

— Не знаю! — ответил Федор.

— Спер он их или убил тех, кто нужным количеством тугриков владел. Это его деньги вы с Петькой перевозите, ясно? — возбужденно шептала Анна.

— Прекрати, — попросил Кулькин, — и так тошно.

— Мне еще тошнее, — не успокаивалась Анна. — Гроблю здоровье за копейки, целыми днями кручусь. О новом пальто только мечтаю! А Петр с Феденькой мешками баксы бандитские носят, охраняют наворованное...

— Хоть понимаешь, что предлагаешь? — нервно воскликнул Кулькин.

— Да, — подтвердила Анна. — Хочешь жить со мной? В собственной квартире?

— Конечно, — не раздумывая, отозвался Федор. — Только, боюсь, нам не жить, в смысле, вообще. Убьют.

— Кто?

— Бандюки. Или менты, что теперь одно и то же. Куда мы спрячемся? Разом вычислят!

— Дурак ты, Феденька, — ласково пропела Анна. — А если на вас нападут, ранят? Не смертельно, конечно, но неприятно. Тогда как?

— Работа у нас стремная, — завел Кулькин, — ясное дело, и по-прежним годам риск имелся, до перестройки тоже инкассаторов грабили. Только сейчас беспредел наступил, восьмой налет за три месяца, двенадцать убитых. Банда в Москве объявилась, а может, даже не одна, больно часто на наши мешки охота идет. Раньше порядок соблюдался, бригада укомплектована была, выходной по графику, а сейчас... Да у нас половина мужиков уволилась! Никому неохота за чужие капиталы помирать.

— Очень хорошо про ваши проблемы знаю, — перебила Федора Анна, — на них и рассчитываю. Слушай предварительный план. Вам с Петькой следует сообщить, когда повезете большую сумму...

Дальше Феня не расслышала — Анна стала говорить еще тише.

— Погоди, — остановил любовницу через некоторое время Кулькин, — в туалет сбегаю.

— Так испугался? — захихикала Анна. — Не дрейфь, я приношу удачу.

— Никого и ничего не боюсь, — сердито ответил Федор. — Просто живот прихватило, оливье переел...

Из кухни послышался шорох, Феня опрометью кинулась в комнату к детям, нянька очень не хотела быть застигнутой в момент подслушивания чужих разговоров, да еще таких, как планирование ограбления. Никем не замеченная, Феня донеслась до детской, услышала мерное сопение ребятишек, рухнула в постель и неожиданно провалилась в крепкий сон.

Утром Анна как ни в чем не бывало сказала Фене, когда та появилась на кухне:

— Пожарь побольше оладий, Аля и Федор у нас ночевали.

Нянька повернулась к плите. Ее терзали сомнения: может, ночного разговора не было? Вдруг Феня просто спала и ей приснился необычный сон? Ну не могла Анна, спокойная, простая женщина, мать троих детей, придумать такое!

Целый месяц потом Феня нервно вздрагивала,

увидав хозяйку. Затем успокоилась. Жизнь в доме текла без изменений: Анна, мало интересуясь дочерьми и сыном, просиживала на службе, Петр работал, няня копошилась по хозяйству.

К апрелю Феня постаралась забыть подслушанное. Очевидно, Федор и Анна сильно поддали за новогодним столом, вот и несли всякую чушь. Мало ли какой бред болтают люди с пьяных глаз! Не стоит придавать значения подобным разговорам.

Четырнадцатого мая, поздно вечером, Анна сказала Фене:

— Надо дачу на лето присмотреть.

Нянька удивилась:

— А разве не в Вороново поедем, как всегда?

— Позвонила хозяйка, — пояснила Анна, — у нее дом сгорел.

— Вот беда! — всплеснула руками Феня.

— Точно, — кивнула Анна, — сплошной напряг. Боюсь, приличные места уже разобраны, как бы не остаться с детьми в городе...

— Что-нибудь найдется! — оптимистично воскликнула Феня.

— Нельзя терять ни одного дня, — возбужденно говорила Анна, — собирайся!

— Куда?

— Завтра с утра поедешь в деревню Селькино, там вроде у одной бабы, Катерины Михайловны Сиротиной, дом на лето свободный есть, мне коллега по работе адресок дала. Вот, держи.

— Не успею до трех обернуться, — озабоченно помотала головой Феня. — Ну-ка, посчитаю: до вокзала добраться, на электричке минут пятьдесят ехать, затем автобус, да он сразу не придет... В общем, как минимум два с лишним часа туда, столько же назад, с хозяйкой поболтать, избу посмотреть... Этак к вечеру только вернусь.

— И что? — недоуменно прищурилась Анна.

— Риточку надо из школы забрать, — напомнила Феня. — Кстати, и отвести на занятия тоже, Алешу на секцию проводить, у Ксюши музыкалка.

— Я сама займусь детьми, — улыбнулась Анна. — Езжай в Селькино, нам сейчас важно дачу найти.

Пятнадцатого мая Феня в легком недоумении отправилась на вокзал. День у няньки прошел плохо: электричка тащилась со всеми остановками почти полтора часа, до нужной деревни пришлось несколько километров идти пешком, потому что автобус сломался. В довершение всего в селе не оказалось женщины по имени Катерина Михайловна Сиротина. Феня попыталась договориться с другими хозяевами, но никто не хотел пускать на лето москвичей с тремя детьми и няней. Пришлось Фене ни с чем ехать назад. Обратная дорога оказалась такой же муторной, нянька устала, словно лошадь, тянувшая воз с железом.

Домой Феня приехала поздно, открыла дверь и вздрогнула. В квартире стояла тишина, нигде не горел свет, не работал телевизор.

— Петр Михайлович! — позвала Феня. — Анна Сергеевна! Вы где? Риточка, Ксюша, Алешенька!

Никто не ответил. Испугавшись еще больше, нянька побежала в глубь квартиры. Тревога росла и ширилась — хозяева и дети исчезли. Кастрюля с супом и котлеты на сковородке не тронуты, в маленьком чайнике мутно поблескивала вчерашняя заварка.

В полной растерянности Феня села на табуретку. Получалось, что хозяева не обедали, не пили чай, не ужинали... Не успела нянька собраться с мыслями, как раздался звонок в дверь. Женщина бросилась в прихожую, за порогом оказалась соседка, Нина Ивановна.

— Фенечка, — запричитала она, — горе-то какое страшное!

— Что случилось? — помертвела няня, приваливаясь к стене. — Алешенька... под машину попал? Он вечно торопится...

— Нет-нет, — быстро возразила Нина Ивановна, — слава богу, дети живы и здоровы, Ксюша и Алеша у нас, Риточка вместе с Анной в больнице. Петр Михайлович попросил младшенькую привезти... Видно, больше всех ее любит. Напали на него, ранили сильно...

Феня вцепилась в вешалку. Естественно, нянька моментально вспомнила Новый год и подслушанный разговор. Нина Ивановна, абсолютно не подозревавшая о мыслях Фени, как ни в чем не бывало рассказывала невесть где узнанные подробности.

— Автобус подъехал, а в нем сорок штук бандитов с автоматами. Народу они положили — страсть! Сто прохожих! Вот ужас! По телику «Новости» показывали, я как раз кофе пить села, гляжу — Петр Михайлович лежит, весь в крови. А тут Аня прибегает, кричит: «Ниночка, родная, сбегай за Ксюшей и Алешей, пригляди за ними! Я только Риточку из школы взять успела! О, вон как теперь телевидение работает, чуть ли не сам момент свершения преступления сняли...» А журналист тут как раз объяснил, что съемочная группа в соседнем дворе была, хотели в «Новостях» про какую-то актрису рассказать, у той квартиру ограбили утром. Ну приехали, поставили возле подъезда камеру, и вдруг стреляют! Ясное дело, понеслись на звук выстрелов и такое Чикаго застали... Анна же...

— Когда случилось несчастье? — дрожащим голосом осведомилась Феня.

— Около полудня, — деловито ответила Нина Ивановна и продолжила рассказ о телевизионщиках.

Нянька остолбенело глядела на соседку, в голове у Фени неожиданно возникла странная мысль. Хозяйка внезапно отправила прислугу в деревню к несуществующей тетке, ехать пришлось за тридевять земель. Отчего возникла столь острая необходимость именно сегодня катить за город? Анна не любит заниматься детьми, а завтра у Петра выходной, по логике вещей, хозяйка должна была велеть ехать Фене в день, когда хлопоты о школьниках возьмет на себя муж. К чему поспешность? Одни сутки роли не играют.

И еще. Телевидение, столь удачно оказавшееся на месте преступления, показало налет на инкассаторов вскоре после полудня. Анна примчалась к Нине Ивановне в кратчайший срок после нападения банды. Каким образом жена узнала о несчастье с мужем? Она глядела телевизор на службе? Пусть так, но имеется один нюансик: фирма, в которой работает Анна, расположена на другом конце Москвы, женщина тратит на дорогу в один конец почти два часа, она бы не успела так быстро примчаться домой. К тому же Анна умудрилась еще и Риту забрать из школы. Ладно, пусть ей на работу моментально позвонили из милиции... Нет, все равно не складывается!

Привалившись к стене, Феня зашевелила пальцами правой руки. Значит, так. В инкассаторов стреляют около полудня, а спустя час в квартире Нины Ивановны появляется взбудораженная Анна с перепуганной Риточкой. Следовательно, хозяйка уехала со службы в... десять? А может, она и вовсе не ходила на работу? Позвонила начальнику, растолковала тому ситуацию с дачей, попросила отгул? Анна обычно не манкирует своими обязанностями, ей охотно пошли бы навстречу... Но к чему такие сложности? Назавтра Петр Михайлович был бы дома и проблема с детьми решилась бы очень легко...

— Они сегодня везли огромные деньги, — вылетело из Фени, — вот почему речь зашла о деревне! Она меня убрала из дома, чтобы не мешала!

Нина Ивановна округлила глаза.

— Сумму точно не назвали, обтекаемо сообщили: «Пара миллионов долларов». Петру Михайловичу повезло...

Феня потрясла головой. В мозгу помимо воли крутились очень нехорошие мысли: банда стреляла в инкассаторов в полдень; в полпервого на место происшествия явились менты, приехала «Скорая», пока уложили раненого, пока доставили в клинику... Да Анне раньше пяти вечера не позвонили бы, о жене пострадавшего вспомнили бы в последнюю очередь, не до нее ни ментам, ни врачам. Откуда хозяйка услышала про налет?..

— Только ногу Петру Михайловичу прострелили, — довершила рассказ Нина Ивановна, — жив остался, на радость Анечке и деткам. А вот второго, напарника его, застрелили.

— Совсем? — прошептала Феня.

— Намертво, — подтвердила Нина Ивановна. — Крови там! Ну, я побегу. Ты когда за детьми зайдешь?

— Через десять минут, можно?

— Да хоть на ночь оставляй, — радушно предложила соседка и была такова.

Феня на дрожащих ногах отправилась на кухню и попыталась привести себя в чувство при помощи кружки крепкого чая. Постепенно в мыслях просветлело. Значит, Анна сумела убедить Федора совершить преступление. Но что-то не сработало, и Кулькин погиб. Как же поступить теперь Фене? Опрометью нестись в милицию? Сообщить о подслушанном зимой разговоре? Выдать Анну?

Несчастная нянька снова ощутила головокружение, и тут опять раздался звонок. Феня ринулась в прихожую и, не посмотрев в «глазок», отперла замок. Нянька ожидала увидеть Анну и Риту, но в прихожую ворвалась растрепанная Алевтина.

Не успела Феня охнуть, как всегда апатичная Аля закричала:

— Где сука?

— Тише, — испугалась нянька и, втащив красную от гнева Кульку в прихожую, захлопнула дверь.

Аля, тяжело дыша, смотрела на Феню.

— Разве можно так орать? — укорила нянька Кульку. — Соседи уши развесили, небось уж все к «глазкам» прилипли.

— Где сука? — повторила Аля.

— Кто? — отступила в коридор Феня.

— Анька!

— Она в больнице, у Петра Михайловича, — пояснила Феня.

Аля повернулась и молча пошла в комнаты.

— Вы куда? — возмутилась нянька. — В ботинках! Грязи нанесете!

— Грязи тут и без меня достаточно, — неожиданно ласково вступила в разговор Аля. — Так где эта сука? Отвечай! Куда спряталась?

— Я понимаю, что у вас горе, — попыталась обуздать Алевтину Феня, — но мы-то в чем виноваты?

— Горе? — протянула Аля. — Ах, горе! Да она моего Федора... Сволочь! Сука!

Феня испуганно заморгала, Аля живо обежала квартиру и вновь спросила:

— Так где, говоришь, она?

— Анна Сергеевна в больнице, — побоялась ругаться с явно ополоумевшей Кулькиной нянька.

— Деньги давай! — потребовала Аля.

— Какие?

— Те самые.

— Ничего не знаю.

— Врешь, сволота! — весело воскликнула Аля и начала громить квартиру.

Сначала Кулькина вывалила на пол содержимое шкафов в спальне, потом стала открывать комоды в детской.

— Перестаньте! — тщетно пыталась усовестить хулиганку Феня. — Прекратите!

Но Кулькина не обращала никакого внимания на просьбы и причитания няньки. Когда же Феня попыталась схватить Алевтину за руку, Кулькина глянула ей в лицо и спокойно сказала:

— Убью.

Феня мигом вспомнила рассказ Федора об уголовном прошлом Алевтины и замерла столбом.

— Так-то лучше, — усмехнулась Аля. — Катись отсюда, а я денежки поищу. Тут они, больше деться им некуда. А затем суку дождусь. Вали с глаз долой, пока не огребла!

Феня вышла из квартиры, села на подоконник на лестничной клетке и ощутила себя детской игрушкой — пирамидкой, из которой вытащили стержень. Сколько времени нянька провела у окна, она не помнила. Из квартиры Волковых не раздавалось ни звука, Аля затаилась. В конце концов лифт, заскрипев, замер на пятом этаже, из кабины вышли заплаканная Анна и еле передвигающая ноги Рита.

ГЛАВА 17

— Анна Сергеевна, — кинулась к хозяйке Феня, — убегайте скорей, там Алевтина сидит.

— Где? — шарахнулась в сторону женщина.

— К нам принеслась, — торопливо зашептала Феня, — невменяемая, все ваши вещи на пол из шкафов вывалила.

— Зачем? — испуганно поинтересовалась Анна.

— Деньги ищет, — обморочно ответила Феня, — те самые, что вы украли.

Анна зажала рот руками и прислонилась к грязной стене лестничной площадки. Рита растерянно глядела то на маму, то на няню, но женщины забыли о детских ушах и глазах.

— Ты знаешь? — ахнула Анна. — Откуда? Кто сказал? О, Петр! Вы с ним... того...

— Дура! — забыв про разделяющую ее с хозяйкой дистанцию, воскликнула нянька. — О чем думаешь? Не все такие, как ты! Не поняла? В квартире ждет Алевтина, а она ведь убийца.

Анна осела на пол. Феня схватила Риту, крикнула:

— Бежим скорей!

— Мамочка, — зарыдала девочка, — вставай...

— Ритуля, поторопись, — дернула воспитанницу за руку нянька.

— Не пойду! — завизжала Рита. — Не хочу!

Феня зажала школьнице рот рукой, но тут дверь квартиры Волковых распахнулась, из-за нее показалась Алевтина.

— Явилась, сука, — неожиданно весело сказала она.

Феня хотела впихнуть Риту в лифт, но девочка

внезапно вывернулась из рук няни и ящерицей шмыгнула в дом.

Аля схватила Анну за шиворот.

— Вставай.

— Только не тут! — заквохтала Феня. — Лучше в квартире поговорите! Умоляю вас, девочки, милые, у вас дети, хоть о них подумайте...

Неожиданно женщины переглянулись, Анна вскочила на ноги и поманила Алю.

— Пойдем, поговорить действительно надо.

Абсолютно спокойно только что хотевшие порвать друг друга на куски тетки, словно добрые подруги, вошли в квартиру Волковых. Феня, перекрестившись, быстро заперла дверь изнутри и задвинула щеколду. Слава богу, стены в здании капитальные, теперь никто ничего не услышит.

Усадив Риту ужинать и строго-настрого запретив ребенку покидать кухню, Феня подкралась к спальне хозяев и прижалась к щели между косяком и створкой. Но до ее любопытного уха ничего не долетело, в комнате стояла тишина.

— Дай пирожок! — закричала Рита.

Феня вернулась на кухню и сказала:

— Я его не испекла.

— Почему? — закапризничала подопечная.

— Не успела, к врачу ходила, — придумала причину нянька.

Рита на секунду примолкла, потом начала вновь проявлять недовольство:

— Где Ксюша?

— В музыкальной школе, — соврала Феня.

— А Алеша?

— На секции.

Рита бросила взгляд на часы.

— Уже поздно. Когда ты за ними пойдешь?

— Отправляйся в детскую, — приказала Феня.

— Не хочу, — топнула ногой девочка.

— Я тебя в угол поставлю, — пригрозила няня.

— Не-а, — замотала головой капризница, — сначала поймай.

Не успела няня возмутиться, как первоклассница скорчила гримасу, выскочила в коридор и запрыгала на одной ноге, приговаривая:

— Эне бене раба, квинтер финтер жаба!

В этот момент дверь спальни Анны открылась, оттуда вышла Аля и схватила Риту за плечо.

— Ой, больно, — скривилась школьница, — отпусти!

Но Кулькина, не отпуская девочку, громко скомандовала:

— Клянись ее здоровьем!

— Чтобы Рите век счастья не видать, если вру! — закричала, выбегая в коридор, Анна. — Вот же пачка, ну погляди внимательно.

Увидав, что хозяйка протягивает Кулькиной толстую стопку зеленых ассигнаций, перетянутую розовой резинкой, Феня вытаращила глаза. А Аля вдруг поступила неожиданно: она выхватила деньги, швырнула их на пол с такой силой, что «кирпичик» отлетел к вешалке, и мрачно констатировала:

— Ты, сука, детским здоровьем поклянешься и не чихнешь.

Анна прижала руки к груди:

— Алечка, я не виновата.

— Убийца.

— Случайно вышло, — зарыдала Аня.

— Петька-то жив! — с ненавистью воскликнула Кулькина.

— Он на краю смерти, — всхлипнула Анна, — ногу ампутировать хотят.

— Два миллиона утешат.

— Поверь мне, посмотри пачку!

— Врешь!

— Ей-богу!

— Не божись, — топнула ногой Алевтина, — а то молнией тебя, суку, прибьет! Верни баксы, или в ментовку пойду.

Анна вытерла слезы рукавом.

— Иди, — резко заявила она. — Прямо сию секунду и отправляйся туда, шнурки только погладить не забудь, чеши по компасу. И чего заявишь? У меня алиби!

Кулькина хмыкнула.

— Какое?

Анна повернулась к няньке.

— Феня, мы с тобой сегодня на рынок ходили? Подумай, и говори правду. Имей в виду, если соврешь, Аля меня в тюрьму упрячет, дети в детдоме окажутся, Петр Михайлович может не выжить!

Нянька заколебалась.

— Твоя любимая Рита в приюте погибнет, — жестко продолжила Анна, — Ксюша с Лешей выживут, а ее там точно забьют.

— По оптушке таскались, — выдавила из себя Феня, — на неделю закупались. Только никак не пойму, к чему это?

Ложь, сказанная нянькой, повисла в коридоре, словно мрачное, грозовое облако. Звенящее, напряженное молчание нарушила Анна.

— Чего тормозишь? — усмехнулась она, глядя на Алевтину, и, приблизившись к двери, отперла замок. — Вперед и с песней, менты ждут. Только я макароны с тушенкой покупала в компании с Феней. У меня безупречная репутация, ни единого черного пятна, Петя имеет замечательный послужной список, одни благодарности. А кто вы с Федькой? Ты убийца, а он бывший мент, выкравший из архива дело той, которая укокошила первого мужа со свекровью. В анкете Кулькин про судимость супруги не указал. Зря ты надеешься остаться ни при чем. Отпечатки пальцев возьмут, восстановят биографию. Ну, иди! Ладно, даже, может, меня и посадят, а тебе чего, пряников дадут?

Женщины замерли, словно две кошки, приготовившиеся к бою. Сообразив, что сейчас в коридоре начнется смертоубийство, Феня коршуном кинулась на Риту, втолкнула совершенно уже не сопротивляющегося, растерянного ребенка в детскую, заперла дверь снаружи и перевела дух. Слава богу, девочка не увидит драку.

Волкова и Кулькина, не шевелясь, стояли друг против друга.

— Может, чайку попьете? — внесла идиотское предложение Феня. — Сядете, побалакаете спокойненько...

И тут Алевтина подняла правую руку, а левую прижала к груди и четко, торжественно произнесла:

— Проклинаю тебя и твоих детей. Навсегда. Пусть они счастья не увидят. А ты сдохнешь. Вернее, сдохнете вы все. Пятнадцатое мая, запомни! Именно оно — день смерти! Жди и бойся! Господь не фраер, все видит и каждому по заслугам воздаст. Пятнадцатое! Проклятый день!

Невидимая рука схватила Феню за желудок и стала медленно сдавливать его ледяными пальцами. Анна уцепилась за консоль, на которой валялись всякие мелочи: ключи, расческа, кошелек. Аля, выпрямившись, словно солдат, сдающий экзамен по строевой подготовке, пошагала к выходу, распахнула дверь, плюнула на порог и, повторив: «Пятнадцатое мая.

Все умрете, суки. Никого не останется», — побежала по лестнице вниз.

— Пожалуйста, закрой дверь, — еле слышно прошептала Анна.

— Сейчас, — с трудом ворочая языком, ответила Феня, но двинуться не сумела.

С площадки донеслось звяканье, потом раздался голос Нины Ивановны:

— Ну хороши, дверь нараспашку! Подобная беспечность в наше время может дорого стоить! Феня, детям уже спать пора. Могу их у себя положить...

Продолжая говорить, Нина Ивановна вошла в квартиру Волковых.

— Аня, Феня, — удивилась она, — отчего молчите?

— Нет у нас охоты болтать, — нашлась нянька, — и веселиться причин не найти.

— Петр Михайлович... он... — прозапиналась соседка.

— Жив пока хозяин, — перебила Нину Ивановну Феня. — Ксюшу с Алешей скоро заберу, вот только Анну Сергеевну уложу, она еле жива. Завтра выходной, если ребята чуть позже лягут, не страшно.

— Ой, конечно! — засуетилась Нина Ивановна. — Я так... просто... думала... Господи, у вас тут деньги валяются!

У Фени уже не в первый раз за сегодняшний день начали подламываться ноги. А слишком любопытная соседка ловко наклонилась и схватила пачку долларов, валявшуюся у вешалки.

— Матерь божья! — чуть не задохнулась она. — Сколько тут? Целое состояние.

— Сто тысяч, — весело сообщила Анна.

— Баксов? — бледнея, уточнила Нина Ивановна.

— А то не видишь! — еще больше развеселилась Волкова. — Именно их, зеленых рубликов.

— Не может быть, — плачущим голоском протянула Нина Ивановна. — Откуда столько? Неужели сто тысяч?

— А ты пересчитай, — залихватски предложила Анна.

Видно, изумление Нины Ивановны было слишком велико. Забыв об элементарных приличиях, она сорвала резинку и зашуршала ассигнациями, слюнявя пальцы.

— Раз, два, три... восемь... двенадцать... Погодите!

— Что-то не так? — откровенно засмеялась Анна.

— Но...

— Что?

— Это не деньги.

— Да ну?

— Просто бумажки, — растерянно подтвердила соседка. Потом взяла одну купюру и изучила ее на просвет. — Нет, правда, они фальшивые.

— На ксероксе отпечатаны, — охотно пояснила Анна.

— Зачем вам эта ерунда? — растерялась соседка.

Волкова ухмыльнулась:

— У детей игра настольная есть, «Монополия», там на деньги сражаются. Леше захотелось «настоящие» доллары, вот мы их ему и сделали.

— А я уж подумала... — протянула Нина Ивановна и осеклась.

— Что? — издала смешок Анна. — Что мы банк ограбили? Ха-ха-ха! Сегодня такое предположение звучит как нельзя кстати.

Смех Волковой перешел в плач, затем в крик, опять в хохот и в вой.

Тут Феня очнулась и выпихнула соседку на лестницу.

— Ну ты, Нина, даешь! — забыв о вежливом «вы» и об отчестве, воскликнула нянька. — Совсем Анну Сергеевну доконала. Нашла, когда дурацкие беседы вести, Петр-то Михайлович при смерти. Довела мне хозяйку до истерики!

— Глупо вышло, — растерянно ответила Нина Ивановна. — Пачка так натурально смотрелась!

— У Леши еще парочка пистолетов имеется, — гаркнула Феня, — вылитые «наган» с «маузером»! Ты сходи в милицию, заяви на парня!

— Уж прости меня, Феня, — занервничала Нина Ивановна, — я ведь не со зла.

— И ты извини, — спохватилась нянька. — Ну и денек выдался! Нервы сплошные.

— Пусть Ксюша с Алешей у меня лягут, — засуетилась желавшая искупить свою вину соседка. — В комнате Миши устрою, там как раз кровать с диваном стоят. И Риту приводи.

— Спасибо, — кивнула Феня, — младшая уже дома спит, а старших и правда приюти, не до детей Анне Сергеевне сейчас.

Договорившись с Ниной Ивановной, Феня ринулась домой и нашла хозяйку в коридоре. Анна тупо перебирала разбросанные зеленые бумажки.

— Пойдемте в спальню, — велела Феня.

— Ты откуда знаешь? — вскинула голову хозяйка.

— О чем? — прикинулась дурой нянька.

Анна сгорбилась:

— Не идиотничай.

— Разговор ваш с Федором слышала, — призналась Феня. — После Нового года вы ночью секретничали.

— Понятненько. И никому не разболтала?

Нянька пожала плечами:

— Нет.

— Почему?

— Не мое дело, — спокойно ответила Феня. — Я к детям приставлена, об них и думать должна.

Анна схватила няньку за руку.

— Я не виновата.

— Угу, — кивнула Феня.

— Никогда не изменяла мужу.

— Кхм, — только и выдавила из себя нянька.

— Нечего тут кашлять! — рявкнула Анна. — Мы теперь в одной упряжке, пошли в спальню, объясню все как есть.

Пришлось Фене отправляться вместе с хозяйкой и узнавать новые, совершенно шокирующие сведения.

По словам Анны, сымитировать налет на машину инкассаторов решил Петр. Муж давно мечтал о даче, рыбалке, походах в лес и зелени со своего огорода. Семья Волковых жила экономно — имея троих детей, не пожируешь, но все равно кубышка, куда складывали рубли на дачу, постепенно пополнялась. Но потом страну затрясло в лихорадке экономических перемен, и сделанные с огромным трудом накопления превратились в пыль.

Вот тогда Петр впервые подумал об ограблении. Честного инкассатора просто сломало, когда он понял, что теперь перевозит бабки братков, нечестных коммерсантов, спекулянтов, фарцовщиков.

— Вот кто нынче хозяева жизни, — горько говорил Волков жене, — а мы, честные трудящиеся, идиоты, нам в нищете помирать.

Анна поддакивала мужу. Но план захвата денег родился у пары не сразу. Сначала супруги просто злились на окружающую действительность, затем жаловались друг другу на нищету, и лишь потом кто-то из них произнес фразу:

— Надо действовать.

Обстоятельства складывались в пользу грабителей. В бригаде инкассаторов не хватало сотрудников, опытные специалисты начали увольняться, никому не хотелось улечься в пластиковый мешок, а разбойные нападения теперь участились. Раньше машину с деньгами сопровождало несколько человек, включая водителя, которому запрещалось вылезать из-за руля даже во время стоянки с пустым сейфом, но после массового увольнения работников часто баранку крутил сам инкассатор, и имел он лишь одного напарника. Поломав голову, Петр решил привлечь к делу Федора.

— Ты прикинься, что мечтаешь уйти от меня к нему, — велел Волков жене.

— Не хочу, — испугалась она.

— Спать с Федькой не придется, — заверил супруг. — Кулькин разочаровался в Алевтине — она тухлая селедка, огня в ней нет. К ребенку у Федьки тоже особой любви не загорелось, ради семьи мужик рисковать не захочет. Так что деньги ему сейчас вроде как и не нужны. А вот если любовь появится... Сообразила?

— Да, — кивнула Анна, — чего ж тут непонятного.

— Федор нам поможет, — потер руки Волков, — мы с ним по-честному поделимся, капитал спрячем на некоторое время, потом я уволюсь, и заживем счастливо.

Петр Михайлович был так убедителен, что Анна

согласилась и стала строить глазки Федору. К Новому году дело встало на хорошо смазанные рельсы. План был таков. Инкассаторам сообщат о большой сумме, а они дадут отмашку Анне. Та, переодетая старушкой, будет гулять вблизи от того места, куда понесут мешки с баксами. Для пущей убедительности в детской коляске, которую повезет «старушка», будет лежать магнитофон с записью крика младенца.

Когда инкассаторы поравняются с коляской, Анна выхватит из одеяла оружие и ранит Кулькина и мужа, мешки впихнет в коляску, быстро укатит ее в один из дворов и там переложит деньги в неприметную машину, плохонькие «Жигули», обвешанные внутри игрушками и украшенные наклейками с изображением туфельки, восклицательного знака и буквы У. Милиция объявит план «Перехват», начнут останавливать автомобили на трассах, но ничего не найдут. Мысль о том, что доллары находятся в паре метров от точки совершения налета, не придет в головы оперативников, ведь преступники всегда торопятся поскорей спрятать награбленное и часто попадаются именно в момент перевозки.

ГЛАВА 18

Феня замолчала и, не снимая перчаток, стала вертеть пустую кофейную чашку.

— Опасная затея, — вступила я в разговор. — Значит, Анна хорошо стреляла?

Пожилая дама кивнула:

— Да. Ее отец был полковником, имел дома оружие. Анна до семнадцати лет занималась стрельбой, имела даже разряд.

— Очень кстати пришлись ее таланты, — язвительно отметила я.

Феня усмехнулась и продолжила рассказывать:

— Только господь предупреждал ее, давал понять: не следует начинать дело, плохо закончится. А было так...

За неделю до налета к Петру Михайловичу прибежала Алевтина и заявила:

— Петруша, беда.

— Какая? — вздрогнул Волков. — Федя заболел?

— Хуже, — зарыдала Кулькина, — он с Анной спутался.

— Тебе показалось, — попытался успокоить Алю Волков, но та уперлась.

— Нет, — уверенно заявила женщина, — они задумали сбежать, только перед этим хотят деньги спереть. Я подслушала их разговор.

Петр, растерявшись, слушал обозленную Алю, а та с жаром потребовала:

— Их надо ограбить.

— Ты о чем? — поразился Волков.

— Возьмет Анна мешки, а я выскочу и потребую свою долю, — азартно заявила Алевтина.

— Погоди, — только и сумел выдохнуть Петр, — я разберусь, главное, не гони волну.

Вечером, обсудив ситуацию, Волковы приняли решение и вдвоем отправились к Кулькиным. У четверки состоялся крайне неприятный разговор, но подельники сумели договориться. Петр остается с Анной, Федор по-прежнему живет с Алей, и навряд ли семейные пары сохранят нежную дружбу, но им очень, просто очень, ну очень-очень-очень нужны деньги. Ради получения заветных купюр следует сбиться в сплоченный коллектив, где у каждого будет своя, четко расписанная, роль, а потом, обретя богатство, прежние друзья разбегутся. Еще было решено, что они не станут пару лет тратить доллары.

Наконец настал день Х. Няня Феня под благовидным предлогом была отправлена из дома, детей отвели в школу. Около полудня Петр и Федор, вдвоем сопровождавшие мешки с миллионами, вышли из бронированного автомобиля. Неподалеку бабка качала орущего младенца.

Зная, что они находятся в зоне видимости камеры слежения банка, инкассаторы начали разыгрывать спектакль.

— Вот раскричался, — поморщился Петр.

— Оставят детей со старухами... — подхватил Кулькин, — и хвостом вертеть.

— Чего она его не успокоит?

— Наверное, есть хочет или мокрый.

— Неужели бабка не догадается соску дать?

— Во, доперло, — засмеялся Федор, — притих.

— Эй, эй, бабка...

— Беги! — заорал Кулькин.

По договоренности, Анна должна была палить по ногам, но случилось непредвиденное.

Ствол достали в последний момент, причем за ним, в целях безопасности, отправили загримированную Алю, которая совершенно не разбиралась в оружии. С барыгой договаривался Федор, Кулькина должна была лишь приехать в условленное место, взять пакет, а потом отправиться в заранее снятый гараж и положить его в детскую коляску.

Торговец не подвел. Он забрал деньги, достал сверток и буркнул Але:

— Это «РСА»[1].

— Что? — не поняла Аля.

---

[1] «РСА» — револьвер Стечкина—Авраамова. *(Прим. автора.)*

— «РСА», — повторил продавец. — Че, совсем дура?

— Ладно, ладно, все в порядке, — решила не спорить Кулькина, которой было страшно.

— Договаривались о «Титане»[1].

— Хорошо, — снова не сообразила Кулькина.

— Но его нет.

— Как нет? Совсем нет? — испугалась Аля.

— Ты долбанутая? — обозлился парень. — Говорю же, «РСА» даю. Он вообще-то дороже, но раз моя вина, то цена прежняя.

— Значит, оружие на месте, — успокоилась Аля.

— Гляди, — велел торговец и развернул тряпки. — Проверять будешь? У меня все без обмана, иначе в нашем деле и «сливу»[2] схлопотать можно.

Конечно, Аля являлась не самой лучшей кандидатурой для покупки оружия. «РСА», «Титан»... Ей было все равно, главное, что страшно выглядящая железка стреляет. А уж при чем тут сливы, она и вовсе не поняла. Конечно, следовало отправить к торговцу Анну, но члены банды решили не рисковать. Да и сама Волкова заявила:

— Нехорошо получается. Я стреляю, уношу мешки, Петр с Федей вроде как ни при чем, а Алька и вовсе вся в белом, не замаранная. Выходит, Анечка самая виноватая? Нет уж, пусть Алевтина за бабахалом едет.

И это явилось роковой ошибкой. Ни один профессионал не доверит выбор оружия постороннему человеку, но Анна была «любителем», нагло уверенным в собственных талантах. Правда, готовясь к ог-

---

[1] «Т и т а н» — револьвер «ОЦ-17», российского производства. (*Прим. автора.*)

[2] «С л и в а» — пуля. (*Прим. автора.*)

раблению, Волкова несколько раз зашла в тир, пострелала по мишеням и радостно убедилась: ни рука, ни глаз ее не подводят.

То, что в тряпках лежит «РСА», Анна узнала, заглянув в коляску за час до назначенного ограбления. Сначала Волкова растерялась — опробовать незнакомое оружие негде и некогда, но потом решила, что никакой разницы между револьверами нет.

Это-то ее и подвело, в нужный момент Анна фатально промахнулась: Федора убила на месте, а Петра тяжело ранила. Впрочем, в момент совершения нападения она не поняла, что натворила. Мужчины упали, потекла кровь, но ведь так и было задумано. Анна схватила мешки, сунула их в коляску и исчезла с места преступления. Все заняло секунды. Съемочная группа телевидения, случайно услыхавшая выстрелы, примчалась со своими камерами буквально через минуту после того, как Анна свернула за угол.

Волкова перегрузила мешки в «Жигули», сдернула с себя парик, старушечье пальто, платок, превратилась в симпатичную женщину и быстрым шагом двинулась в глубь квартала. Ее путь лежал мимо помойки, Анна ловко вкатила коляску между мусорных бачков. Прошла метров сто, обернулась и увидела плохо одетую девушку, бойко толкавшую перед собой ее коляску — «экипаж» сразу обрел новую хозяйку.

Анна была страшно довольна собой. Оставалось добраться домой и ждать звонка с работы мужа. Аля, как ни в чем не бывало, находилась на своем рабочем месте, ей предстояло вечером перегнать «Жигули» в гараж.

Волкова ощущала невероятный эмоциональный подъем. У них получилось! Кто заподозрит раненых инкассаторов с безупречным прошлым? Радости прибавлял еще один момент: вопреки всем договоренностям, Анна вытащила из одного мешка тугую пачку долларов. Она не собиралась тратить деньги, ей просто очень хотелось пересчитать их, помусолить в пальцах, понюхать...

Конечно, Анна совершила глупость. Если бы милиция заподозрила инкассаторов и провела обыск, доллары бы обнаружили, четверка сразу оказалась бы за решеткой. Но Аня была крайне жадной женщиной, вот и не удержалась.

Желание потрогать деньги стало нестерпимым. Анна зашла в маленькое кафе, крохотный подвальчик, где не имелось ни одного посетителя. Сонная официантка подала клиентке кофе и, зевая, удалилась в служебное помещение.

Оглядевшись по сторонам, Анна открыла сумку и стала гладить пачку. Потом размотала резинку, пощупала купюры, помяла их и внезапно сообразила: что-то не так. Бросив на пластиковый столик рубли за кофе, Волкова выбежала на улицу, зашла в обменник и спросила у кассира:

— Вот, приобрела на улице валюту, курс лучше, чем у вас. А доллорешники странные. Что с ними?

Девушка взяла из железного ящичка брошенную туда Анной купюру, сунула ее под специальную лампу, а затем воскликнула:

— Сколько раз объявляли! И предупреждение на двери висит: «Не меняйте валюту у незнакомых лиц». Это фальшивка.

— Вы ошибаетесь, — помертвела Анна, — быть того не может.

— Элементарно, — равнодушно кивнула сотрудница обменника. — Ерунда, а не баксы. Причем фальшивка очень грубо сделанная, просто на ксероксе нашлепанная. Мне такие подделки попадались, что от настоящих денег и не отличить. Вашу же красоту мигом видно.

Феня отодвинула от себя чашку, глянула на меня и добавила:

— Федор умер, Петр Михайлович выжил, его даже вернули на работу, правда, больше инкассатором он не служил. Ни его, ни Анну никто не заподозрил, в конечном итоге ошибка с оружием оказалась во благо — слишком тяжело был ранен Волков, и это полностью обелило его, он ведь чудом остался жив.

— А доллары? — воскликнула я.

— Все оказались просто бумажками.

— Кто же подменил деньги?

Нянька пожала плечами:

— Вопрос не ко мне. Ясно, не Петр Михайлович, не Федор, не Анна Сергеевна и уж точно не Алевтина. Наверное, люди, сдававшие деньги инкассаторам, нахимичили. Вот уж небось они плясали от радости, узнав о налете, в газетах прошла информация о похищении миллионов.

— Надо было разоблачить мерзавцев, — подскочила я, — показать фальшивки!

Феня сняла свои жуткие бифокальные очки и, выставив в улыбке желтые, кое-где обломанные зубы, осведомилась:

— Кому?

— Следователю, — с жаром ответила я.

— Вы всерьез? — усмехнулась нянька и закашлялась.

До меня дошла глупость собственного предложения.

— Нет, конечно, — спохватилась я.

— Ворованное счастья не приносит, — пробормотала Феня. — Вот у них все плохо и получилось. Я молчала из любви к детям. Ну хорошо ли было бы, если б они в приюте оказались? Петр Михайлович с Анной Сергеевной почти не разговаривали, во всяком случае, при мне. Рухнула у них любовь...

Как-то вечером няня уложила детей спать. Ксюша и Алеша мирно закрыли глаза и засопели, а Рита вцепилась в руку Фени и прошептала:

— Не уходи.

— Уже поздно, — напомнила нянька, — завтра в школу.

— Мне страшно, — не отпускала ее девочка, — оставь ночник.

— Глупости, — начала сердиться Феня. — Ты ведь уже большая. Или до сих пор боишься дюдюки, которая непослушных детей забирает?

— Нет, — прошептала Риточка, — я боюсь пятнадцатого числа! Я умру пятнадцатого? Почему тетя Аля про него кричала?

— Спи, — приказала Феня, — я выпью чаю и приду.

Рита всхлипнула и натянула одеяло на голову.

Через неделю Рита заболела. Девочка нервничала, потеряла аппетит, плохо спала, наполучала двоек и категорически отказывалась находиться в квартире одна. Еще через десять дней, приведя Риту с занятий, нянька нашла около входной двери дохлую кошку, а сама створка оказалась вымазана дерьмом.

Живо сообразив, чьих это рук дело, Феня впихнула воспитанницу в квартиру и принялась, матерясь сквозь зубы, ликвидировать неприятность. После отскребывания двери пришлось идти принимать душ. В общем, Рита почти два часа была предоставлена сама себе.

Когда Феня, приведя себя в порядок, решила посмотреть, чем занимается воспитанница, она обнаружила ребенка под кроватью. Рита лежала на полу, сжимая хлебный нож.

— Деточка, — всплеснула руками няня, — что за глупые игры? Немедленно вылезай и садись за уроки!

— Нет, — заплакала Рита, — она сейчас придет.

— Кто? — растерялась Феня.

— Тетя Аля, — еще пуще зарыдала первоклассница. — Она обещала нас убить! За деньги! Мамочка принесла фальшивые доллары, а дядю Федю убила! Я видела деньги, пачку! Сегодня пятнадцатое мая! Она убила кошку, я следующая!

Няня похолодела.

Многие родители, имея дома ребенка лет семивосьми, ошибочно считают его малышом. Они думают, что их сын или дочка еще совсем глупенькие и не способны понять взрослые проблемы. Мой вам совет: если хотите сохранить семейные тайны, перестаньте обсуждать их в присутствии отпрысков, едва им исполнится шесть месяцев. Ребенок, словно губка, впитывает информацию, кое-что он запомнит на всю жизнь, причем в искаженном виде.

Павлик, сын моей подруги Лены, при виде любого человека в белом халате, не обязательно врача или медсестры, а, допустим, продавщицы в аптеке, начинал орать с такой силой, что несчастная Ленка уволакивала малыша на улицу и там пыталась образумить. Долгие годы Лена не могла понять, отчего сын испытывает ужас при виде медиков. Паша отказывался ходить к стоматологу, ему было невозможно сделать прививки. В кабинеты врачей мальчик стал входить без истерик лишь после того, как доктора начали носить цветные халаты и «пижамы»: голубые, оранжевые. Но, даже окончив институт, Павел цепенел при виде белой одежды последователей Гиппократа. А когда его жена Маринка отправилась в роддом, с парнем и вовсе случился истерический припадок. Он привез супругу в клинику, и к паре вышла медсестра в белом халате.

Паша затрясся, схватил Маринку за руку и велел:

— Бежим!

— С ума сошел? — удивилась жена. — Куда бежать? У меня же схватки...

— Скорей! — потащил супругу к двери Павел.

Медсестра схватила роженицу и попыталась отвести женщину в отделение. Несколько секунд супруг и медработница тянули бедную Маринку в разные стороны, потом примчались охранники и отобрали у Паши жену. Дежурный врач, хорошо зная, что будущие папаши часто ведут себя хуже рожениц, моментально вызвал соответствующего специалиста, и Пашка впервые оказался в кабинете психолога. Тот, как мог в данный момент, купировал истерический припадок и посоветовал Павлу обратиться к психотерапевту. И в конце концов удалось выяснить, отчего взрослый уже мужчина по-прежнему, как в детстве, делается неуправляемым при виде белого халата.

Когда Павлику исполнилось два года, умерла его бабушка. Женщине стало плохо внезапно, дочь вызвала «Скорую», приехали врачи, одетые самым традиционным образом: белый халат, шапочка, стетоскоп на шее.

Увидав, что пациентке совсем нехорошо, бригада начала реанимационные мероприятия, предварительно выставив родственников за дверь. Но медики не заметили маленького Пашку, забившегося под стол. Мальчик сидел тихо-тихо, наблюдая за тем, как пытаются оживить бабушку.

Спасти старушку не удалось. Когда все аппараты были выключены, в комнату позвали Лену и объявили ей:

— Мы не боги, ваша мама скончалась.

От подобного известия с Леной случился сердечный приступ, теперь помощь понадобилась ей. Увидав, что доктор подходит к маме со шприцем в руках, Паша вылетел из своего укрытия с воплем:

— Не убивайте маму!

Мальчика успокоили, дней через пять взрослые забыли про истерику Паши, только ребенок ничего не выбросил из головы, закопал поглубже, в подсознание. А потом к нему пришел страх перед белым халатом, который сопровождал беднягу все детство, юность и часть зрелости...

Рита плакала, а испуганная Феня, напоив девочку снотворным, побежала к Анне и растолковала той ситуацию.

— Что делать? — забеспокоилась мать. — Неужели она что-то поняла?

— В голове Риты все перемешалось, — вздохнула Феня, — одно услышала, другое додумала, третье не так оценила. А ну как в школе учительнице расскажет? Или подружкам наболтает?

ГЛАВА 19

Феня и Анна сначала растерялись, но потом в голову матери пришло решение.

— Надо дать ей нашу версию событий, — воскликнула она, — придумать *нечто*!

— Не понимаю, — заволновалась Феня.

— Мы должны задурить ей голову, — попыталась объяснить свою идею Анна, — как-то необычно объяснить, почему Алевтина бушевала.

Нянька притихла.

— Знаю! — внезапно воскликнула она. — Я книжку читала, там интересная история описывалась. Один барин...

Анна выслушала Феню и одобрительно кивнула.

— Молодец, только надо скорректировать сюжет. Сказать, что актриса погибла пятнадцатого мая.

— Почему? — не врубилась Феня.

Анна постучала костяшками пальцев по столешнице.

— Ау, войдите... Сама же час назад говорила, Рита про пятнадцатое спрашивает!

— Ой, верно, — спохватилась Феня. — Только при чем тут Аля?

Анна побарабанила пальцами по тарелке, на которой лежали остатки бутерброда.

— Аля... действительно... чего она психует... повода нет...

— Есть! — подпрыгнула Феня. — Надо Риточке объяснить: Алевтина — дальняя родственница той актрисы. Раньше вы никогда на тему предков не беседовали, а после нападения на мужей случайно разговорились и выяснили, что между Кулькиными и Волковыми существовали в прошлых веках особые отношения. У Али после смерти Федора снесло крышу, она почти сумасшедшая, вот потому и скандал закатила, а гадости пятнадцатого числа устраивает.

— Прокатит ли? — с сомнением покачала головой Анна. — Уж больно история какая-то сказочная получается.

— Рита маленькая, как раз для нее сказочка, — отмахнулась Феня. — Не волнуйтесь, сумею преподнести ей информацию.

На том и порешили...

— И девочка приняла вашу историю всерьез? — изумилась я.

— Да. В ее возрасте легко веришь сказкам, — кивнула Феня. — А потом много всего разного случилось. В результате Рита меня выперла назад, в деревню. Я, правда, сумела свою жизнь наладить, но это уже вам неинтересно. Очень я на Риту обижена, но все-таки шевелятся в душе некие добрые чувства. Понимаете, когда младенца в родильном доме из рук врача берешь и затем о нем заботишься, невольно родным ребенка считаешь. Поэтому сейчас сообщила вам правду: легенда о самоубийце — чушь на постном масле, а вот Алевтина...

— Кулькина жива?

Феня пожала плечами.

— Давно не виделись, но почему нет? Она моложе меня. Думаю, ее рук дело. Хотела Риту убить, а перепутала, ни в чем не повинную девушку отравила.

— Отравила? — удивленно повторила я.

Няня вздрогнула:

— Не знаю, как она несчастную жизни лишила.

— Вы упомянули про яд, — напомнила я.

Феня слегка растерялась:

— Сама не пойму, отчего в голову идея про него пришла. А кстати, как ту девушку убили?

Я вздохнула:

— Не способна дать однозначный ответ на вопрос, но следов крови в шкафу не нашлось.

— Ой, дела, дела... — поджала губы Феня. — В общем, хотите помочь Ритке, ступайте к Кулькиной. Она Арину прихлопнула.

— Алису, — машинально поправила я. — У вас нет случайно координат Алевтины?

Феня кивнула:

— Есть. Но живет ли она на прежнем месте, не знаю.

— Все равно, дайте телефончик.

— У меня лишь адрес, — нахмурилась собеседница.

— Можете продиктовать?

Нянька снова принялась вытаскивать из своей бездонной торбы вещи, в конце концов на свет появился пухлый, растрепанный блокнот.

Феня стащила с носа очки, слегка прищурила карие глаза и сказала:

— Когда мы поддерживали отношения, Алевтина обитала на улице 1905 года...

Я аккуратно записала адрес и спросила:

— Вас подвезти?

— Спасибо, я пойду на работу. Тут недалеко, приятно пешком прогуляться, — отказалась нянька.

Запихнув назад в сумку кучу барахла, Феня встала.

— Кофе за ваш счет, — улыбнулась она и водрузила на нос очки.

— Нет проблем, — заверила я.

Старуха снова села на стул.

— Странное дело... — прошептала она.

— Что такое? — насторожилась я.

Феня вытащила ингалятор, сделала несколько пшиков и неожиданно воскликнула:

— Рита выгнала меня вон, не захотела общаться, вычеркнула из жизни! Это красиво?

— Нет, — помотала я головой.

— А я ведь действительно считала Маргариту своей дочерью, — покашливая, продолжала Феня, — поэтому решила простить ее. Понимаете?

Я кивнула.

— Но не получается, — протянула няня. — Никак! И вот странность: чем больше времени проходит, тем крепче обида. Должно быть наоборот, люди с годами забывают многое, а со мной по-иному произошло. Сейчас просто ненавижу Риту! Да, ненавижу. Знаете, что мне иногда кажется?

Большие яркие карие глаза в упор уставились на меня.

— Что? — осторожно поинтересовалась я.

— Порой кажется... готова убить Риту... за оскорбление... Да, вот так! Обидно до боли. Пережить не могу. И, честно говоря, сейчас радуюсь ее неприятностям. Нехорошо, наверное, но так случилось. Ненавижу! Прощайте!

Нянька встала из-за стола и сделала пару шагов.

— Осторожнее! — воскликнула я.

Но поздно — пожилая дама, налетев на соседний столик, чуть не упала.

— Да, стекла пора менять, — закашлялась она, потирая бедро, — глаза никуда не годными стали.

Чуть прихрамывая, нянька вышла из зала. Я позвала официантку и заказала себе еще кофе. Прикончив чашку, я попросила счет, расплатилась, подхватила свою сумку и собралась уходить.

— Вы газету оставили, — подала голос официантка.

— Она мне не нужна, выбросьте, пожалуйста.

— Ой, кошелек! — закричала официантка. — Под газеткой лежит. Хорошо, что не ушли!

Я уставилась на столик. Действительно, там лежало портмоне, сильно потертое, далеко не новое. Память услужливо развернула картину: вот Феня в самом начале нашей беседы принимается выкладывать из сумки барахло — ищет газету, показывает мне «Инопланетные новости», кладет газету на столик и случайно накрывает кошелек. Отчего пожилая дама, уходя, не вспомнила о деньгах? Так ведь она не собиралась расплачиваться, предоставила эту обязанность мне.

— Вы знаете мою собеседницу? — повернулась я к официантке.

— Первый раз вижу, — ответила та.

— Странно, мне показалось, что она тут постоянная посетительница.

— Я работаю всего три дня, — призналась девушка.

Я взяла портмоне, вышла на улицу, уселась в машину и заглянула внутрь. Содержимое удивило. Честно говоря, ожидала обнаружить пару потертых десятирублевых бумажек, проездной и какое-нибудь пенсионное удостоверение, но в отделениях лежало десять тысяч рублей и сто долларов. И еще листок, на котором были написаны номер телефона и имя «Евгений». Следовало найти Феню и вернуть ей как можно скорей потерянное богатство. Но как отыскать старуху? Феня пошла на работу, место ее службы я не знаю. Бабуся, правда, упомянула, что офис фирмы, где она «следит за порядком», в паре минут ходьбы от кафе. Но на улице теснятся дома, первые этажи которых занимает множество всяких фирм. Начать, что ли, заглядывать в конторы и спрашивать: «Простите, не здесь ли работает завхозом бабушка по имени Феня? Особые приметы: бифокальные очки и плохие зубы...»

Тут только до меня дошло, что я не знаю полного имени той, которая вырастила Риту. Феня! Это как же написано в паспорте? Феодора? Феофания? А может, Ефросинья? Вполне вероятно, что «Феню» придумала в детстве Рита. Знала я одну Тату, которую на самом деле звали Мариной. Ладно, имя можно уточнить у Риты, но места службы своей бывшей няни она точно не знает.

Я вздохнула и села в машину. Придется вечером звонить по домашнему телефону или рулить в совхоз «Светлый луч», иного способа вернуть пропажу бабушке нет. Представляю, как она расстроится, обнаружив отсутствие кошелька. В нем, наверное, лежит все ее состояние!

Так, составим план дальнейших действий. Сначала еду на улицу 1905 года, где пытаюсь осторожно узнать: жива ли Алевтина Кулькина и в каком она состоянии. По словам Фени, вдове должно быть за шестьдесят, большинство людей в этом возрасте вполне разумны и деятельны, а месть — такое чувство, которое с годами, как коньяк, делается крепче. Так что с головой у нее должно быть все в порядке. Не считая помешательства на дате «15 мая».

Поболтаю с соседями, расспрошу их, многое станет понятным. Потом, если собранная информация удовлетворит, можно будет переговорить с самой Алевтиной. Хочу получить ответы на многие вопросы. Например, где Алиса? Каким образом ей или нанятому Кулькиной человеку удалось увести (унести?) девушку из квартиры незаметно для меня, сидевшей у входной двери? Где шуба, в которой Алиса пришла домой с вечеринки? Только сейчас до меня дошла простая истина: похититель или убийца радиоведущей, очевидно, неплохо разбирается в мехах, он хорошо понял, какую сумму можно выручить за розовую шиншиллу, и прихватил манто. Мне необходимо отыскать шубу, иначе Танюшка навсегда останется в Ложкине, болезненно ревнивый Сергей не простит жене обмана.

А еще мне очень не нравится идея Кулькиной уничтожить членов семьи Волковых. Эта Алевтина, серийная убийца, хитрая, злая и расчетливая, решила отомстить даже Рите! Девушка-то здесь при чем? Ей в год, когда случилось похищение фальшивых денег, исполнилось семь лет. Впрочем, Ксюше и Алексею было ненамного больше, но этот факт не остановил убийцу. Следует быть крайне аккуратной, общаясь с Кулькиной. Как же мне расспросить ее, чтобы не вызвать подозрений и не спугнуть? Очень сложная задача!

Может, представиться детективщицей? Вот здорово придумала! Я назовусь Татьяной Устиновой, прикинусь звездой, которая ваяет роман о... скажем, об инкассаторах...

Впереди вспыхнул красный глаз светофора. Нога автоматически нажала на тормоз. Не пойдет! Вдруг Кулькина увлекается криминальными романами и видела фото Устиновой на обложках? Если честно, я похожа на любимую народом писательницу, как грелка на табуретку. Ну ничего общего между нами нет!

Назваться ученой, собирающей материал для диссертации? Социальным работником, который ходит по домам, волнуясь о пенсионерах, проверяет, не нужна ли кому из стариков помощь? Нет, в подобное не поверит ни одна душа.

Так и не придумав ничего достойного, я добралась до нужного дома и безо всяких препятствий вошла в подъезд. Домофона тут не имелось, в лифте омерзительно воняло, а на лестничной клетке, около квартиры Кулькиной, громоздились полуразломанные ящики.

Не успела я поднести руку к звонку, как створка распахнулась и на площадку выскочила девочка-подросток, по возрасту чуть младше Маши, вся размалеванная дешевой косметикой и обвешанная цепочками из эрзац-золота.

Тут только до меня дошло: у Кулькиной имеется ребенок, Алевтина живет не одна.

— Вам кого? — удивилась девчонка и мерно задвигала челюстями.

— Скажи, солнышко, — нежно спросила я, — бабушка дома?

— Чья? — еще больше изумилась школьница.

— Твоя.

— Моя?

— Да-да.

— Она померла, — достаточно равнодушно сообщил подросток. — Уж полгода прошло.

— Вот беда! — совершенно искренне воскликнула я.

— Кому как, — засмеялась «добрая» внучка. — Слава богу, избавились! Такая противная, ваще! Прикиньте, она палкой дралась, посуду об пол била, горшок разливала. Ко мне подруги зайти боялись — бабка из комнаты выходила и ну орать, да все матом. Еле дождались, пока сдохла!

Я растерянно смотрела на девочку.

— А зачем она вам? — проявила та любопытство.

— Долго объяснять, — вздохнула я. — Хотела поговорить с Алевтиной.

— С кем? — выплюнула на пол жвачку девочка.

— С твоей бабушкой, Алевтиной Кулькиной.

Школьница захихикала.

— Ну и дурацкая фамилия. Не, мою бабку звали Татьяна Гавриловна.

— Значит, Алевтина Кулькина жива! — воспряла я духом.

Подросток ухмыльнулся:

— Фиг ее знает, я про такую не слышала.

— Ты живешь в сорок пятой квартире?

— И че?

— Дом семь?

— Ну!

— Корпус два?

— Верно.

— Но по этому адресу должна находиться Алевтина Кулькина!

Девочка вытащила из кармана леденец, запихнула его за щеку и, перекатывая языком конфетку, прошепелявила:

— Ошиблись! Тут мы с мамой живем. А бабка померла, но она не Алевтина, и никаких Шмулькиных у нас нет.

— Кулькиных, — машинально поправила я. — Прости, вы давно тут живете?

Ребенок шмыгнул носом.

— Не помню.

— А сколько тебе лет?

— Десять.

Я удивилась. Крупная, высокая, физически развитая девочка смотрелась минимум на четырнадцать.

— Мама здесь давно прописана? — продолжила я беседу.

— Фиг знает.

— Она квартиру не меняла?

Подросток возмутился:

— Ваще офигеть! Оно мне надо, знать, че в древности случилось?

— Позови, пожалуйста, маму. Кстати, как ее зовут?

— Валерия Петровна, — неожиданно вежливо ответил ребенок. — Только она на работе.

— Можешь сказать адрес фирмы?

— Какой?

— Где работает мама.

Школьница засмеялась:

— Не-а.

— Ты не знаешь, где и кем работает твоя мама, Валерия Петровна?

— Че я, дура?

— Деточка, — совсем уж ласково произнесла я, — сделай одолжение, подскажи, как найти твою маму. Наверное, у нее есть мобильный...

— Ага.

— Дай номер.

— За фигом?

— Позвоню ей, — терпеливо объяснила я.

— Не получится, — весело откликнулась школьница, — на ее телефоне бабки кончились.

— Тогда назови место ее работы.

— Мамуська собак стрижет, — объяснила девочка, — по людям ходит. У нее сегодня двое клиентов.

— А когда Валерия Петровна домой вернется? — наседала я на ребенка.

Школьница вытащила новую конфетку и уверенно ответила:

— В пять точно будет. Ей Верку из яслей забирать. Понарожала невесть от кого, теперь мучается. Умные бабы таблетки принимают, а если прокололись, на аборт бегут. Моя же безголовая, вот и результат.

ГЛАВА 20

Я вышла во двор и посмотрела на часы. Надо же, как неудобно: съездить домой не получится, просто так ждать собачью цирюльницу скучно. А, знаю: можно покататься по окрестностям, авось попадется большой торговый центр, в котором с пользой проведу время — куплю Зайке пару фарфоровых собачек, Манюне футболку с изображением кошки... Впрочем, если ничего достойного не обнаружится, просто пошляюсь по этажам, посижу в кафе. Я очень люблю неполезные гамбургеры — булки с котлетами, кетчупом и салатом.

Тихо урча, моя верная коняшка покатила в правом ряду, а я принялась изучать вывески на домах: «Ресторанчик», «Зоотовары», «Обувь из Америки», «Мебель из Италии», «Испанская пластмасса», «Банк «Бинбон», «Еврооокна», «Адвокаты и нотариусы», «Здоровые товары для всей семьи»...

Прочитав последнюю, я невольно притормозила. Какими вещами торгуют в магазине под таким названием? Что его хозяин имел в виду под «здоровыми товарами»? На прилавках лежат футболки без признаков инфекционных заболеваний или речь идет об экологически чистых продуктах? Если так, то мне просто необходимо посетить торговую точку, ведь в нашем доме объявили бой всяким копченостям, свиным отбивным и сладкой газированной воде. Вдруг сейчас я обнаружу здесь очень вкусную и крайне полезную еду?

Полная энтузиазма, я припарковала машину на странно свободной стоянке и зашла в дверь магазина. Это оказался неожиданно просторный супермаркет, заставленный стеллажами с банками и коробками.

Посетителей здесь было немного, по залу бродило с корзинками человек пять, не больше, и все они выглядели, мягко говоря, необычно. Один парень, облаченный в расшитую золотыми позументами пижаму, прошел в непосредственной близости от меня, и я чуть не задохнулась от аромата сладко-вонючих духов, которыми облился юноша.

Стараясь не кашлять, я занырнула в отдел молочных товаров и уставилась на незнакомые упаковки. Ого, йогурт из иголок молодой сосны!

Легкое недоумение заползло в душу. Насколько понимаю, йогурт — это некая разновидность простокваши. В России жил когда-то замечательный ученый Мечников, который считал, что ключ к долголетию человека хранится в его желудочно-кишечном тракте, а чтобы содержать последний в порядке, следует каждый день употреблять созданную исследователем простоквашу. Уж не знаю, действительно ли этот кисломолочный продукт способствует продлению жизни, но во времена моего детства на прилавках теснились баночки под названием «Мечниковская простокваша». Очень хорошо помню, как бабушка Афанасия ставила одну такую передо мной и, сдернув темно-фиолетовую крышечку из фольги, говорила:

— Ешь, полезней ничего не придумали.

Потом «Мечниковская простокваша» исчезла из продажи, мало-помалу люди о ней забыли, а спустя много лет к нам из-за моря пришел йогурт. Так вот, дорогие мои, заморское лакомство на самом деле является той самой придумкой нашего великого ученого, ее просто слегка видоизменили, добавив фрукты, орехи или шоколадную стружку, чем, на мой взгляд, лишили отличный продукт его ценности.

Впрочем, речь сейчас идет не о любви производителей совать везде изюм, клубнику и тертые кокосы. Йогурт делают из молока, а, насколько знаю, из сосны его не выдоить.

— Могу вам чем-нибудь помочь? — прогудел за спиной приятный баритон.

Я обернулась и увидела солидного мужчину в белом халате, из-под которого выглядывала модная голубая рубашка и не слишком сочетающийся с ней темно-коричневый галстук. Нос солидного дядечки украшала тяжелая оправа со слегка затемненными стеклами.

— Вы врач? — удивилась я.

Очкарик кашлянул, показал пальцем на бейджик, прикрепленный к белому одеянию, и очень вежливо ответил:

— Но не терапевт.

— «Доктор академии космобиологических наук здорового питания, диетолог высшей категории Романов Владимир», — прочитала я вслух напечатанные на прямоугольнике несколько строчек.

— К вашим услугам, — мягко улыбнулся Владимир. — Вижу, вы не из наших постоянных покупателей и сейчас пребываете в сомнениях.

— Выгляжу идиоткой?

— Господь с вами! — замахал руками Романов. — Я вижу естественное удивление человека, который наконец-то после пластмассовых батонов узрел настоящий хлеб.

— Меня поразил йогурт, — призналась я.

— Какой? — завертел головой диетолог.

— Из иголок молодой сосны.

— Великолепная вещь, — ажиотировался Романов, — праздник для желудка.

— «С живыми бактериями»? — машинально вылетел из меня набивший оскомину рекламный слоган.

Владимир поправил очки.

— Скажите, по какой причине вы заглянули в наш супермаркет? Из любопытства? Шли мимо и решили прихватить абы чего на ужин? Должен разочаровать, тут вы не найдете продукты из трупов.

Я вздрогнула:

— Очень резкое заявление.

Владимир поправил рукава халата.

— Я врач, а медики, за малым исключением, люди откровенные. Если сюсюкать с пациентом, гладить его по животу, лить слезы, то легко можно дождаться его смерти, допустим, от аппендицита. Если отросток воспален, его следует вырезать, доставив больному не слишком комфортные ощущения. Так и с едой. Необходимо знать правду, выбросить из себя, образно выражаясь, моральный аппендикс. Из чего делают колбасу?

— Говядина, свинина, курятина...

— Мясо?

— Да.

— А оно как появляется?

— Кто?

— Перечисленные вами говядина со свининой.

Я слегка растерялась.

— От сельскохозяйственных животных.

— Отлично, — кивнул Романов. — Описываю процесс: коровку убивают, а ее труп перерабатывают на комбинате.

Меня затошнило.

— Никогда не думала о колбасе в подобном аспекте.

— Еще не поздно начать мыслить правильно, — объявил диетолог. — Признайтесь, у вас есть недуги?

— Да, — кивнула я, — голова часто болит.

— Могу объяснить, откуда растет мигрень. В момент убийства любое животное испытывает страх, в его кровь моментально поступают токсины, которые потом, вместе с куском ветчины, оказываются в вашем организме и начинают вредить ему.

— Больше никогда не приближусь к «Любительской» или «Телячьей» ближе чем на метр, — прошептала я. — Но молоко! Оно ведь отдается добровольно!

— Кто сказал? — изогнул брови домиком Романов. — Покажите мне козу или корову, которая бы самостоятельно заявила: «Подоите меня немедленно». Встречали такую?

— Нет, — замотала я головой.

— Молоко — нехорошая пища для человека.

— Почему?

— Оно предназначено для вскармливания младенцев, содержит кучу веществ, от которых у взрослого организма начинается аллергия...

— Ой!

— ...рак, понос, паралич, облысение и импотенция.

— Последняя беда меня не смущает, — пролепетала я.

— Но, наверное, имеете мужа, — не сдался Романов. — Одним словом, молоко — яд. Вот скажите, кого кормит корова?

— Своего ребенка, — окончательно растерялась я.

— Отлично! — топнул ногой в идеально вычищенном ботинке диетолог: — Именно так! Природа мудра и велика: жидкость из коровьего вымени напичкана гормонами, кои стимулируют рост и активность теленка, но никак не человека.

Я заморгала, но все же решила поспорить:

— Человечество много веков разводит домашний скот, делает сыр, творог, сметану...

— И основная масса тихо умирает, не дожив до восьмидесяти лет, — перебил меня Владимир. — Ясно? Диабет, атеросклероз, ожирение...

— Как Дегтяреву обещали, — выпало из меня. — Что же делать?

Романов широким жестом обвел торговый зал.

— Вы пришли в нужное место. Начнем. Йогурт

из сосновых иголок. Дерево сосна произрастает на земном шаре с незапамятных времен. Нами разработана уникальная технология: собирается молодая хвоя, очищается, прессуется, ферментируется, отжимается. Процесс долгий, но результат того стоит: мы получаем живительную массу, набитую полезными веществами.

— Навряд ли ее можно назвать йогуртом, — закапризничала я.

— Верно, — согласился Романов, — но так людям понятней. Кстати, смотрите...

С ловкостью профессионального фокусника Владимир сунул руку за жалюзи, прикрывавшие окно, и вытащил пластиковый стаканчик.

— Вот он, правильный, на ваш взгляд, йогурт с, так сказать, живыми бактериями. Читайте состав.

Я машинально взяла упаковку и с некоторым трудом начала озвучивать текст, сделанный слишком мелкими для нормального зрения буковками: «Молоко нормализованное, восстановленное, сгуститель, краситель, идентичный натуральному, ванилин, улучшитель вкуса, сахар, Е-415; Е-420; Е-215; Е-232; Е-410; Е-210; Е-105; Е-329, лецитин, бифидобактерии, лактоказеин, моносахариды, срок хранения два года со дня изготовления, дату производства см. на крышке. Предназначено для диетического питания, жирность 8%, сделано на фабрике молочных продуктов, под контролем СМПГДБОК».

— Что такое СМПГДБОК? — с невероятным изумлением спросила я.

— Это единственное, что вам не понятно? — снова сложил брови домиком Романов. — Лично у меня возникла масса иных вопросов. Все эти «Е», что они творят в нашем организме? И потом, как обработали продукт, предназначенный для диетического питания, если он спокойно хранится два года? Молоко — быстропортящийся продукт, это известно даже младенцам. Желаете подобный йогурт?

— Нет, — подскочила я, — никогда!

— Рассмотрим нашу упаковку, — тоном змея-искусителя продолжил Романов. — Обратите внимание, текст легко читается, перед предприятием не стоит задача скрыть информацию, наоборот, хотим, чтобы ее усвоили все.

— «Молодая хвоя сосны, срок хранения десять дней», — прочитала я. — И это все?

— Именно, больше ничего.

Я положила несколько стаканчиков в проволочную корзинку. Надо попробовать.

— Идемте к колбасе, — приказал Романов и широко зашагал к стеклянным прилавкам.

— Погодите! — бросилась я следом. — Но ведь вы пару минут назад говорили, что ее делают из трупов!

Владимир наклонился над холодильником.

— Вот, на батоне написано: «Докторская». Она из сои, а это чисто растительный продукт.

— Выглядит мило, — одобрила я.

— И на вкус замечательно.

— Что еще можно купить? Подскажите!

Романов потер ладони.

— Отлично, я с вами!

Около часа мы бродили между стеллажами, и в конце концов я еле-еле дотолкала до кассы тележку, доверху набитую пакетами, банками и коробками. Молоко, сыр, творог, майонез, колбаса, сосиски — все из сои, пресловутый сосновый йогурт, хлеб из муки пшеницы, выросшей на склонах Алтайских гор, под лучами солнца, падающими на поле в самые правильные часы. Владимир уверил меня, что пшеницу жали абсолютно здоровые крестьянские девушки, никаких комбайнов, работающих на бензине, и молотильных установок, использующих солярку, даже рядом не находилось. Лишь молодые бабы с песнями и серпами да парни с цепами. Кстати, пекут буханки старухи, читающие постоянно молитвы, поэтому хлебушек получается высоким и очень мягким.

Еще я прихватила кашу из неободранного риса, морскую соль, свекловичный темно-коричневый сахар, хлебцы из прессованной гречки, подсолнечное масло, приготовленное из семян, взращенных на плато горы Эльбрус, в лучшем энергетическом месте Земли, кофе из подмосковной теплицы, морковный кекс, конфеты из тыквы... В общем, не стану перечислять всего.

— Полгода на наших продуктах, и вы себя не узнаете, — пообещал Романов. — Нормализуется вес, у вашего мужа уйдут диабет, гипертония и ожирение, члены семьи станут хорошо спать... Кстати, пошли на второй этаж!

— Лучше приеду через две недели, когда все съедим.

— Наверху товары для дома, — пояснил Владимир. — Оставьте тележку, я сопровожу вас и дам нужные объяснения. Надеюсь, кровати у вас стоят изголовьем на восток?

— Не знаю.

— А дверь в туалет не расположена в коридоре?

— На первом этаже — да, — призналась я, — именно в коридоре.

— У вас как с деньгами? — озабоченно спросил вдруг Романов.

— Не волнуйтесь, на покупки хватит.

— Не о том речь, — отмахнулся диетолог. — Мы

иногда даже дарим людям еду, потому что понимаем: этому человеку позарез необходимо правильное питание, а средств у него не хватает. Ну и отдаем так, без оплаты.

Мне стало неудобно. Милейший доктор, очевидно, ничего не понимает в одежде, он посмотрел на покупательницу, увидел на ней рваные джинсы, потертую курточку и сделал вывод: у бедняжки проблемы с деньгами. Наивный Владимир и предположить не способен, сколько рубликов выложила мотовка Дашутка за супермодный прикид. Но несмотря на то, что он счел меня нищей, Романов занимался со мной, как с дорогим гостем.

— Бога ради, не обижайтесь, — попятился спутник, — вовсе не заподозрил вас в неплатежеспособности! Просто удивлен. Очень удивлен, крайне удивлен!

— Чем же?

— Если дверь туалета выходит в коридор, то денег в семье не будет, это аксиома.

— Но в большинстве квартир вход в санузел именно из коридора, — напомнила я.

— И много вы знаете по-настоящему богатых людей из тех, кто живет в подобных жилищах?

— Не очень.

— Вот! Надо переделывать апартаменты, — строго заметил Романов. — К унитазу следует идти из комнаты. А еще лучше вынести его во двор.

— Унитаз?

— Да, это принесет достаток.

— Боюсь, соседи могут начать протестовать, — хихикнула я. — Представляете картину: люди торопятся на работу или бегут со службы домой, заруливают к родному подъезду, а около него восседает на унитазе некая личность.

— Не стоит доводить ситуацию до абсурда, — серьезно возразил Романов. — Вполне возможно возвести санитарный домик, куда с огромной радостью побегут жильцы. Мало того, что в квартирах появятся столь нужные всем кладовки, так еще и благосостояние возрастет. Так, пройдемте сюда, тут специальное постельное белье, из крапивы.

— Ой! — поежилась я. — И его покупают?

— Расхватывают влет, оно спасает от болей в спине и от мигрени.

Я заколебалась. Конечно, очень хочется навсегда забыть про отвратительные недуги, но сумею ли пролежать ночь на жгучей простыне?

— Сильно кусается?

— Кто? — удивился Романов. — У нас ни собак, ни кошек в торговом центре нет.

— Я про простыню из крапивы.

— Пощупайте — она мягкая и нежная, — засмеялся Владимир. — Это наше ноу-хау, никаких неприятных ощущений и масса пользы. Всего один комплект остался.

— Беру, — решительно кивнула я.

Через час мы спустили на лифте к кассам еще одну тележку, набитую замечательными вещами. Кроме волшебного постельного бельишка, мне понравились чашки из глины Мертвого моря, положительно заряженная картинка, изображавшая тучного мопса в гобеленовом кресле (пес был точной копией Хуча), домашние тапочки, пропитанные эликсиром долголетия, пояс от остеохондроза, тюбетейка, регулирующая поток энергии, текущей из космоса, и халатик, сшитый из голубого плюша, — он должен был приманить ко мне удачу.

ГЛАВА 21

Милая женщина на кассе быстро пробила чеки, две очаровательные девушки ловко сложили покупки и вещи в большие мешки. Романов проводил меня аж до стоянки.

— Спасибо, — произнес он с улыбкой.

— Это я должна благодарить вас.

— Приходите еще!

— Непременно, — пообещала я и открыла багажник.

— Извините за бестактность... — вдруг сказал Владимир.

— Вы были ко мне предельно внимательны, ничем не обидели.

— Нет, бестактность совершу сейчас. Можно?

— Давайте, — согласилась я.

Владимир наклонил голову набок.

— К сожалению, обладаю некими телепатическими способностями. Именно к сожалению, ибо такой дар сильно осложняет жизнь. Вы мне понравились, и поэтому хочу помочь. Сейчас кое-что скажу, но, если ошибся, извините. Ваша жизнь, несмотря на материальное благополучие, не так уж счастлива. Домашние заняты собственными проблемами и отмахиваются от матери. Вы одиноки в толпе, хоть и окружены людьми. Когда вам в последний раз преподносили букет?

— На Восьмое марта. А что?

— Дежурный знак внимания, — скривился Владимир. — А если без повода, в качестве признания в любви?

Я пригорюнилась. Похоже, Романов прав, с Дашуткой дома особо не церемонятся, относятся как... как к Хучу. Хотя нет, неправда. Мопса гладят, угощают конфетами, и вообще за собаками приглядывают. Вон Черри постоянно получает лекарства, Бандюше купили надувной бассейн, так как питбуль обожает воду, а для Снапа Кеша регулярно привозит специальные игрушки (Аркадию не лень ради ротвейлера зарулить в зоомагазин). Опять же Жюли... Стоило йоркширихе чихнуть, как в Ложкино примчались три бригады ветеринаров во главе с Денисом, и поднялась неимоверная суета. Потом, правда, выяснилось: неуклюжая Ирка рассыпала в кухне перец, вот по какой причине йорк начал чихать, но ведь хозяева испугались, вызвали медиков.

А я? В марте, несмотря на предусмотрительно сделанную прошлой осенью прививку, подцепила грипп и свалилась в кровать. Как же отреагировали члены семьи?

Дегтярев утром засунул нос в спальню и бодро поинтересовался:

— Жива?

— Пока да, — просипела я.

— Выздоравливай, — велел полковник и уехал на работу.

Стоит ли тут упоминать, что он не звонил больной весь день, а вернулся в Ложкино сильно за полночь?

Аркадий поступил не лучше. Он вообще не заглянул ко мне! А вечером, когда я с трудом не спустилась, а стекла из спальни в кухню за чаем, Кеша оторвался от телика и «заботливо» поинтересовался:

— Мать, ты как?

— Твоими молитвами, — прохрипела я.

— Отчего злишься? — еще шире заулыбался наш адвокат.

— Мог бы и заглянуть к умирающему человеку!

— Думал, ты спишь, не хотел мешать, — пожал плечами Кеша и вновь впился глазами в экран.

Зайка вообще не заметила моей болезни. Лишь спустя десять дней Ольга удивилась:

— Чего ты дома все время сидишь?

— У меня грипп, — сообщила я.

Наша телезвезда заморгала, но тут у нее заорал мобильный, Заюшка схватила трубку, и больше к теме моего недуга мы не возвращались.

Ирка с Иваном тоже особо не испугались. Первая, громко напевая, затеяла по непонятной причине мытье окон, а второй копошился в саду. Кухарка Катерина, словно назло, сварила кислые щи, которые мигом начали щипать мое больное горло, а еще она пожарила котлеты, от запаха которых у меня поднялась температура.

Одна Маруська решила позаботиться о бедняжке, дрожавшей под одеялом.

— Мусик! — закричала она, влетая в спальню. — Купила тебе книжек, диски и журналы. Читай, не скучай!

Чуть не зарыдав от умиления, я стала разбирать подарки и испытала горькое разочарование.

Среди толстых томов не оказалось ни одного детектива, сплошь нудятина с глубоким философским подтекстом, весь смысл которого сводится к одной фразе: «Все будет плохо, мы непременно умрем». Экая новость! Я и не знала о ней, наивно полагала, что живу счастливо и останусь на Земле вечно. На дисках были записи опер, а журналы я даже листать не стала, с меня хватило увидеть их названия: «Болезни собак» и «Вестник хирургии кошек».

И как, скажите, следовало отреагировать на презенты? Оттопырить губу и обидеться? Но ведь Манюня позаботилась обо мне! С другой стороны, она решила обрадовать мать своими радостями, в последнее время Маруська читает лишь «серьезную» да специальную литературу и слушает Вагнера вкупе со Шнитке. Немного странный набор, но девочке он по вкусу...

В глазах от этих воспоминаний защипало. Романов абсолютно прав. Если выстроить иерархическую лестницу нашей семьи, то госпожа Васильева займет место около ее подножия, между Жюли и кошками. Хотя нет, Фифину и Клеопатру придется пропустить вперед, за мной будут лишь лягушки из сада.

— Не расстраивайтесь, — тихо сказал Романов. — Вот, держите.

— Что это? — шмурыгнула я носом.

— Старинное тибетское средство «Омм», — пояснил Романов. — Дайте членам своей семьи, они изменятся.

Я открыла крышку и понюхала содержимое.

— Запаха нет!

— А на вкус — словно конфеты.

— Из чего оно?

— Секрет монахов, они его никому не раскрывают.

— Я не отравлю своих?

Романов улыбнулся:

— Конечно же, нет. Действие препарата длится месяц. Если он поможет, приходите, дам еще. У меня есть целая группа постоянных клиентов.

— Сколько я вам должна?

— Это подарок.

— Спасибо, непременно попробую.

— Главное, сыпьте незаметно.

— Иначе не сработает?

— Замечательно подействует, просто кое-кто не хочет принимать, — вздохнул Владимир. — Моя мать так возмущалась, когда я ей его предложил! Обозвала меня любимым сыном дяди Гамлета! Пришлось потихоньку добавлять «Омм» ей в чай. Теперь старушку не узнать: я самый любимый и лучший. Приезжайте, жду с нетерпением.

На этот раз из-за двери квартиры, где по идее должна была жить Кулькина, раздался усталый голос:

— Кто там?

— Даша Васильева.

— Кто?!

— Откройте, пожалуйста, я обычная женщина, безоружная, драться не умею, ищу Алевтину Кулькину.

Загремел замок, дверь приоткрылась, высунулась бледная женщина с черными кругами под глазами.

— Мы с вами не встречались, — отметила она.

— Валерия Петровна?

— Ну я.

— Скажите, вы давно переехали в эту квартиру?

— Еще когда в бухгалтерии работала, — начала хозяйка и осеклась. — Откуда знаете мое имя?

— Заходила сюда днем и разговаривала с вашей дочерью, — заулыбалась я. — Милая девочка!

— Отвратительная, — резко перебила хозяйка. — Растет черт-те что, не слушается, по улицам шляется. Маленькая совсем, а дружит с восемнадцатилетними.

— По вашему адресу проживала некогда Алевтина Кулькина, — быстро сменила я тему беседы. — Мы дружили, потом жизнь нас развела. Насколько знаю, у Али умер муж, она осталась одна с ребенком, а я долгое время провела за границей, сейчас вернулась и захотела возобновить отношения. Приехала и налетела на вашу девочку.

— Она вас обматерила? — ощетинилась Валерия Петровна.

— Нет, очень мило посоветовала заглянуть после шести.

— Вот сучонка! Знает, что мать устанет, как электричка, и нарочно человека подослала! — покраснела Валерия.

— Не помните, куда переехала та, у кого купили квартиру? — гнула я свое.

— Нет!

— А нельзя посмотреть?

— Где?

— В документах.

— Нет!!!

— Пожалуйста, поверьте, очень надо.

— Да пошла ты!.. — неожиданно выругалась женщина и с силой захлопнула створку.

Дверь бабахнула о косяк. Но тут же распахнулась соседняя, оттуда выглянула молодая женщина и заорала:

— Опять нажралась? Имей в виду, на этот раз в ментовку не пойду, мы с Серегой сами с тобой разберемся! Схлопочешь по морде и притихнешь!

— Ничего не сделала, — быстро ответила я.

— Знаю, — снизила децибелы соседка. — Не о вас речь, о Лерке-бухальщице.

— Валерия Петровна пьет?

— Как верблюд.

— А по внешнему виду не скажешь, — изумилась я. — Вроде приличная дама.

— Дама! — заржала незнакомка. — Ну вы и выразились!

— Простите, а вы не знаете, кто жил в квартире до Валерии?

— Понятия не имею. А вы в домоуправление сходите, там небось в курсе, — посоветовала бабенка и закрыла свою дверь.

Вздохнув, я вызвала лифт. Идея заглянуть в домоуправление вовсе неплоха, странно, что она не пришла мне в голову раньше.

— Эй! — раздалось вдруг сзади.

Я обернулась, на пороге своей квартиры стояла Валерия Петровна.

— Извините, — промямлила она, — устаю очень, да еще сегодня меня собака укусила. Ни с того ни с сего цапнула! А вроде тихое такое животное.

— Многие псы не любят парикмахерских процедур, — мирно подхватила я нить разговора, — надо просить хозяев надевать на питомцев намордник.

— На мопса?

— Разве их стригут?

— Попросили вымыть, — грустно ответила Валерия, — и когти подстричь. Я его, поганца, в ванну поставила, он сначала вроде довольным казался, а потом вдруг цап меня! Больно — жуть.

— Сочувствую.

— От усталости грубой делаюсь.

— Ерунда, не переживайте, сама порой с катушек съезжаю.

— Знаете, а ведь я очень хорошо помню Алевтину.

Я отошла от лифта.

— Правда?

Валерия кивнула.

— У меня в то время имелись деньги. Мама умерла, квартирка мне осталась. Еще и свекровь вскоре на тот свет отъехала, а она богатая была: машина, дача, кое-какие цацки и тоже жилплощадь, хоть и небольшая. Вот мы с мужем и решили хорошую квартиру приобрести. Это сейчас здесь не район, а психушка, раньше-то тихо было, метро недалеко, замечательно... Вы правы, я у Алевтины жилье купила, входите.

Я вошла в прихожую, Валерия сложила руки на груди.

— Хотите кофе? Извините, нагавкала на вас...

— Ерунда, сама иногда могу налететь на человека.

— Вот вы не обижаетесь, а моя дочка чуть что — губы дует, — пожаловалась хозяйка.

— Она еще маленькая, ей, наверное, пока незнакомо чувство усталости. У вас симпатичная девочка, — сделала я дежурный комплимент, — вырастет, и все наладится.

Валерия заулыбалась:

— Вы так считаете?

— Конечно, у ребенка просто период щенячьей вздорности, он пройдет, потерпите. Моя дочь тоже не лучшим образом вела себя в тринадцать лет, но сейчас мы давно забыли о скандалах, — слегка покривила я душой.

— Хорошо бы так, — вздохнула хозяйка. — Пошли, угощу вас кофе. У меня хороший, дорогой, только купила.

С самым радостным выражением на лице хозяйка наклонилась и вытащила из стоящей у вешалки сумки большую железную банку с растворимым порошком.

— Мне врач запретил кофе, — быстро сказала я, — а вот если чайку нальете, буду благодарна. Вы хорошо знали Алевтину?

— Пошли на кухню, — поторопила меня Валерия, сделала шаг в сторону и остановилась. — Она что, умерла?

— Кто? — дернулась я.

— Аля. Вы спросили, хорошо ли я знала Алевтину. В прошедшем времени.

— Я не знаю, что с Кулькиной, мне необходимо найти ее.

— Мы работали вместе, — пояснила Валерия, усадив меня на табуретку. — Опасно связываться с незнакомыми при покупке квартиры. Сейчас, говорят, риелторы честные, но у нас деньги появились в стремные времена, газеты постоянно писали: этого убили за жилье, того обманули.

— Не следует верить всему, что читаешь.

— Оно так, но все равно напрягает. Большие деньги в моих руках редкие гости, — усмехнулась Валерия. — Я на работе особо о своих планах не распространялась — вдруг позавидуют? Но один раз задержалась и с мужем стала по телефону трепаться, думала, никого в отделе нет, ну и обсудила с ним один вариант. Не успела трубку повесить, Аля подходит и тихо спрашивает: «Хочешь квартиру менять? Извини, не хотела подслушивать, ты громко говорила...»

Валерия тогда кивнула и по непонятной причине принялась оправдываться:

— Денег у нас как не было, так и нет, родители умерли, вот и решили...

— У меня муж погиб, — перебила коллегу Аля.

— Знаю, — вздохнула Валерия, — мне тебя очень жаль.

— Время идет, — печально продолжила Алевтина, — думала, рана зарастет, но только хуже делается. Я вообще домой зайти не могу, толкусь на службе, пока ночь не настанет.

— Чего же так? — наивно поинтересовалась Валерия.

Аля стала мять в пальцах край кофты.

— Только дверь открою, так у меня невольно вопрос вылетает: «Феденька, ты уже пришел?» Машинально спрашиваю и мгновенно спохватываюсь, прикусываю губу, начинаю себя ругать: «Дура, муж давно в могиле, пора привыкнуть». Но нет! Всякий раз одно и то же. И потом, девчонка моя совсем от рук отбилась: грубит, хамит, денег требует, решила школу бросить. Я попыталась ее разубедить, принялась убеждать: «Надо получить аттестат, иначе в институт не поступить». А она как заорет: «Мы нищие оборванки! Не надо мне высшего образования, пойду работать!»

— Тяжело тебе, — искренне посочувствовала коллеге Валерия, — и без мужа осталась, и проблем полно.

Алевтина села и оперлась локтями о письменный стол.

— Вот услышала сейчас случайно твой разговор, и в голову отличная мысль пришла. Поезжай в мою квартиру, а я в твою отправлюсь. И деньги получу, и от воспоминаний избавлюсь.

— А какая у тебя площадь? — заинтересовалась Валерия Петровна.

— Три просторные комнаты, — начала загибать пальцы Аля, — большая кухня, санузел раздельный, кладовка, балкон. Ремонт, правда, давно был, но вы все равно обои поменять захотите, даже если бы их вчера поклеили. Уж поверь, лучшего варианта тебе не найти. К тому же мы можем сделку сами совершить, без агента, сэкономим на комиссионных.

Валерия Петровна посоветовалась с мужем и согласилась на предложение коллеги...

— Горько я потом об этом пожалела, — вздохнула она, завершая рассказ, — обманула меня Алевтина.

— Неправильно документы оформила? Смошенничала?

— Да нет, — печально отозвалась Валерия. —

В этом смысле Аля честный человек, более того, она все хлопоты на себя взяла, бумажки собирала, по всяким БТИ бегала, в очередях парилась.

— В чем же состоял обман?

Валерия посмотрела в окно. Через минуту заговорила...

Новоселы перетаскивали вещи, и Лера с соседкой столкнулась. А та вдруг неприятно так усмехнулась и поинтересовалась:

— Что, проклятую квартирку приобрели? Дорого отдали?

У Леры выпал из рук тюк с постельным бельем.

— Почему «проклятую»? — слегка ошалев, спросила она.

— Ой, ниче не знаете! — обрадовалась сплетница. — Здесь сначала Иван Ефимович жил, так он удавился, а потом жена его из окошка сиганула. Не успели тротуар отмыть, Алевтина с Федором въехали. Уж за какие заслуги им такую площадь дали, я без понятия, только снова беда приключилась: убили Кулькина. Он инкассатором работал, его бандюки застрелили. Во как! Проклятое место! Аля давно жилплощадь продать хотела, небось по всем агентствам пронеслась. Только зря — люди правду узнают и ехать не хотят. Ой, чегой-то вы в лице переменились...

— Отстань! — рявкнула на женщину Валерия. — Привязалась, словно репей!

Соседка поджала губы и с тех пор говорит о Лере лишь гадости. Обзывает алкоголичкой, проституткой и ежедневно звонит в дверь с заявлением:

— Уже пять минут двенадцатого, а у вас телевизор грохочет...

— Не стоит верить в глупости, — сказала я Валерии.

Хозяйка квартиры подняла глаза.

— Я тоже так думала сначала. Но через год после нашего обмена мой муж умер в одночасье — сидел, пил чай и вдруг упал лицом в тарелку. Тромб оторвался. Затем девка моя от рук отбиваться стала, на работе ерунда какая-то началась, пришлось уволиться. Поневоле поверишь в проклятие. Очень мне отсюда съехать хочется, готова даже на меньшую площадь, но никто не соглашается. Аля, кстати, после обмена сразу исчезла — с работы живо уволилась, наверное, боялась, что я ее упрекать стану. Конечно, можно было бы поехать к ней домой и устроить скандал. Но в чем ее винить? Заявить о проклятии? Смешно же!

— Значит, вы знаете адрес Алевтины, — сделала я вывод из услышанной истории.

— На Волгоградском проспекте она теперь живет, далеко отсюда.

ГЛАВА 22

Сев в машину я снова глянула на адрес Алевтины. Волгоградский проспект действительно не ближний свет, если учесть, что нахожусь в районе Красной Пресни. Ехать к Кулькиной придется через весь город, обязательно попаду в пробки, проведу в пути часа два, и что? Позвоню в дверь, ее откроет дочь Алевтины. Ей же, наверное, за двадцать, вполне вероятно, что девушка, на подростковую грубость которой жаловалась Валерии мать, благополучно вышла замуж, родила отпрыска, а то и пару. Внезапному приходу незнакомой тетки никто не обрадуется, да и поговорить с Алевтиной по душам не удастся — дочь, зять, внуки станут сновать туда-сюда, навострив любопытные уши. В подобной обстановке не до откровенных признаний.

Я завела мотор и поехала в сторону МКАД, продолжая размышлять над имеющейся информацией. Очень хорошо теперь понимаю, кто поставил спектакль: конечно же, Алевтина Кулькина. Она — единственная оставшаяся в живых участница неудачного налета, и она очень давно поклялась отомстить Волковым, задумала извести всю семью. Более того, пятнадцатого мая убивала тех, кто, по ее мнению, виноват в кончине Федора: вначале Петра Михайловича, потом Ксюшу... Хотя в чем провинилась девушка? В день, когда погиб Федор, Ксения еще ходила в школу, она и знать не знала, что задумали родители.

Я включила сигнал поворота и выскочила на Звенигородское шоссе. Спасибо нашему рачительному мэру, он построил замечательную новую дорогу, и благодаря «свежей» магистрали мой путь до Ложкина сейчас сократится вдвое. Правда, боюсь, счастье ненадолго. Новая трасса пока пустая, но скоро о ней узнает основная масса автолюбителей, и — до свидания, беспроблемный проезд.

Руки машинально крутили руль, нога нажимала на педали, но голова была занята совсем не дорогой. Отчего Алевтина убила Ксюшу? Объяснение есть. Что доставит наибольшие страдания матери? Похороны собственного ребенка. Я не понимаю, как некоторые женщины сумели пережить подобную трагедию. Лучше скончаться самой, чем стоять у гроба сына или дочери. Алевтина ударила Анну в самое больное место, а потом, уже после смерти Анны, извела и Алексея. Видно, слишком уж она ненавидела Волковых. Непонятным для меня в данной истории остается лишь один факт. Уничтожив почти всех родных Анны в довольно короткий срок, Аля оставила в покое Риту. Почему Кулькина не убила ее? По какой причине сохранила ей жизнь? И отчего сейчас, спустя довольно большой промежуток времени, решила преследовать несчастную модельку? Право, нестандартное поведение. Хотя отдельные личности способны выжидать годами, планируя месть. Возьмем, к примеру, графа Монте-Кристо. Сколько он времени провел в заточении? Ей-богу, не помню, кажется, лет двадцать, но ведь не простил врагов, вышел и показал обидчикам небо в алмазах.

Думаю, к Алевтине надо ехать завтра, причем утром — свалиться словно снег на голову и взять ее тепленькой. Кулькина пребывает в уверенности: следы ловко заметены, ее не поймать, она не ждет неприятностей. И тут появляюсь я. На моей стороне огромный плюс: внезапность. Поэтому сейчас доберусь до дома и спокойно шлепнусь на диван. Кстати! В багажнике лежат восхитительные, экологически чистые продукты, надо успеть приехать к ужину, тогда сумею поставить на стол настоящую еду, а не куски мяса, отравленные токсинами!

Вдохновленная мыслью о правильном питании, я поддала газу и без особых проблем, в рекордно короткое время долетела до Ложкина. А там я прежде всего посмотрела на стоянку для машин. Слава богу, дома пока никого, теперь бегом на кухню.

— Чтой-то вы приволокли? — с осторожностью поинтересовалась Ирка, увидав, как я вытаскиваю из кулька сосиски.

— Капустные котлеты, — по непонятной причине обозлилась я.

— Да? — заморгала домработница. — Ну ваще! А я подумала, что за сардельки такие странные.

— Зачем вопрос задавала, если поняла, что к чему?

— Для разговору, — слегка обиделась Ирка. — Не молчать же, коли вы раз в году решили харчи приволочь. Вот я недавно журнальчик читала, там сказано: «Если хотите поддерживать с человеком хорошие отношения, хвалите его постоянно, лучшими друзьями станете».

— Прости, — искренне раскаялась я, — устала, вот и вредничаю. Это сосиски, но не простые.

— А какие? — заинтересовалась Ирка.

— Соевые, — начала я прояснять ситуацию.

— Угу, угу, угу, — кивала домработница, пока я наливала воду и опускала в нее будущий ужин. — Значит, они из растения?

— Верно, — обрадовалась я понятливости Иры.

— И творог тоже?

— Совершенно справедливо.

— И йогурт? — не успокаивалась Ирина. — И сыр?

— Да, и они не животного происхождения.

— Не понимаю.

— Что странного?

— Соя растет?

— Да.

— На поле?

— Вероятнее всего.

— Она типа пшеницы? Стебель и колос?

— Прости, никогда не видела сою, — призналась я, — но до сих пор считала ее членом семьи бобовых.

— Хорошо, — закивала Ирка, — пусть по-вашему, навроде зеленого горошка. Но как из нее сосиска вышла?

— Да так... — туманно ответила я. — Вырастили, смололи, сдобрили перцем, луком, и получилось лучше некуда.

— Мусик, — завопила Машка, врываясь в кухню, — а чем тут пахнет?

— Сосисками, — радостно ответила я. — Быстро садитесь, уже на стол накрыли.

Маруська развернулась и закричала:

— Зая, а где Дегтярев?

— Пошел руки мыть, — послышался голос Ольги. — Фу, Банди, не дери мне колготки лапами!

— Смотрите, Хуч у кого-то из сумки стащил жвачку! — завозмущался Кеша.

— Одно не пойму, — гаркнула за моей спиной Ирка.

— Ну что еще? — подпрыгнула я. — Кстати, сделай одолжение, не рассказывай нашим, что сосисочки растительные. Ладно? Это сюрприз. Пусть сначала съедят, а я потом правду сообщу.

— Не понимаю, — монотонно бубнила домработница.

Я вновь начала злиться.

— Все очень просто. Не следует, внося блюдо с сосисками, сразу оповещать присутствующих: ужин вырастили на поле.

— Не, другое не ясно.

— Что?

— Если сардельки...

— Сосиски!

— Один черт, — не уступила Ирка. — Так вот, если сардельки из гороха, то почему они не зеленые?

— Не знаю.

— Их, наверное, подкрасили, — протянула Ирка.

— Нет. Это стопроцентно натуральный продукт, без всякой химии.

— Тогда им следует выглядеть зелеными, — уперлась Ирка.

Я сначала растерялась, но потом нашла достойный ответ:

— Бобы бывают белыми, красными, коричневыми. Усекла?

— Пусть по-вашему, — тоном вредной учительницы подхватила Ирка. — А сыр с творогом? Они как получились?

— Как сосиски.

— Добавили перец и лук?

— Вероятно, — кивнула я, вылавливая надувшиеся трубочки.

Похоже, консультант из магазина не обманул. Очень часто обычные колбасные изделия, побывав в кипятке, лопаются и теряют привлекательный внешний вид, а соевые сейчас смотрелись замечательно.

Домашние мигом расхватали дымящиеся сосиски и начали сосредоточенно жевать.

— Ну как? — гордо поинтересовалась я.

— Ничего, — вяло ответила Зайка. — Хотя нет, жуткая гадость!

— Замечательные рыбные колбаски, — быстро сказал Тёма. — Они из судака?

— Рыбные? — захихикала Машка. — Капустные! Скажи, Кеш?

Аркадий отложил вилку.

— Немного странный вкус, — дипломатично заявил он. — Но к новому всегда настороженное отношение, следует привыкнуть и лишь потом делать выводы. Порой случается так: вроде видишь белое, а спустя пять минут оно уже черным кажется.

Я опустила глаза в тарелку. А еще некоторые люди утверждают, что профессия не накладывает на человека несмываемый отпечаток. Вот оно, доказательство обратного. Став адвокатом, Кеша научился разговаривать самым диковинным образом: вроде сказал «да», но если подумать, то оно смахивает на «нет».

И еще загибает витиеватые обороты: белое, через пять минут кажущееся черным. Это что же такое?

— Ясное дело, — как всегда без спроса, вклинилась в мирно текущую беседу Ирка, — белое завсегда пачкается, пять минут еще много. Вон, Ванька только что рубашку переодел, и уже пятно на ней.

— Случайно получилось, — подал голос из кухни наш садовник, — не хотел, а измарался. Можно мне конфетку съесть?

— Ешь, — быстро разрешила я, не задумываясь, о каких сладостях идет речь.

— И все-таки они рыбные, — робко заговорил Тёма. — Ладно, не судак, тогда щука.

— Нет, я ем сейчас брокколи! — твердо заявила Маня.

— Ерунда, это курица, — затараторила Ольга. — Причем старая.

— Баранина! — безапелляционно воскликнул полковник. — И явно немолодая, со специфическим запахом. А на тарелке что?

— Сыр, — сквозь зубы пробормотала я. — Необыкновенно полезный.

Маруська и полковник одновременно потянулись к блюду, где белели нарезанные куски.

— Можно еще конфеток? — загудел Иван.

— Сделай одолжение, — меланхолично ответила Зайка, пытаясь справиться с сосиской, — съешь все шоколадки и не приставай.

— Они не из какао, — решил прояснить ситуацию Иван, — на драже похожи.

— Тем более лопай, — разрешила я.

— Мало уже в баночке осталось, — признался садовник. — Вдруг кто еще захочет?

Зайка возвела глаза к потолку.

— Отвянь! — рявкнула Ирка. — Чего к людям примотался? Сказано, глотай бомбошки.

Иван нервно засопел, ему явно не по душе пришлась грубость супруги. Но в их семейной паре руль держит женская половина, поэтому садовник предпочел сейчас промолчать.

— И сыр из баранины, — констатировал полковник.

— Вот такого не может быть, — засмеялся Кеша, — от барана молока не получить.

— И от козла тоже, — хихикнула Маня.

— А вы попробуйте, — предложил Александр Михайлович.

Брат с сестрой схватили с тарелки ломти.

— На мой вкус, он из ваты, — через мгновение сообщил Кеша.

— Вроде орехами пахнет... — засомневалась Машка.

— Рыба, — ожил Тёма, — стопроцентный лосось!

Не успел «сыночек» захлопнуть рот, как от куска, который проходимец держал в толстой руке, отломился большой шматок и шлепнулся на пол.

С радостным воплем собаки бросились к добыче. Как всегда, победила крошечная Жюли — она ухитрилась ловко пробежать под пузом неповоротливого Снапа, обогнуть полуслепую Черри и обойти на повороте Хуча. Конкуренцию йоркширихе мог составить лишь Банди, но питбуль не сразу понял, что кто-то уронил сыр, и слишком поздно вступил в гонку. Бандюша у нас не слишком сообразительный, иногда он зависает, словно заглючивший компьютер. С умной машиной достаточно легко справиться, следует лишь нажать соответствующую кнопку, но у Бандика ее нет, вот порой и приходится ждать, пока пес самостоятельно выпадет из нирваны, куда по непонятным причинам имеет обыкновение проваливаться несколько раз в день.

Радостно повизгивая, йоркшириха подцепила добычу, но уже через секунду сыр вновь шлепнулся на паркет.

— Наверное, он козий, раз Жюли выплюнула, — предположила Машка.

— Собака разбирается в сырах? — поразился Тёма.

— Конечно, — засмеялась Манюня. — Вот Хучу радость, он обожает «Шевр»...

— Кого? — вновь не понял «сыночек».

— «Шевр», — стала просвещать «деточку» Маруська, — это сыр из козьего молока, его иногда делают в пепле. Неужели не слышали?

— Похоже, я хуже ваших псов ориентируюсь в гастрономических изысках, — признался Тёма. — У нас в городе особого выбора нет: «Костромской», «Российский», «Чеддер». Ах да, еще «Эдам» имеется. А когда за границей бываю, стесняюсь спрашивать, что ем.

Я молча пыталась прожевать противно скрипящую на зубах сосиску и заодно размышляла над словами незваного гостя. Сейчас с продуктами хорошо повсюду. В городке, откуда родом Тёма, явно имеется супермаркет, набитый разносолами, только самозванец туда не ходит, потому что ему неохота зарабатывать деньги. Именно из-за своей лености Тёма и приехал в Ложкино, он рассчитывает обмануть наивного полковника и поселиться у нас на всем готовом. Вот тогда, как полагает аферист, ему не придется более трудиться. Но Тёма ошибается, скоро будут готовы результаты анализов, и мы отправим парня назад.

— У меня от этой сосиски печень скрутило, — взвыла молчавшая до сих пор по непонятной причине Танюшка, — натурально поплохело. Ирка, подай чай в мою спальню. Пойду наверх, лягу.

— Ты, наверное, хочешь сказать, в *мою* спальню? — не утерпела я. — Кстати, раз уж спустилась по лестнице, может, останешься в гостевой?

Таня заморгала:

— Я? В крохотной комнатенке? Не ожидала от тебя подобной черствости! Боже, мне плохо!

— Хучу, похоже, тоже, — вскочила Маня. — Миленький, не дрожи!

Я глянула на мопса, с яростью трясшего лапами, — Хучик явно пытался закопать в паркет ломтик соевого сыра. Рядом стояли с самым грустным видом Банди, Снап и Черри.

— Что нам подали? Даже вечно голодные собаки не хотят есть эту гадость! — взвизгнула Татьяна и прижала руку к левому боку. — Ой, моя печень!

— Животные сыты! — возмутилась Машка и добавила: — А печень вообще-то находится справа!

— Да? — не смутилась Таня. — Не знала. Хотя какая разница, где она, главное, ноет ужасно. Немедленно отнесите меня наверх! На руках! Аркадий! Я жду!

Кеша начал кашлять.

— Давайте помогу, — вскочил Тёма.

Не успела Танюшка возразить, как самозванец одним прыжком преодолел расстояние до женщины и без особых усилий подхватил капризницу.

— Знаете, у меня аппетит пропал, — сообщил Дегтярев, — как увидел, что собаки ЭТО есть не хотят.

С лестницы послышался визг Борейко:

— Осторожней, уронишь!

— Нет, крепко держу, — ответил Тёма. — Я жутко

сильный, в нашем цеху болванки таскал, а они тяжелее вас.

— Нашел, с чем меня сравнить! — возмутилась Танюша.

— Кто купил эту дрянь? — резко спросила Зайка, отодвигая тарелку.

— Не я! — живо ответила Ирка. А затем ткнула пальцем в мою сторону: — Во, Дарь Иванна приволокла.

— Где взяла сию вкуснотищу? — сдвинула брови Ольга.

— Сосиски не совсем обычные, — завела я издалека, — но мы же решили перейти на здоровое питание.

— Не уверен, что колбасные изделия можно назвать диетической едой, — заявил Дегтярев. — Вот всякие там помидорчики, огурчики — да. А свинину с говядиной...

— Так ведь мяса в них нет, — с самым счастливым видом заявила Ирка.

— Ой, замолчи, — махнула рукой Ольга.

— Правда, правда, — закивала домработница, — они на поле выросли.

Услыхав последнее заявление, Хуч неожиданно завыл басом. Спустя секунду к его руладе присоединился тоненько-визгливый голос Жюли.

— Ну, ты придумаешь... — прищурилась Зайка. — Отличная шутка: выросшие сосиски. Позволь полюбопытствовать: они что, на дереве висят? Вроде яблок? Или по земле стелются, как кабачки?

Машка захихикала.

— Не надо из меня дуру делать, — надулась Ирка. — Дарь Иванна так сказала! Сначала горошек вытянулся, потом его перцем и луком сдобрили, получилась колбаса.

— Соя! — догадался Кеша. — Теперь понятно.

На лицо Зайки наползло выражение старой девы, увидевшей голого мужчину.

— Соя? Генетически модифицированные бобы? С ума сойти! Никогда...

Я вжала голову в плечи. Ну, сейчас начнется... Хотела как лучше, а получилось как всегда. Ольга покраснела, но договорить не успела — на втором этаже раздался дикий грохот, потом вопль:

— Убили-и-и!

Забыв про злополучный ужин, присутствующие, спотыкаясь об нервно лающих собак, бросились к лестнице.

ГЛАВА 23

Крик летел из моей спальни. Я ворвалась в комнату последней и увидела Танюшку, сидящую на полу.

— Что случилось? — воскликнул Кеша.

— Этот урод положил меня мимо кровати, — простонала гостья.

— Я нечаянно, — начал судорожно оправдываться Тёма, — право, не хотел. Вы ничего не сломали?

— Чтоб тебе самому шею погнуть! — прорычала Таня, забираясь на кровать.

И тут раздалась громкая музыка.

— Мать, выключи радио, — велел Кеша, — и вызови доктора, следует сделать рентген.

— У меня в комнате нет ни приемника, ни сидюшника, — напомнила я.

— Что ж тогда играет? — завертела головой Машка.

— Телефон, — подобострастно подсказал Тёма. — Вон он, на коврике валяется.

Желая услужить, мужчина поднял трубку с пола и поднес к своему уху.

— Не трогай! — завизжала Борейко. — Немедленно брось!

Но самозванец уже нажал на клавишу и бодро воскликнул:

— Алло! Здрассти! Кто я? Тёма. Вам кого? Таню? Уж не знаю, сумеет ли подойти, она в кровати. Ой, не орите! Сейчас, сейчас...

Быстро, словно избавляясь от попавшего в руки раскаленного камня, Тёма сунул замершей в ужасе Танюшке трубку, сообщив:

— Это вас.

— Добрый вечер, Сереженька! — прочирикала Танечка. — Ой, солнышко, ты как? Скоро ли вернешься? Жду не дождусь...

Конец фразы оказался недоговоренным, лицо Борейко приняло сначала розовый, потом красный, бордовый, синий и, наконец, фиолетовый оттенок. Я с тревогой смотрела на подругу.

— Кто подошел? — выдавила из себя Татьяна. — Когда? Сейчас? Где? Мужчина? Не было никого!

Я прикусила губу. Да уж... Глупее поведения и не придумать. Ну нельзя же отрицать очевидное, Боровиков вовсе не идиот, он слышал голос Тёмы.

— Я тут одна, — пела Танечка, — абсолютно одинокая.

В этот момент за окном залаяла собака, очевидно, кто-то из соседей выпустил своего пса на прогулку перед сном, и Снап решил ответить собрату. Недолго думая, он разинул пасть и принялся мерно гавкать:

— Ав, ав, ав...

— Я дома, — повысила голос Таня. — Кто лает? Кобель. Ха-ха-ха, милый, это уже слишком, надеюсь, ты не ревнуешь к ротвейлеру? У нас нет в квартире животных? Да, действительно. Откуда тогда псина? Э... Э... Э... Ну что ты, какие мужики с собаками, право, смешно. Фу, заткнись! Ишь, разгавкался, придурок! Милый, я не лгу тебе. Клянусь своими брильянтами, я одна! Откуда лай? Э... э... э... Из телевизора. Да! Точно! Гляжу кино! В гордом одиночестве. Что? Телику нельзя говорить: «Фу, заткнись»? Милый, ты слишком придирчив. Я одна! Одна! Одна! Ладно, пусть тебе Дашка объяснит.

Трубка ткнулась в мою ладонь.

— Придумай что-нибудь, — прошипела Танюшка, — Серега совершенно взбесился!

— Привет, — фальшиво весело воскликнула я в телефон.

— Совсем моя завралась! — заорал Боровиков.

— Вовсе нет, — заюлила я.

— Говорит, кукует одна!

— Верно, тут никого.

— А ты?

— Я?

— Ну да, ты! Разве можно сказать: «Нахожусь в одиночестве», если сидишь с подругой? — справедливо заметил ревнивец.

— Ну... понимаешь... я для Танечки пустое место, мы настолько близки, что перестали замечать друг друга.

— А пес? Кто там лает?

— Это Снап, мой ротвейлер. Я его с собой взяла, пусть погуляет, заскучал в Ложкине.

— Танька сообщила, что гавкает в телике, а ты говоришь про Снапа. Кто из вас брешет?

На секунду я растерялась, но потом решительно ответила:

— Никто.

— Да? — перешел в диапазон ультразвука Сергей. — Так что, Снапа по телику показывают? Он новости читает?

— Именно так, — обрадовалась я подсказке, — впрочем, диктором Снапуна не брали, наш мальчик снимался в программе «Дог-шоу», я кассету показываю.

Боровиков притих.

— Видишь, — обрадованно продолжила я, — ни к чему волноваться, полнейшая тишина.

— На плите чегой-то горит! — завопил Иван, совсем некстати влетая в спальню. — Чадит и чернеет!

Ирка, всплеснув руками, кинулась на первый этаж.

— Что за мужик там? — загремел Сергей. — Он про плиту говорил, я слышал его расчудесно.

Я показала садовнику кулак и сладко пропела:

— Это не мужик, а всего лишь Иван.

— Иван?

— Да, Ваня.

— Что еще за Ваня?!

— Господи, Сережа, ты совсем от ревности очумел, — делано засмеялась я. — Наш садовник, Иван, ты его великолепно знаешь.

— Иван?

— Да, — терпеливо подтвердила я.

— Садовник? — не успокаивался ревнивец.

— Абсолютно точно. Хочешь, дам ему трубку?

— Не надо, — процедил Боровиков. — Ситуация делается все более непонятной.

— Что еще?

— Ты приехала к Таньке?

— Да.

— Привезла Снапа?

— Да, — покорно твердила я.

— Решила развлечь собаку?

— Да.

— И садовника прихватила? Зачем? Он тоже скучает? — взвился Боровиков.

— Прости, но ты идиот, — в сердцах заявила я. — Ясное дело, я не стану ходить в гости с садовником.

— Тогда как там Иван очутился?

— Он дома.

— Ванька живет у меня?! — окончательно потерял остатки ума Сергей.

— Нет, он у себя дома, — решив ни за что не начинать тоже орать, ответила я.

— Где?

— В Ложкине.

— У тебя?

— Да.

— В доме?

— Конечно.

Сергей замолчал, из трубки доносилось лишь его тяжелое дыхание.

— Разобрался? — нежно уточнила я.

— Ага, — неожиданно мирно ответил Боровиков, — просек фишку. Дело простое: Танька дома, смотрит телик с программой «Дог-шоу», ты с ней. Так?

— Верно, — обрадовалась я.

— В комнате еще Снап.

— Точно.

— А где Иван?

— Садовник в Ложкине.

— Тогда почему он только что орал про кухню? — вкрадчиво поинтересовался Боровиков. — Концы с концами не сходятся. Либо он не в Ложкине, либо вы не у нас дома.

Я потрясла головой.

— И ничего там не горит, — громко объявила Ирка, входя в спальню, — просто чуток зачадило масло.

— А-а-а! — не замедлил отреагировать Сергей. — Там еще и бабы имеются!

Вот тут мое практически безграничное терпение лопнуло.

— Знаешь, Сергей, ты ведешь себя глупо! — взорвалась я. — В принципе, понимаю, отчего ты напрягся, услыхав голоса Ивана и Тёмы, но лай Снапа и вопли Ирки не должны рождать подозрительность у нормального мужика. Или ты совсем потерял разум и считаешь Таню одновременно зоофилкой и лесбиянкой?

В трубке воцарилась тишина, потом послышалось осторожное покашливание.

— Кто такая Ирка? — почти равнодушно спросил Сергей.

— Наша домработница.

— При чем здесь Иван?

— Он ее муж, семейная пара везде ходит вместе.

— А Тёма?

— Ты о ком?

— Только что был упомянут некий Артем.

— Тимофей, — автоматически поправила я.

— Хорошо, он кто?

— Ведро. Тимофей Ведро.

— Не понял, — процедил Сергей, — семейная пара садовник и поломойка принесли ведро?

— Нет! Фамилия Тёмы Ведро!

В трубке повисло многозначительное молчание.

Меня стало подташнивать.

— Дай сюда, — прошипела Танюшка и выхватила из моих пальцев телефон.

— Милый, чмок, чмок, это я, твоя маленькая зайка. Не обращай внимания на Дашку, она нахрюкалась коньяком и несет бред. Представляешь, я легла спать, не успела глаза закрыть — звонок. Открываю: вот так сюрприз! Дарья со Снапом! Бухая совершенно! Да не одна! С прислугой приперла и любовником. А ты не знал? Ха-ха! Она давно с Ведром живет. Что значит каким? Нет, не эмалированным. С Артемом.

— Тимофеем, — трагическим шепотом подсказал «сыночек».

— Тимофеем, — машинально поправилась Танюшка и застрекотала с утроенным энтузиазмом: — Да про них вся тусовка знает. Ха-ха! Верно, с ума сошла! Не она? Я? Милый! О, хорошо! Конечно! Обожаю тебя! Навечно! Одного! Остальные мужики навозные кучи! Фу, пронесло!

Последнюю фразу госпожа Борейко произнесла, положив трубку на пол.

— Ну просто офигеть! — всплеснула руками Зайка. — Ну как...

Довершить начатое восклицание Ольге не удалось, на диване затренькала трубка домашнего телефона.

— Я возьму, — услужливо предложил Тёма.

— Сиди на месте, идиот! — заорала Танюшка и, забыв про якобы сломанную ногу, ринулась к телефону. — От тебя одни неприятности, сама отвечу. Алло? Кто там? Не молчите, говорите! Фу, фу, фу, что за идиотские шутки... Как это, куда вы попали? А чей номер набирали? Коттеджа в Ложкине. Да, дом Дарьи Васильевой, именно так. Уже сказала: Ложкино! Боже, ну и тупой человек. Я кто? Ха-ха! Танечка! Что значит, как сюда попала? Хам! Ой... Милый! Сергунчик! Это ты? А что у тебя с голосом? Через платок говоришь? Зачем? Я где? Я дома! Одна. При чем тут Ложкино? Меня там нет. Дорогой, ты ошибся, хотел набрать нужный номерок, а тренькнул мне. Шел в комнату, попал в другую?[1] Ты о чем, солнце ненаглядное? Дарью? На!

Трубка снова оказалась в моих руках.

— Танька в Ложкине, — сурово отметил Сергей.

— Да, — быстро согласилась я, — под моим присмотром.

— Значит, так, — каменным голосом отчеканил наш Отелло, — домой пусть не возвращается. Все! И запрещаю забирать мои подарки! Кольца, серьги, брошки должны остаться дома. Шуба из розовой шиншиллы тоже. Она стоит состояние! Прощай.

— Эй, постой, — забормотала я, — что Танюшке-то делать?

— Забирай ее себе. Помогала подруженьке мужа обманывать, теперь пожинай плоды! — рявкнул Боровиков.

— Но Таня мне не нужна, — от растерянности выдала я чистую правду.

— И мне тоже! — гавкнула трубка. — Развод и девичья фамилия. Да, передай своей подруге, если к моменту МОЕГО возвращения она не покинет МОЙ дом, а там не окажется МОЕЙ шубы из розовой шиншиллы и МОИХ брильянтов, я сумею посадить ее, как воровку, за решетку. Ясно?

Из трубки полетели гудки.

— Чего там? — неожиданно шепотом поинтересовалась Машка.

— Развод и девичья фамилия, — медленно ответила я, — велено уходить из дома, оставив украшения и манто. А если муж не обнаружит своих подарков, то запихнет супругу в тюрьму.

— Это невозможно, — живо отреагировал Арка-

---

[1] «Шел в комнату, попал в другую» — цитата из комедии А.С. Грибоедова «Горе от ума». (*Прим. автора.*)

дий. — Танечка, не волнуйся. Имущество супругов, состоящих в законном браке, считается общим, а личные вещи неделимы.

Борейко прижала к груди руки с длиннющими акриловыми ногтями.

— Я пойду ночью, одна, по улице, босиком, голая... Лягу спать в картонной коробке, никому не нужная, бомжиха... Не поминайте лихом, похороните по-человечески, когда умру от тяжелых испытаний...

Из широко распахнутых глаз Танечки начали вытекать прозрачные, нереально огромные слезы. Домашние бросились утешать Борейко.

— Не волнуйся, — квохтал Кеша, — мы легко половину имущества отсудим. Еще и за моральный ущерб возьмем. Скажи, документы дома?

— Какие? — простонала Танюшка.

— Свидетельство о браке, — пояснил Аркадий.

— На стене висит, в моей спальне, — захныкала Борейко.

— Оригинально, — одобрила Зайка. — Первый раз слышу, чтобы так украшали комнату.

— Оно такое прикольное, — зашмыгала носом Танюша, — розовое, с голографическими переливающимися слонами и фотками.

— Ты о чем сейчас речь ведешь? — поразился Кеша.

— Совсем дурак, да? — простонала Борейко. — Про свидетельство о росписи.

— Розовое, со слонами? И снимками жениха с невестой? — засыпал ее вопросами Аркадий.

— Да!

— В каком же ЗАГСе выдали такое? — удивился Дегтярев.

— В Таиланде, — заявила Танюшка.

— Где? — хором воскликнули Кеша, полковник и Тёма.

Татьяна откинула подушки и устало ответила:

— Мы с Сергеем полетели отдыхать в Бангкок, и там Боровиков сделал мне предложение. Очень романтично было: осыпал лепестками роз и подарил шикарное кольцо. Естественно, я ответила «да», и мы тут же пошли к хозяину отеля, который нас расписал. Ах, какая чудесная церемония! Ночь, на воде горят плошки со свечами, два слона держат подносы, Сережа в красном костюме...

— Постой, — перебила я ее, — но вы же отмечали бракосочетание в Москве. Отлично помню тебя в белом платье и фате.

— Да, — кивнула Таня, — ясное дело, и дома погуляли.

— А вот мне как раз многое не ясно, — задумчиво протянул Кеша. — Отвечай на вопросы.

— Какие? — плаксиво поинтересовалась Борейко.

— Слушай внимательно! — сверкнул глазами Аркадий. — Вас расписывали в Бангкоке?

— Да, шикарно было, — оживилась подруга, — океан...

— Без идиотских подробностей! — рявкнул наш адвокат. — Повторяю вопрос: брак регистрировали в Таиланде?

— Да, — обиженно кивнула Танюшка.

— И тебе дали розовое свидетельство с наклейками?

— Да.

— А в Москве в ЗАГС ходили?

— Зачем? Кто же два раза расписывается, — захлопала глазищами Танюша.

— В Москве в ЗАГС ходили? — грозно переспросил Кеша.

— Нет.

Аркадий сел в кресло.

— Да уж...

— Что? Что? Что? — засуетилась Машка.

ГЛАВА 24

Кеша сложил руки на груди.

— Во многих отелях мира существует такая услуга, как романтическое бракосочетание. За не слишком большие деньги вам устроят свадебную церемонию по местным обычаям, с привлечением слонов, тигров, девушек в ожерельях и туземцев с копьями. Кое-кто из туристов «женится» по десять раз, только никакой юридической силы выданное свидетельство о браке не имеет. Это просто фишка. Брак российского гражданина за границей должен быть зарегистрирован в посольстве в присутствии ответственного сотрудника. Впрочем, это уже неважно, главное иное: получается, что семья Татьяны и Сергея гражданская. Перед лицом закона они просто сожители.

— И Боровиков может выставить жену вон?

— Ты где прописана? — налетел Аркадий на Татьяну.

— У себя, в коммуналке, — всхлипнула Борейко. — Серега новый дом строит, и он сказал мне: «Чего геморрой два раза затевать, сразу там и пропишешься, я второй особняк на тебя оформлю».

— Похоже, Серега твой не так прост, как кажется, — резюмировал Аркашка. — Все его имущество при нем останется.

— А драгоценности? — прищурилась Зайка.

— Если он сохранил чеки, — отозвался Кеша, — то легко докажет: деньги на их оплату снимал со своего счета. Акт дарения брильянтов официально не оформлен, вот Боровиков и заявит: «Они мои».

— Бабские цацки? — возмутился Тёма.

Аркашка кивнул:

— Да, суд учитывает документы. Если есть чек и он подтверждает, что некто Боровиков купил, скажем, кольцо, женское оно или мужское — наплевать, украшение принадлежит Сергею, Татьяна лишь носила брюлики с согласия официального владельца. Точка. Теперь понятно, отчего он не настаивал на смене фамилии супруги!

— Я нищая, — пролепетала Танюшка, — голая... Мне придется вернуться в коммуналку...

— Не плачь! — воскликнула Машка. — Останешься жить у нас.

— Можешь взять мои платья, — великодушно предложила Зайка.

— У меня шуба есть, — подала голос Ирка, — цигейковая. Не новая, правда, но теплая, не замерзнете зимой.

Услыхав пассаж про доху из овцы, Борейко притихла, а потом с громким воплем упала лицом в мою подушку.

— Принеси валокордин, — велела Ольга Ирке, и домработница с топотом понеслась к лестнице.

— Я покончу с собой, — заявила Танюшка. — Самоубьюсь. Лучше на кладбище лежать, чем у «новых русских» в приживалках быть. Каждый бедняжку пнет!

— Уважаемая Татьяна, — вдруг торжественно произнес Тёма, — выходите замуж за меня. Не скажу, что слишком богат, но вполне обеспечен, на жизнь нам хватит. Я давно искал такую женщину, как вы, красивую!

Волна негодования затопила меня. Самозванец

готов на все, чтобы остаться в Ложкине. Тёма очень хитрый! Сейчас он сообразил: Танечку стопроцентно не вытурят на улицу, следовательно, пригреют тут и ее нового муженька. Ай, молодец! Ловко придумал!

— Ой, если она согласится, — подпрыгнула Маня, — то станет дочкой Дегтярева.

Полковник покраснел и отвернулся к окну.

— Уберите идиота! — взвизгнула Танюшка.

— Пошли, — подхватил Кеша Тёму, — чайку попьем, с твоими любимыми булочками.

— Нет, пусть ответит, — уперся «сынок».

— Ей надо подумать. Разве так сразу можно решиться? — терпеливо увещевал Тёму Аркадий, не забывая подталкивать гостя к выходу.

Адвокату почти удалось выдворить «детку» из комнаты, но самозванец уцепился за косяк.

— Таня, скажите, — потребовал он, — хоть чуть-чуть я вам нравлюсь?

Внезапно Борейко вскочила с кровати и легко, словно бабочка, подпорхнула к кандидату в супруги.

— Офигел, да? — затопала она ногами. — На себя глянь! Куча недоделанная! Вот уж радость-то... Уехать с тобой в твой Тьмутараканск и стать королевой завода? Боже, вот она, злая шутка судьбы! Вот! Вот! Ха-ха-ха! А-а-а...

Из груди Танюшки начали вырываться взрывы хохота вперемешку с рыданиями, Борейко села на пол и принялась колотить кулаками мой любимый паркет из розовой акации. Все снова кинулись к истеричке и попытались напоить ее коньяком, кофе и валокордином одновременно. Один Тёма понуро стоял у входа в спальню. Внезапно мне стало жаль глупца. Ну что он видел в жизни? Детдом, а потом завод, цех, где разливают металл или прокатывают трубы. Кстати, Тёма так и не назвал свою должность, сообщил обтекаемо: «Мне производство надоело, теперь занимаюсь торговлей».

Вот бедняга! В понимании Тёмы лоток на местном рынке — это крутой бизнес. Думаю, много дохода он своему владельцу не приносит — одежда на «сыночке» более чем скромная, да и питается парень, похоже, одной овсянкой. Во всяком случае, известие о том, что сыр может быть из козьего молока, поразило Тёму до остолбенения. Неудивительно, что наша «райская птичка» понравилась гражданину с милой фамилией Ведро. Борейко симпатичная внешне, шикарно одетая, светски улыбчивая... Но на что рассчитывал Тёма? Право, мужчинам свойственна завышенная самооценка. Ладно бы пустой кошелек Тёмы компенсировался умом, талантом или порядочностью, но у него везде минус. Денег нет, с мыслительной деятельностью беда, петь, плясать, играть на музыкальных инструментах, рисовать картины или писать книги он не в состоянии, да и в его порядочности я сильно сомневаюсь. Человек, надумавший обмануть наивного полковника, заслуживает прилюдной порки. Но почему мне сейчас хочется утешить Тёму?

Поражаясь собственным чувствам, я дернула «сыночка» за рукав:

— Пошли.

— Куда? — грустно осведомился Тёма.

— В столовую. Съедим по булочке с маком.

— Что-то мне на душе тяжело, — неожиданно признался гость.

— Вкусная выпечка — лучшее средство от печали, — улыбнулась я.

— Танечка не передумает? — с надеждой спросил Тёма.

— Зачем тебе Борейко? — возмутилась я. — Фальшивая блондинка с искусственным бюстом! Таню интересуют лишь богатые женихи.

— Я не беден, — гордо выпрямился дурачок, — у меня торговля.

— Никто не называет тебя нищим, — устало парировала я, — не о том речь. Но Таня обратит внимание лишь на человека с очень большим состоянием. Не обижайся, Тёма, этот мир держится не на олигархах, а на простых людях. Богатство еще не означает, что его владелец — человек, с которым можно пойти в разведку. Не в деньгах счастье. Банальная фраза, но она не потеряла своей актуальности. Помнишь фильм «Золушка»? Там один из героев говорит: «Никакие сокровища мира не способны сделать ножку маленькой, а душу большой». Может, процитировала не совсем точно, но смысл высказывания передала верно.

— Я только боевики люблю, — вздохнул Тёма, — и еще комедии, с этим... который рожи корчит. А насчет денег ты не права, капитал — это свобода. Ладно, где булочки с маком? Подумал о них, и вроде как есть захотелось.

На следующий день около одиннадцати утра я, оставив машину на Волгоградском проспекте, бодро пошагала к двенадцатиэтажной башне из серых блоков. Время для визита к Алевтине Кулькиной было выбрано отнюдь не случайно. Если приехать раньше, то рискуешь нарваться на детей и внуков дамы, собирающихся кто на работу, а кто на учебу. Прикатить после полудня тоже рискованно, Алевтина может отправиться по магазинам.

Стараясь не дышать, я поехала в лифте на десятый этаж. Ну почему некоторые люди используют подъемник в качестве бесплатного сортира? Неужели им самим приятно потом пользоваться изгаженной кабиной? И отчего российские ученые до сих пор не придумали антивандальных лифтов? Могу подарить идею: начал кто-то в таком писать, а его в ответ бьет током. Думаю, живо бы отпала у подобных «людей» охота безобразничать.

Судорожно вздрогнув, подъемник остановился и со скрипом раздвинул двери, я, искренно изумленная собственной кровожадностью, выпала на лестничную площадку, сделала два судорожных вздоха и увидела дверь, самую простую, не железную, с номером 120 на потертом дерматине. Повесив на лицо улыбку, нажала на звонок, и в ту же секунду загремел замок, створка распахнулась.

— Левушка! — возвестила появившаяся в поле моего зрения старуха. — Вернулся, милый, дождалась тебя! А где скрипочка? Ты забыл ее в аэропорту? Ай-яй, нехорошо, сейчас папе пожалуюсь. Гриша, Гриша! Левушка приехал! Вот безобразник, инструмент потерял. И что теперь делать с мальчиком? Наказать? Гриша, выйди! Ну беда! Чуть что случается, Гриша в кусты!

На всякий случай я обернулась — вдруг за спиной стоит неведомый Левушка? Но на лестничной клетке перед квартирой находилась лишь я.

— Гриша, Гриша! — продолжала надрываться бабуся.

В коридоре показалась тоненькая девичья фигурка, затянутая в джинсы.

— Бабушка, успокойся! — закричала девушка.

— Левушка приехал!

— Вот и хорошо, — кивнула девушка, приближаясь ко мне. — Привет, Лева!

— Здорово, — ответила я, ощущая себя любимой клиенткой психиатрической клиники.

— Но он скрипочку потерял, — настаивала бабушка, — плохой мальчик!

— Отвратительный, — согласилась девушка и, подмигнув мне, громко спросила: — Где Страдивари?

— В машине лежит, — поддержала я более чем странную беседу, — под охраной сотрудников страховой компании, где скрипочка на учете.

— Вот видишь, бабушка! — воскликнула собеседница. — Полный порядок. Лева тут, пиликалка с ним, можешь пойти послушать телик.

Бабуся развернулась и посеменила в глубь квартиры.

— Меня Инной зовут, — представилась девушка.

— Даша, — старательно улыбнулась я.

— Спасибо, что подыграли, — поблагодарила Инна. — А то некоторые не понимают и начинают спорить: «Я не Лева! Что за скрипка?» Бабуся тут же принимается рыдать, в общем, беда.

— Похоже, у старушки склероз, — вежливо заметила я.

Инна безнадежно махнула рукой.

— Маразм. Глубокий. Вылечить ее нельзя, оставить одну дома невозможно, пришлось установить дежурство. Бабуля не агрессивная, она милая, просто с фикс-идеей. Мой дядя очень давно эмигрировал в Америку, связь с ним потеряна, мама не знает, жив ее брат или нет, а бабушка ждет Леву.

— Понятно, — кивнула я.

— Ой, а вы кто? — опомнилась Инна.

— Хотела поговорить с вашей бабушкой, она у нас на учете как одинокая состоит.

— Где? — изумилась Инна.

— В Обществе Красного Креста, — соврала я. — Наверное, ошибка. Вижу, что у Алевтины Кулькиной полный порядок, за ней приглядывают.

— За кем? — еще больше поразилась Инна.

— За бабушкой, — терпеливо растолковала я. — Мы патронируем только одиноких стариков.

— Но бабулю зовут Эсфирь Моисеевна Рихтер, — сообщила Инна.

Я безмерно обрадовалась. Значит, есть крохотная надежда на встречу с Алевтиной. Может, она в здравом уме?

— Позовите Кулькину, — попросила я.

— Тут такой нет, — пожала плечами Инна. — Я, правда, здесь не так уж и давно живу, мне купили квартирку родители, чтобы...

— У кого купили? — перебила я девушку. — Имя продавца назовите.

— Понятия не имею, — растерялась Инна, — сделкой занималась риелторская контора. Когда меня привезли на квартиру посмотреть, отсюда уже даже мебель вывезли. Знаете, сейчас агентства сами выкупают жилье, потом делают ремонт и продают, бизнес такой.

— Подскажите название конторы, мне необходимо отыскать Кулькину! — взмолилась я.

Выпалив последнюю фразу, я прикусила язык. Сейчас Инна изумленно вскинет брови и задаст абсолютно справедливый вопрос: «Что за странная настойчивость у представительницы Красного Креста? Возвращайтесь в контору, сообщите, что по указанному адресу никакой одинокой бабки нет, и забудьте о старухе».

Но Инна поступила иначе.

— Идите сюда, в комнату, — поманила она меня. — Туфли не снимайте, на улице сухо. Сейчас я попробую найти их визитку. Как зовут ту, которую вы ищете?

— Алевтина Кулькина.

— Кулькина, Кулькина... — забубнила Инна и начала копаться в колоде. — Знаете, я от кого-то слышала это имя, знакомым кажется. Кулькина, Кулькина... О, точно! Вот!

— Нашли название агентства? — обрадовалась я.

— Нет, лучше, — потрясла какой-то бумажонкой хозяйка. — Лариска, подруга моя, вечно надо мной издевается: «Ты настоящий Плюшкин, ничего не выбрасываешь». Но ведь любой клочок пригодиться может. Нашлась ваша Алевтина Кулькина!

— Да ну! — ахнула я.

— Точно, — радостно закивала Инна. — Только я в квартиру въехала, сюда позвонили. Вот, я тогда записала: из интерната имени Ивана Рябкова. Такая злобная баба со мной разговаривала!

Я превратилась в слух, стараясь не упустить ни одного слова...

Не успела Инна взять трубку, как из телефона залаяло:

— Совесть имеете или как?

— А в чем дело? — слегка испугалась Инна.

— За бабку когда заплатите?

— Простите, не понимаю, — удивилась Инна.

— Ну, народ! Как о деньгах речь заходит, у всех ум отшибает, — ругалась невидимая собеседница. — Долг повис! Сколько можно тянуть?

— Ей-богу, не соображу никак, о чем вы, — отбивалась Инна.

— Ты Кулькина Алиса?

— Нет.

— А кто?

— Инна Рихтер, — представилась девушка.

— Где Кулькина?

— Не знаю, я недавно въехала в эту квартиру.

— Вон оно что... — внезапно помягчела баба. — Ясно, уж простите.

— Ничего, ничего, — воскликнула Инна, — понимаю, ошибка вышла!

— Вовсе нет, не ошибка! — снова рявкнула тетка. — Бросила она старуху, а сама квартирку сменяла, чтобы ее, стерву, не нашли.

Инна совершенно перестала понимать, что к чему.

— Просьба у меня, — вновь превратилась в мед ее невидимая собеседница. — Вдруг девка Кулькина к вам в гости придет или позвонит...

— Маловероятно, — живо перебила Инна.

— Трудно будет ей два слова сказать?

— Нет, конечно.

— Тогда выслушайте.

— Хорошо, — согласилась девушка, — говорите, записываю.

— Передайте этой мерзавке, что мы больше не можем ждать оплату, — опять заорала тетка, — и так целых две недели старуху задаром обслуживали. В общем, перевели ее в бесплатное отделение. Все. Ясно?

— Непременно сообщу вашу новость, если данная девушка по непонятной причине решит связаться со мной, — ответила Инна.

— Отлично! — повеселела собеседница. — Значит, со спокойной душой делаю в карте отметку: «Вследствие изменившегося материального положения переведена в социальное отделение. Опекуны предупреждены, претензий не имеют». Послушайте, а может, вы ее к себе возьмете? Бабка вполне ничего!

— Я ей не родственница, — испугалась Инна, — никаких обязательств на себя брать не могу и не имею права санкционировать перевод в другое отделение.

— Ну, будьте здоровы! — донеслось из трубки...

— Я тогда жутко обозлилась, — вспоминала сейчас Инна. — Хороши порядки в интернате! Даже хотела поехать туда, скандал устроить, но потом времени пожалела, да и не мое это дело. Одним словом, ваша Кулькина там.

— Спасибо, — кивнула я и ушла, сопровождаемая воплем безумной бабушки Инны: «Пусть Лева принесет из машины скрипку». У сумасшедшей оказалась неожиданно крепкая память.

ГЛАВА 25

Адрес нужного заведения я легко узнала в справочной. Когда бойкий, почти детский голос живо назвал улицу, я не удержалась от короткого возгласа:

— Ох и ни фига себе!

— Что-то не так? — удивилась оператор.

— Нет, все отлично, — успокоила я приветливую сотрудницу. Не объяснять же сейчас девушке, что мне вновь придется пилить через всю Москву, собирая пробки.

Но уже через секунду уныние прошло. Давай, Дашутка, не смей лениться! Дело приобрело совсем плохой оборот, некто преследует Риту и готов в любой момент убить ее по приказу Алевтины Кулькиной, тело Алисы Виноградовой таинственным образом испарилось из квартиры, а вместе с девушкой исчезла и безумно дорогая шуба из розовой шиншиллы. Ладно, Рите я велела сидеть дома, не отвечать по телефону, не открывать никому дверь (распахнуть створку ей следовало лишь после того, как она услышит специально оговоренный со мной звонок), поэтому сейчас Волкова находится в относительной безопасности. С телом Виноградовой разберусь позже. Больше всего меня на данном этапе волнует шуба.

Нехорошо, конечно, признаваться в подобном, но я безумная эгоистка, очень люблю свою спальню, свою кровать с удобным матрасом, высоко ценю возможность курить тайком, высунувшись из окна в сад. И вообще, моя комната — это МОЯ комната. Но если манто не обнаружится, Сергей точно выставит Танюшку вон. И тогда куда деваться Борейко? То-то и оно! А заполучив шубейку, сумею помирить парочку. Более того, пущу в ход всю свою хитрость и весь недюжинный ум, чтобы убедить Сергея по-настоящему жениться на Тане. В моих интересах сделать так, чтобы Борейко оказалась счастливой супругой толстого кошелька. Именно по этой причине я и попрусь сейчас по забитым дорогам, даже не останавливаясь около кафе, чтобы перекусить.

Насколько знаю, во всяких медицинских учреждениях установлен идиотский режим: подъем там в шесть утра, а после пятнадцати часов ни одного врача не отыскать, специалисты разбегаются по домам, остается лишь дежурный, но он предпочитает забиться в самый дальний угол и задремать. Знаете, что роднит медиков и солдат-первогодков? Умение спать в любом положении в свободную минутку.

Давно заметила: если рассчитываю на худшее, то на деле события станут развиваться намного гаже, чем предполагалось. Я ожидала пробок из-за чрезмерного количества машин на улицах города, который возводился без учета возрастания транспортного потока, но, выехав на проспект, стала свидетелем невероятного зрелища. Хорошо хоть, в момент крайнего изумления стояла на перекрестке, ожидая зеленого сигнала светофора, иначе легко могла попасть в аварию. Так вот, в том месте шоссе резко поворачивало влево, и я взвизгнула: по небу летели машины, крохотные иномарки то ли японского, то ли французского производства. Конечно, я обомлела. Впрочем, изумление охватило не только меня. Гаишник, мирно дремавший в будке, выбежал на середину дороги и начал нервно кричать что-то в рацию, из ближайших автомобилей выскочили шоферы и уставились на «самолеты». Малолитражки, правда, долго в воздухе не задержались, а дождем посыпались вниз. Над дорогой поплыли грохот, звон и бурный мат.

— Все! — безнадежно воскликнул парень в джинсах, стоявший около моей машины. — Влипли по полной!

— А что случилось? — высунулась я из окна.

— Авария, — сердито пояснил юноша. — Доставщик из автосалона в отбойник тюкнулся, весь груз растерял. Теперь застряли на полдня, пока металлолом соберут, офигеем. Сигаретки не найдется?

Я протянула ему пачку и пригорюнилась. Да уж, не повезло. Но невезение сегодня оказалось глобальным. Едва я с трудом проползла мимо места, где валялись покореженные «букашки», и выехала на МКАД, как оказалась свидетельницей нового ДТП. На этот раз беда случилась с бензовозом, и пришлось ждать, пока специальные машины вымоют трассу.

Короче говоря, в интернат я прибыла значительно позже, чем рассчитывала, к тому же усталая, потная и злая. Вход в здание стерег дряхлый дедушка, одетый в черную форму.

— Куда? — прохрипел он, не открывая глаз.

— Внутрь, — ответила я.

— К кому?

— К Алевтине Кулькиной.

— Проходи, — прошептал старичок, снова мед-

ленно погружаясь в сон. — Бахилы напяль, пять рублев в копилку положь!

— А где она? — попыталась я вытащить дедулю из
крепких объятий Морфея.

— Тама, — обморочно пояснил дедок, — на тумбочке.

Я повертела головой и увидела картонную коробку из-под обуви, в крышке которой чья-то не слишком аккуратная рука прорезала дырку.

— Куда? — вдруг дернулся дедушка.

Я удивилась:

— Вы меня спрашиваете?

— Куда? — вяло повторил пародия на секьюрити.

— Внутрь.

— К кому? — продолжил дедуська, мерно потрясывая головой.

Ощутив себя героиней фильма «День сурка», я покорно ответила:

— Хочу увидеть Алевтину Кулькину.

— Проходи, бахилы напяль, пять рублев в копилку положь!

Диалог настолько заворожил меня, что абсолютно автоматически я завершила его вопросом:

— А где она?

— Тама, на тумбочке, — кашлянул охранник.

Я вновь глянула на коробку. Интересно, кто выдает бахилы? В непосредственной близости от «кассы» не видно было контейнера с этими полиэтиленовыми мешочками на резинках.

— Куда? — снова встрепенулся дед.

— Внутрь.

— К кому?

— К Алевтине Кулькиной.

— Проходи, бахилы напяль, пять рублев в коробку положь.

Мне стало смешно. Похоже, в бравого охранника засунут диск с примитивной программой. Через каждые три минуты находящийся в коматозе старичок выдает нужный текст. Может, он вообще не человек, а робот?

Память неожиданно подсунула воспоминание. Вот я, безалаберная третьекурсница, тоскую на семинаре по французской литературе. За окнами аудитории бушует зеленый май, в столице стоит непривычная для москвичей теплая, ясная, солнечная погода. Абсолютное большинство жителей гуляют в парках и нежатся на пляжах, а несчастные студенты парятся в душных аудиториях, изучая наследие классиков. Сами понимаете, что выполнять домашнее задание никто не собирался. Я не была исключением, поэтому сидела тихо-тихо, не желая обращать на себя внимание преподавательницы Эммы Сергеевны, старейшего профессора института, жуткой зануды и оголтелой фанатки зарубежной литературы девятнадцатого века.

Но, видно, таково уж было мое счастье. Эмма обвела взором ряды столов и велела:

— Васильева! Даша, иди к доске!

Тут следует добавить, что Эмма Сергеевна, справившая восьмидесятилетие, вела занятия по старинке. В ее голове, слегка тронутой склерозом, прочно засело убеждение: все студиозусы отвратительные лентяи, они глотают накануне экзаменов знания непрожеванными кусками, кое-как удерживают их до испытаний, а получив отметку, мигом забывают про Золя — Бальзака — Гюго — Мопассана. Основную массу профессуры подобное положение вещей не напрягало. В ведомости стоит «Зачет»? Следовательно, прощайте, ребятки, курс освоен. Но Эмма была профессором старой школы, она наивно желала впихнуть в деревянные студенческие головы крупицы знаний, поэтому ее семинары превращались в пытку, они до боли напоминали уроки литературы в шестом классе общеобразовательной школы. Сначала профессор вызывала к доске студента и требовала изложить домашнее задание. За ответ ставилась отметка и следовал комментарий, вся суть которого сводилась к одной простой мысли:

— Учиться надо лучше. Только тот, кто хорошо овладевает знаниями, имеет шанс попасть в аспирантуру и стать кандидатом наук.

Лично меня бросало в дрожь от этого заявления, меньше всего хотелось навсегда связать свою жизнь с затхлым учебным заведением.

В конце семестра Эмма подводила итоги, и те, у кого получалась чистая пятерка, освобождались от сдачи зачета, остальных доктор наук гоняла по всему курсу.

По непонятной причине я была у Эммы на хорошем счету, но сейчас рисковала потерять расположение дамы. Накануне студентка Васильева гуляла до трех утра и абсолютно не подготовилась к занятиям.

— Ну, — поторопила меня преподаватель, — начинай!

Я набрала полную грудь воздуха и честно призналась:

— Простите, Эмма Сергеевна, слегка не готова к ответу.

— Почему? — совершенно искренно удивилась старуха. — Что помешало самостоятельным занятиям?

— Отравилась, — сказала я почти правду, забыв упомянуть, что непорядок в организме был вызван красным вином плохого качества, выпитым в неумеренном количестве.

— Это не повод, — отрезала Эмма. Но потом слегка помягчела: — Действительно, еда в нашей столовой оставляет желать лучшего. Даша, мне очень не хочется ставить тебе «два». Что скажешь?

— Тоже не желаю получить «неуд», — вздохнула я.

— Вот и хорошо, — одобрила Эмма. — Ты девочка ответственная, не то что некоторые, имена которых я упоминать сегодня не буду. Думаю, великолепно расскажешь сейчас о Гюго. Ну, начинай!

Выдав тираду, профессор сложила руки на груди, откинулась на спинку стула и прикрыла очи.

— Виктор Гюго, автор многих романов, в том числе «Отверженные», родился в... — безнадежно начала я и замолчала, потому что информация о великом французском романисте, осевшая в моей памяти, иссякла.

— Замечательно, — пробормотала преподша, — продолжай.

Я развела руками, и тут на помощь пришла Машка Гладильщикова — она подняла учебник, раскрытый на нужной странице. Кое-как, щурясь, я сумела озвучить текст.

— Хорошо, — кивнула Эмма, не открывая глаз, — троечку уже заработала. Но, право, жаль портить «удочкой» твою репутацию. Ты ведь хочешь четверку?

— Ага, — ответила я.

— Тогда расскажи мне... ну... допустим, о Викторе Гюго, — меланхолично предложила доктор наук и снова примолкла.

Я настороженно глянула в сторону ученой дамы. Она что, издевается надо мной? Но нет, лицо Эммы

Сергеевны хранило торжественно-заинтересованное выражение. Я откашлялась:

— Виктор Гюго появился на свет...

Второй раз рассказывать биографию писателя получилось бойчее.

Эмме тоже понравилось.

— Молодец, — закивала она. — Но это четверка. Поднимем планку. Пятерка — вот к чему надо стремиться, согласна?

— Угу, — закивала я.

— Умница, — похвалила меня Эмма. — Рада, что не ошиблась в тебе. Думаю, получишь «отлично», коли сумеешь рассказать нам о... Викторе Гюго!

Одногруппники попадали под столы, я выставила вперед правую ногу и бодро начала:

— Великий сын Франции, автор книг «Девяносто третий год», «Отверженные» и других прожил большую жизнь в литературе...

— Вот и чудесно, — открыла глаза Эмма, когда я замолчала. — Садись, Даша. С огромным удовольствием ставлю «пять». Можно было бы еще попросить тебя рассказать биографию Гюго, но лучше сделаю это сама. Итак, новая тема: Виктор Гюго. Великий сын Франции, автор книг... Минуточку, дети, в чем дело, почему не записываем?

Я, пытаясь скрыть хохот, опустила подбородок на грудь, а наша староста сдавленным голосом ответила:

— Простите, Эмма Сергеевна, звонок на перемену, нам надо в другой корпус бежать.

— Действительно, — закивала доктор наук, глянув на часы. — Запишите домашнее задание: Виктор Гюго. Васильева, готовься, давно тебя не вызывала!

Прогнав сейчас от себя это ненужное воспоминание, я обогнула дедушку-охранника и оказалась в небольшом коридоре. Пахло тут хлоркой, супом и какими-то лекарствами. Боясь поскользнуться на блестящей бело-желтой плитке, я тихо пошла вперед и уперлась в стол, за которым восседала бабуся, читавшая газету.

— Здравствуйте, — вежливо сказала я.

Старуха не пошевелилась.

— Добрый день, — повысила я тон.

Ответа не последовало.

— Здрассти! — заорала я.

Старуха медленно отложила газету, сняла очки и вполне миролюбиво спросила:

— Че вопишь?

— Так не отвечаете, — растерялась я, — думала, не слышите.

— С ушами у меня полный порядок, — скривилась бабка. — Посещения у нас до часу дня. А ты когда явилась?

— Еще двух нет, — решила поспорить я.

— Все равно отдыхать пора, а не шляться. Завтра приходь! Ты, кстати, к кому?

— К Кулькиной, — бойко ответила я и полезла в сумку за кошельком. Сейчас выну «пропуск», не слишком крупную, но вполне приятную бумажку...

— К Алевтине? — вдруг оживилась старуха.

— Да.

— Ступай живо, — неожиданно заявила дежурная, — палата номер восемнадцать, койка слева, у окна.

Очень удивленная ее странной добротой, я сделала несколько шагов по плитке, потом обернулась и изумилась еще больше. Отчаянно хромая, бабушка со всей доступной ей скоростью неслась по коридору в обратном направлении.

Дверь, украшенная косо написанной цифрой «восемнадцать», оказалась последней. Я поскреблась в створку, не услышала никаких звуков в ответ и осторожно потянула за железную скобу, исполнявшую роль ручки.

В нос ударил затхлый, крайне неприятный запах, перед глазами открылась печальная картина: шесть кроватей, выкрашенных белой краской, столько же облупившихся тумбочек, в углу раковина, в которую из ржавого крана мерно капает вода. Я бы быстро сошла с ума от этого монотонного «кап, кап, кап», но обитательницы малоуютной комнаты, очевидно, привыкли к дискомфорту.

Около трех коек высились капельницы, на полу стояли оббитые эмалированные судна.

— Здравствуйте, — шепотом просвистела я. — Вы спите? Кто из вас Кулькина? Алевтина, отзовитесь!

— Не старайся, — донеслось из угла, — овощи они.

— Кто? — не поняла я и пошла на звук.

— Растения, — повторила женщина, несмотря на духоту, замотанная в платок, — лежат камнями. Я Леся, а вы кто?

— Даша, — растерянно ответила я. — Кто из них Кулькина?

Леся хмыкнула:

— Не знаю.

— Но ведь в одной палате лежите.

— Меня только вчера из больницы привезли.

— Что с вами? — помимо воли полюбопытствовала я.

— Перелом позвоночника, — пояснила Леся. — Ходить не могу, машиной сшибло, только и остается, что лежать.

— Вот беда!

— Наоборот, везение! — радостно воскликнула Леся. — В больнице так хорошо: кормят, поят, кровать своя, белье, лекарства дают. Люди тут хорошие, в смысле медперсонал, не злые. Пройдет теперь моя старость в комфорте, а то раньше мучилась — что со мной будет, кто приглядит, стакан воды подаст? Некому. Одинокая я, по возрасту в тираж вышла, работать не могу.

— Сколько же вам лет? — удивилась я, всматриваясь в лицо, на котором практически не имелось морщин.

— Тридцать, — спокойно ответила Леся.

— Сколько? — вздрогнула я.

— Четвертый десяток пошел.

— И уже на пенсию ушли?

Леся поправила платок.

— Я у «мамки» служила, клиентам молодых подавай, и чего...

Конец предложения утонул в шуме: дверь отлетела в сторону, в палату ворвалась полная дама в белом халате и шапочке, сильно смахивающей на поварской колпак.

— Зина! — заголосила она. — Отчего у них судна полные?

— Ща уберем, Антонина Петровна, — запищало из коридора.

— Безобразие!

— Уже уносим.

— Полы грязные!

— Помоем.

— А у этой тарелка на тумбочке!

— Так не жрет, — оправдывалась старуха-дежурная, хватая ночные горшки, — нос воротит от каши.

— Кормить надо, — сурово сдвинуло брови начальство.

— Пытались, не хочет!

Антонина Петровна уперла руки в бока.

— Следует после трех неудачных попыток убрать еду и доложить врачу. А ты грязь развела! Мухи летают! Еще подобное повторится, выгоню.

— Простите, Христа ради, — кланялась бабка, — недосмотрела.

Антонина Петровна поправила колпак и вновь посыпала распоряжениями:

— Посуду на кухню, пол отмыть, тумбочки протереть, контингент вывезти в коридор и проветрить палату!

— Есть! — вытянулась в струнку нянька.

Мне тоже отчего-то захотелось сделать поворот через левое плечо и строевым шагом выйти в коридор.

Антонина Петровна внезапно потеряла интерес к бабке и обратила лицо грозно сведенными бровями в сторону посетительницы.

— Явилась, шалава! — гаркнула она.

— Вы ко мне обращаетесь? — на всякий случай уточнила я.

— К тебе, мерзавка, — почти нежно ответила Антонина. — Неужели совесть не мучает?

— Простите, но...

— Бросила мать! Оплатила два месяца и удрала!

— Это не...

— Оставила фальшивый телефон и адрес набрехала!

— Послушайте...

— Замолчи! — топнула могучей ногой Антонина Петровна. — Думаешь, Алевтина совсем безумная? Нет, она просто двигаться и говорить после инсульта не может. Но очень многое понимает.

— Я ей не дочь, не Алиса, — удалось мне наконец перебить разгневанную бабу.

— Вот тут с тобой согласна, — загудела Антонина

Петровна, — дочерью тебя не назвать, ехидну болотную. Ну что за народ пошел! Стариков кидают, детей в унитазах топят, уроды моральные... С виду приличные, а изнутри гнилушки с опарышами, тьфу! У Алевтины одна ты, вон, фотка твоя на ее тумбе стоит, единственное, что у матери осталось!

— Не она это вовсе, — подала голос с кровати Леся, — вы сначала на снимок гляньте, а потом человека прессуйте.

Местная начальница не стала подходить к тумбочке и рассматривать цветную фотографию в рамке, а просто уперла взор в меня и удивленно сообщила, как будто только что увидела:

— Действительно, вы не Алиса. Все ты, Зина, виновата. Прибежала, заорала: «К Кулькиной дочь приехала!» Вы кто?

— Сейчас объясню, — кивнула я. — Тут можно найти местечко, чтобы поговорить с глазу на глаз?

ГЛАВА 26

Выслушав мой почти стопроцентно лживый рассказ, Антонина Петровна сделала некоторые уточнения:

— Значит, в ваш банк за кредитом обратилась Алиса Кулькина?

— Да, — не моргнув глазом, ответила я и для убедительности начала повторять вранье: — Сумму она попросила немалую, и мы решили проверить личность девушки. Она сообщила, что миллион рублей необходим ей для содержания в клинике матери. Вы на самом деле берете с несчастных, безнадежно больных людей подобные суммы?

Антонина Петровна посинела.

— Прямо слушать вас невозможно! — всплеснула

она толстыми руками. — А то не поняли по виду, что здесь все бесплатно?

— Всякое случается, — опустила я глаза. — Родственникам головы задурят, покажут «потемкинскую» палату, а как люди уедут, денежки себе в карман, инвалида на помойку. Насмотрелась на своей работе!

Антонина Петровна стукнула кулаком по столу.

— У нас не так!

— Отрадно слышать.

— На кухне не воруют!

— Да ну?

— И постельное белье домой не прут!

— Правда?

— Пытались разбойничать, — слегка успокоилась начальница, — но у меня не забалуешь, пресекла. Правда, имеем платное отделение, чего греха таить. Там комфортнее, палаты на двух человек и питание разнообразней, только никто непомерных денег с родственников не тянет, и относятся у нас к больным с уважением, не хамят и «бесплатным». А эта Алиса...

Антонина Петровна оперлась необъятным бюстом о жалобно заскрипевший письменный стол и принялась выкладывать нелицеприятную правду про девушку.

Младшая Кулькина произвела на заведующую интернатом самое положительное впечатление — милая молодая женщина, искренно озабоченная состоянием мамы.

— Понимаете, — смущенно объясняла посетительница ситуацию, — моя работа связана с постоянными разъездами, оставить мамулю одну невозможно, вот и приходится помещать ее к вам.

— Правильный выбор, — одобрила Антонина Петровна. — Даже находясь постоянно в квартире, вы не сумеете обеспечить больной оптимальный уход, а у нас все под рукой. Насколько поняла, вы согласны определить мать в платное отделение? Бесплатно-то я ее взять не могу, в социальные палаты очередь.

— Нам только за деньги! — решительно отрезала Алиса.

— Вы сумеете регулярно вносить оплату? — осведомилась начальница. — Извините, обязана предупредить: если средства не поступают на наш счет, мы возвращаем пациента домой.

Произнося последнюю фразу, начальница слегка кривила душой. Она не имеет права выбросить беспомощную старуху на улицу, родственники обязаны забрать больную, расписавшись во всяких бумагах. Если же дети не являются за родителями, последних приходится содержать за госсчет.

Конечно, это совсем не дело, когда в бесплатное отделение необходимо поместить больного, у которого есть родные. В Москве множество пожилых людей, не имеющих около себя вообще никого, бедных, совершенно одиноких, беспомощных стариков, которым требуется помощь. А дети обязаны поддерживать родителей. Но, увы, немалое количество людей так не думает. Моя подруга Оксанка часто возмущается: «Представляешь, опять бабушку из клиники не забрали. Звоню по ее домашнему телефону, подходит сын и орет: «Сделали операцию карге? Ну, спасибо! Теперь сами с ней и цацкайтесь. У нас однокомнатная квартира и денег нет».

Алиса оказалась из числа не помнящих родства. Да еще и хитрюгой. Она ловко обвела вокруг пальца даже такого стреляного воробья, как Антонина Петровна: заплатила сразу за два месяца, нежно обняла маму, пообещала непременно навещать ее по субботам и отбыла. Как оказалось, навсегда.

Заведующая вначале «не словила мышей», отсутствие девушки не насторожило. Антонина Петровна опытный человек и хорошо знает: стариков в приютах практически не навещают, главное — деньги внесены.

Когда подошел срок следующего взноса, заведующая попыталась соединиться с милой девочкой Кулькиной, но потерпела сокрушительную неудачу. Узнав, что Алиса продала квартиру, а сама исчезла в неизвестном направлении, Антонина Петровна чуть не задохнулась от злости, только сейчас ей стал понятен хитроумный план, ради осуществления которого Алиса пошла на материальные издержки. Инвалида, имеющего трудоспособного ребенка, никто в социальный интернат не поместит, но даже если бы Кулькиной и дали направление, то пришлось бы долго стоять в очереди. Вероятно, мать здорово надоела Алисе, и девица придумала простой выход: оплатила пару месяцев пребывания несчастной в комфортных условиях и пропала бесследно. Очевидно, рассчитывала: Алевтину не выставят на улицу, будут заботиться о «брошенке» и в конце концов похоронят за счет казны.

— И давно с Алевтиной беда случилась? — тихо спросила я.

Моя собеседница моментально назвала дату поступления Кулькиной.

— И Алиса ни разу не появилась?

— Нет.

— Не звонила?

— Надумала мать бросить, так какие уж тут телефонные переговоры, — вздохнула заведующая.

— Алевтину, понятное дело, никто не посещает, — подвела я итог беседы.

— Кому ж ходить, — горько подхватила Антонина

Петровна. — Хорошо, она плохо понимает, что к чему. Хотя иногда так смотрит, прямо мороз по коже бежит!

— А баба из магазина... — вдруг прошелестело от двери. — Ее тоже обмишурили.

— Зина! — возмутилось начальство. — Опять подслушиваешь!

— Просто к вам за ключом от кладовой шла, — сообщила всунувшаяся в кабинет нянька, — не нарочно уши подставляла. Вы про кредит забыли!

— Да, вот вам еще штришок к портрету девки, — кивнула Антонина Петровна. — Совсем недавно заявилась к нам дама...

— Уж вы скажете, дама! — бесцеремонно вмешалась Зина. — Старая карга! Зубы страшные, очки в палец толщиной, волосы бигудями уложенные.

— Не во внешнем виде дело, — оборвала разболтавшуюся подчиненную начальница, — хотя женщина и правда не красавица. Ты, Зинаида, забирай ключ и уходи.

Нянька нехотя повиновалась, а Антонина Петровна продолжила:

— Сижу в кабинете, входит эта женщина и с порога спрашивает: «Алевтина Кулькина здесь проживает?»...

Заведующая, не терявшая надежды получить оплату, сначала обрадовалась, но дальнейшие слова незнакомки мигом сдули радость.

— Алевтина Кулькина взяла в нашем магазине телевизор в кредит, за ней долг, — сообщила та.

— Это невозможно, — ответила Антонина Петровна, — она больна, не может самостоятельно передвигаться.

— Правда?

— Абсолютная.

— А что с Кулькиной?

— Состояние после тяжелого инсульта, — пояснила заведующая.

— Скажите, пожалуйста, — бормотнула представительница торговли, — она в разуме?

— Трудно сказать.

— Говорить может?

— Ни слова.

— Ходит?

— Кулькина почти полностью парализована, — терпеливо растолковывала начальница интерната, — она никоим образом не способна за телевизором отправиться, да и не нужен он ей.

— Можно взглянуть на женщину? — попросила тетка.

— Пожалуйста, — пожала плечами Антонина Петровна и отвела недоверчивую служащую в палату. — Любуйтесь!

— Вот горе-то, — перекрестилась посетительница, — ой, беда! Но кто же мог воспользоваться ее именем?

— Паспорт у нас, — заверила заведующая, — наверное, в магазине напутали.

— Ну, я им покажу! — пригрозила пожилая дама.

На том дело и завершилось.

— Это дочка ее постаралась, — вновь, едва Антонина Петровна закончила рассказывать, всунула голову в кабинет Зина. — Вот сучонка этакая! Телик ей захотелось! Небось сунула продавщицам в магазине стольник, они и закрыли глаза на отсутствие документа. Вы, женщина, ни в коем случае не давайте ей кредит, облапошит и не вернет. Миллион! Это ж какие деньжищи!

— Уйди, — процедила Антонина Петровна, — без твоих ценных советов обойдемся.

— Вы не могли бы подробно описать даму? — попросила я.

Заведующая собрала лоб складками.

— Пожилая, лет... э... около семидесяти. Я еще, помнится, подумала: «Наверное, очень аккуратный работник, раз в таком возрасте на службе держат». Волосы седые, прическа самая обычная — уши прикрыты, на макушке гладко, потом легкая волна, челка. Глаза карие, пронзительные, ну прямо молодые, старухи так не смотрят. Немного косметики, хорошее пальто, перчатки. Она их ни разу не сняла, наверное, боялась тут заразу какую подцепить. Что еще? Сумка, большая такая. Да! Очки. Бифокальные, в тяжелой оправе. Видно, у нее со зрением совсем швах.

— Отчего пришли к такому выводу? — тихо осведомилась я.

Антонина Петровна усмехнулась:

— Она чуть мимо стула не села. Я ей предложила: «Устраивайтесь поудобней», смотрю, рукой шарит, не понимает, где сиденье. Потом нащупала и говорит: «Надо стекла менять». Ой, погодите! Постойте! Вот удача!

— Что случилось? — вздрогнула я.

— Алиса же придет к вам за кредитом.

— Мы ей денег не дадим, — живо ответила я.

— Правильно, но она ведь явится выслушать ответ на свой запрос. Так?

— Да, — осторожно подтвердила я.

— Вы ее придержите, — оживилась Антонина Петровна, — умоляю! Под любым предлогом! И сразу звякните мне. Вот визитка, мобильный всегда включен. Примчусь в любое время! Пожалуйста, не откажите.

Мне очень не хотелось обнадеживать Антонину

Петровну, но пришлось взять картонный прямоугольник и пообещать помощь.

— Последний вопрос, — сказала я, спрятав визитку в сумку: — Дама назвала свое имя?

— Да, но я его забыла, — ответила Антонина Петровна. — Какое-то короткое и очень простое.

Я вышла на улицу, посмотрела на снующих туда-сюда прохожих и почувствовала зверский голод. Взгляд наткнулся на вывеску «Кофе вдвоем», и ноги сами собой пошагали в сторону ресторанчика. Господи, как хорошо, что я здорова, способна сама передвигаться и не завишу от чужой опеки. Захотела — поехала в город, а не захотела — осталась в Ложкине, в удобном доме, в окружении любимых собак и привычных вещей. И я еще переживаю из-за того, что Таня Борейко оккупировала мою спальню! Право, какая ерунда! Надо в конце концов понять: нечего ожидать какого-то сверхъестественного счастья. Вот оно, рядом, пусть и самое обыкновенное: привычный быт, друзья, здоровье...

— Выбрали? — спросила официантка.

Я очнулась. Даже не заметила, как вошла в заведение и села за столик. Все, теперь бурно радуюсь каждой минуте! Права была моя бабушка Афанасия, частенько повторявшая строптивой внучке: «Дашенька, не завидуй тем, кто живет лучше, глянь на тех, кому хуже».

— Кофе или чай? — поторопила меня официантка.

— Латте, — попросила я, — самый большой стакан. И пирожное со взбитыми сливками.

— У нас хорошие пирожки, — подсказала девушка.

— Их тоже несите, — кивнула я.

— С мясом!

Изо рта чуть не выпало: «Тогда не надо, не ем говядину», — но я прикусила язык. А потом произнесла совсем иную фразу:

— Тащите три штуки. Надеюсь, они с луком?

— И с перцем.

— С луком, с перцем, с собачьим сердцем, — улыбнулась я.

— Простите? — услужливо спросила, видимо, плохо знакомая с классической литературой девушка.

— Порядок, — кивнула я, — волоките все. Голодна, словно стадо людоедов.

В конце концов, о здоровом питании можно временно позабыть, я же не собираюсь навсегда отказываться от диетических продуктов. Как говорит мой бывший муж Макс Полянский: «Я хожу от супруги налево лишь с одной целью — хочу убедиться, что она лучше всех». То же и с диетой. Сейчас слопаю выпечку с токсинами, закушу пирожным, от которого придет в ужас печень, налью в желудок слишком калорийный латте и пойму: надо питаться правильно — минимум жиров, ограниченное количество углеводов и строго дозированные белки. Легкий крен в сторону позволит укрепить веру в диету.

Отхлебнув латте, я чуть не застонала от восторга. Пирожки съелись в две секунды, да и кусок торта со сливками исчез совсем незаметно. Прикрыв глаза, я вытащила сигареты и внезапно подумала: «Зачем Феня приходила к Алевтине? По какой причине она решила прикинуться сотрудником магазина бытовой техники?»

У бывшей няни Волковых запоминающаяся внешность. Бифокальные очки и торчащие вперед зубы, перчатки на руках, большая сумка, седые волосы с традиционной укладкой и пронзительно яркие карие глаза. Нет, у меня не имелось сомнений относительно личности, заглянувшей к Антонине Петровне. Вопрос стоял иначе: «К чему было Фене навещать Алю?»

Кстати, нянька допустила ошибку. При оформлении кредита непременно требуют паспорт, а основной документ гражданина России, удостоверяющий личность несчастной Кулькиной, хранится в сейфе интерната. Ну никак покупательница не могла приобрести на имя Алевтины телик! Вот этот момент Феня не учла, да и Антонина Петровна не обратила на него внимания.

Кстати, я сама хороша! Совершенно забыла про кошелек с немаленькой суммой денег, поступила отвратительно безответственно! Феня, скорей всего, уже похоронила мысленно портмоне с купюрами.

Отодвинув пустой стакан, я стала набирать номер Фени, но нянька не спешила снять трубку. Отложив сотовый, я приняла решение: следует немедленно ехать в совхоз «Светлый луч», отдать растеряхе найденное и задать ей парочку вопросов. И лучше о своем визите заранее не предупреждать!

— Принесите счет, — попросила я официантку, а потом набрала номер справочной и потребовала: — Как проехать в совхоз «Светлый луч», расположенный в Московской области? Пожалуйста, объясните дорогу очень подробно, у меня географический кретинизм.

ГЛАВА 27

Встречаются иногда места, где время словно замерло. «Светлый луч» оказался из их числа. Въехав на центральную аллею усадьбы совхоза, я умилилась до слез. Относительно широкая, но совершенно разбитая дорога привела меня на площадь, где в середине клумбы стоял памятник Ленину. Ильич держал в одной руке кепку, а второй дланью указывал куда-то вбок, наверное, звал в коммунистическое завтра, куда мы так и не добрели.

За спиной вождя мирового пролетариата растекалось двухэтажное здание из некогда светлого, но теперь сильно потемневшего кирпича. На фронтоне виднелись выложенные красным камнем буквы, складывающиеся в лозунг «Учиться, учиться и еще раз учиться». Это явно была школа. Рядом стояли еще несколько похожих домов, по-видимому, здесь находился административный центр совхоза.

Я вышла из машины и поразилась мертвой тишине. Не кричали дети, не лаяли собаки, не плакали младенцы, не матерились пьяные мужики, не орали их жены. Просто кладбище, а не совхоз.

Но уже через секунду я разглядела, что в окнах школы нет ни одного целого стекла, а клумба, на которой торчит монумент, завалена мусором.

— Тут есть кто живой? — заорала я.

Тишина послужила ответом.

Мне стало не по себе. Я вновь села за руль, проехала метров сто вперед и с огромным облегчением увидела женщину, одетую, несмотря на теплую погоду, в пальто и вязаную шапку.

— Здравствуйте! — крикнула я, опуская стекло. — Скажите, где тут улица Ленина?

Аборигенка вжала голову в плечи и метнулась вбок.

— Погодите! — еще громче закричала я. — Не сделаю вам ничего плохого, просто хочу дом найти! В гости приехала!

Но незнакомка не оборачивалась и вскоре исчезла меж двух явно нежилых трехэтажных зданий.

— Она по-русски не говорит, — раздался внезапно хриплый басок.

От неожиданности я вздрогнула и спросила:

— Кто тут? Не вижу вас.

Послышалось покашливание, и передо мной словно из ниоткуда возник подросток лет двенадцати, одетый в футболку с надписью «Pank» и в рваные, грязные джинсы.

— Зря вы с ими болтать пытаетеся, — серьезно заявил мальчик. — Их сюда переселили, они по-нашенскому ни бум-бум.

— Кто? — поежилась я.

Над полупустым совхозом клонилось к закату солнце, его лучи самым диковинным образом освещали развалины некогда явно процветавшего места. Пейзаж выглядел пугающе, и вообще ситуация напоминала начало какого-нибудь фильма Бергмана: тишина, пустота, полувмняемая убегающая женщина, мальчик, который просто должен через пару мгновений, захохотав, превратиться в трясущуюся собаку...

Подросток вытер нос кулаком.

— Хрен знает откуда приехали, — мирно объяснил он. — У их тама чегой-то случилося, мы с мамкой не поняли. Навроде землетрясение, а может, война. Их здеся поселили, в многоэтажке. Супер устроились — и вода есть, и электричество, и газ. Ваще! А че, разве плохо? Зимой топят, о дровах заботиться не надо. Они тута не первый год, но по-нашенскому говорить не хочут и от нас шарахаются. Во, видали? Летом в пальто ходят, а зимой ваще, блин, в одеяле, намотают сверху и прут. Смехотень!

— Ты сам отсюда?

— Местные мы, — зашмыгал носом собеседник.

— Можешь показать, где улица Ленина?

— А вы на ей стоите. Во, отсюдова вниз идет. А че надо?

— Дом номер один.

— Это на том конце, у речки, в Хасановке.

— Где? — не поняла я.

Паренек усмехнулся, а затем на одном дыхании выдал информацию:

— Тама раньше ферма стояла, коровья, а у них бык имелся, его Хасан звали, так он один раз удрапал и на поле мужика извалял, потом на пустыре дома построили, люди стали район Хасановкой звать, улица Ленина туда упирается. Но тама никого нет.

— Совсем?

— Вы сходите, поглядите. Хотите, провожу? — прищурился мальчишка.

— Садись, — предложила я, — прокатимся.

Парнишка не спешил к пассажирскому месту. Он вытер руку о штаны и решил представиться:

— Толян.

— А я Даша.

— Вы, тетя Даша, — весьма вежливо продолжил беседу подросток, — тама не пропретеся. Машина низкая, брюхом чиркать станет.

— Дорога вроде ничего.

— Это до кустов, — деловито объяснил Толян, — а дальше хужее. Вылазьте, пехом пошкандыбаем. Сто рублей.

— Что?

— Если вас до места отведу, сто рублей дадите?

— Конечно, — кивнула я.

— Супер! — обрадовался Толян. — Машину заприте как следует, сигнализацию включите и сумочку не оставляйте.

— К чему такие предосторожности? — удивилась я. — Совхоз почти пустой.

Толян помотал головой:

— Не, тута народу полно, и все вороватые, сопрут — не чихнут. Да хоть эти, нерусские, они че угодно утырят. Хужее наших! У местных совесть есть, а у энтих ничего. Могут даже детскую коляску с дитем захапать. Ну че, двинули?

Решив послушаться Толяна, я тщательно закрыла машину, и мы потопали по дороге, сложенной из бетонных блоков. Мальчик оказался прав: буквально через двадцать метров относительно хорошая проезжая часть трансформировалась в ямы и колдобины.

— Во, Хасановка, — ткнул Толян рукой вниз. — Туда раньше лестница вела, ща тоже спуститься можно, но опасно, ступеньки выкрошились.

— А где же дома? — растерялась я.

— Их зимой растащили, — пояснил Толик, — дерево ж.

— Улица Ленина, дом один... — невесть зачем произнесла я вслух.

— Он тама стоял, — указал влево подросток. — На двоих был, в одной половине Ванькины жили, ихняя дочка, Светка, со мной в школу ходила, у нас тогда школа еще была. А кто в соседях был, не помню, вроде бабка, а может, и нет. Дом то ли сгорел, то ли раскатали его.

— И давно избы разрушили?

Толян взъерошил и без того не слишком аккуратно причесанные волосы.

— Не знаю, давно сюда не хожу. А зачем? Знаете, где я дрова беру?

— Нет, — машинально поддержала я разговор.

Мальчик гордо рассмеялся.

— Сам додумался. Дураки избы разбирают, а я

хитрый — на Октябрьской улице клуб стоит, его заперли, а внутри все оставили: мебель и всякое. Вот оттуда и выношу. А че? Раз побросали, то ничье, ненужное. Так ведь?

Я глубоко вздохнула:

— Скажи, тут остался кто-нибудь из коренных жителей? Ну тех, кто помнит прежние времена?

Толян почесал переносицу.

— Мамка моя, — уверенно ответил он. — И еще баба Маня...

— Отведи меня к ней, — попросила я.

— К кому?

— К бабе Мане.

— Так она померла, — пожал плечами подросток, — уж две недели как.

— Тогда пошли к твоей маме, — не сдалась я.

— За фигом?

— Мне необходимо с ней поговорить.

— Не выйдет, — зевнул Толян.

— Почему?

— Бухая лежит, — мирно пояснил мальчик. — Как начала на бабкиных поминках квасить, так до сих пор не просохла.

— Все-таки проводи меня, вдруг получится пообщаться.

— Даже начинать не надо, — философски отметил Толян.

Но я решительно приказала:

— Показывай дорогу! Приведешь к маме, получишь еще денег.

— Лады, — оживился Толян, — поперли влево, так короче.

Идти оказалось достаточно далеко. Мы лезли через какие-то овраги, продирались сквозь кусты и в конце концов оказались на кривой улочке, по обе стороны которой стояли покосившиеся развалины с выбитыми стеклами.

Толян остановился около почти повалившейся на правый бок избушки и деловито велел:

— Бабки вперед! А то мамку узырите и не заплатите.

Я покорно вынула из кошелька несколько купюр.

— Шоколадно быть богатой, — резюмировал Толян и толкнул дверь ногой. — Сюды заваливайте. Только наклонитеся, а то башкой чебурахнетесь.

Я послушалась хозяина домишки и очутилась сначала в сенях, заваленных хламом, потом в омерзительно грязной кухне, затем в загаженной комнате, обстановку которой составляли две железные кровати, стол и пара табуреток. Из трех крохотных окошек два были забиты фанерой. В зале стоял полумрак, а еще тут так воняло, что к моему горлу незамедлительно подкатила тошнота.

— Вон там мамка, — указал на одну из коек Толян.

Стараясь не дышать, я сделала пару шагов и увидела красное ватное одеяло, синюю подушку, из которой в разные стороны торчали перья, а на ней голову с волосами, сбившимися в нерасчесываемый ком.

— Как зовут твою маму? — спросила я у Толяна.

— Ленка, — ответил паренек.

— Елена, — позвала я, — очнитесь! Ау! Слышите меня?

— Можете не стараться, — деловито заметил Толян. — Она, когда в запое, по трое суток дрыхнет.

Я вытянула руку и, преодолевая брезгливость, потрясла алкоголичку за плечо.

— Лена, добрый день, вернее, вечер.

— Ни фига не получится, — протянул Толян. — В полном отрубе маманька!

— Кто же тебя кормит? — воскликнула я.

Толик усмехнулся:

— Так вырос, сиська не нужна. На станцию хожу, там и жру.

— Воруешь?

— Всякое случается, — хмыкнул подросток. — А ваще-то я работаю, в электричке торгую. У Кольки беру, к примеру, очки солнечные по двадцать рублей, а толкаю по сороковнику. Вернее, сначала полтинник прошу, а потом цену спускаю.

— Вечером опасно по вагонам ходить, — растерянно поддержала я разговор.

— А после шести торговли и нет, — поделился секретами бизнеса Толян. — Утром хорошо берут — на работу катят, очки позабыли, неохота цельный день щуриться, а тут я. Еще зонтики здорово хватают, только надо подгадать под дождик.

— Когда же ты в школу ходишь?

Паренек скривился:

— А ну ее! Че там хорошего? Ну, отвести вас назад к машине? Это еще стольник.

— Пошли, — кивнула я. — Скажи, ты никогда не встречал здесь пожилую даму в очках с очень толстыми стеклами?

— Не-а, — помотал головой Толян. — Хотя, может, и ходила такая, всех не запомнишь. Говорят, здеся коттеджи строить будут, люди всякие приезжают, чегой-то меряют.

Я села за руль и направилась в Ложкино, настроение окончательно испортилось. Где теперь искать Феню? Хотя если постараться, то найти даму можно...

Внезапно в голове словно разорвалась петарда. На секунду я оглохла и ослепла, а потом сообразила, что это стихийно начавшаяся мигрень вновь схватила меня в свои объятия. Очень хорошо я изучила свою мерзкую болячку, она имеет обыкновение наваливаться внезапно. Сидишь себе спокойно, пьешь чай, вдруг — бац! — в глазах темно, а через четверть часа начинает тошнить, затем приходит озноб, в носу поселяется непонятно откуда взявшийся запах тухлого мяса... Если неприятность застигает вне дома, главное — как можно быстрее дорулить до родной кровати.

В Ложкино я въехала, уже колотясь от холода, и даже не сумела загнать машину в гараж. На подгибающихся ногах я еле-еле поднялась по ступенькам. Почти ослепнув от боли, я, не снимая ни уличной обуви, ни куртки, на ощупь добрела до гостевой комнаты и шлепнулась на кровать. «Слава богу, — промелькнуло в голове, — добралась».

Огромный медведь, встав на задние лапы, начал приближаться ко мне. Я, по непонятной причине лежащая на земле, попыталась сесть, но в эту секунду громоздкая туша внезапно плюхнулась на меня и придавила всем своим весом.

— Помогите! — заверещала я. — Спасите!

— Дарь Иванна? — воскликнул медведь. — Ой!

Глаза с трудом приоткрылись, в ту же секунду пришло понимание: нахожусь дома в Ложкине, у меня разыгралась мигрень, а на кровать, где я устроилась, пытается лечь Иван.

— Дарь Иванна, Дарь Иванна, Дарь Иванна... — словно заевшая пластинка, бубнил садовник. Потом, кое-как справившись с речевым аппаратом, спросил: — А чего вы тут делаете?

— Занимаюсь фитнесом, — ехидно ответила я и стала распутывать шнурки, а то утром Ирка выразит крайнее неудовольствие, увидев, как хозяйка испачкала кроссовками покрывало.

Иван снова испуганно ойкнул.

— Простите, не хотел мешать, думал, тут никого. Ночью не решился в город идти, надумал чуток подремать, а уж потом в путь-дорогу.

Я удивилась, оставила попытки развязать шнурки, оглядела садовника и тут только в ярком свете луны, освещавшей комнату через незанавешенное окно, увидела у ног Ивана чемодан, перехваченный веревкой.

— Куда собрался? — не сдержала я любопытства. — Да еще с саквояжем...

— Один поеду, — тяжело вздохнул мужик, — никаких приятелей не имею. Я, Дарь Иванна, с чурками, которые по всему поселку дома ремонтируют, не дружу, я не Степка.

— Степка?

— Степан Михайлович, — с невероятной горечью пояснил Иван, — прораб с шестого участка. Там раньше Днепров жил, да его конкуренты насмерть пристрелили, жена домик продала, новые хозява старое здание снесли, теперь свое строят, а Степан, тьфу, Михайлович работягами руководит. Ясное дело, он с образованием, училище заканчивал. Да уж! Вот у него друзей-приятелей грузовик. И Ахмед, и Махмуд, и Олег, и Сашка, и, наверное, Саквояж ваш. Вот Степка с Саквояжем может раскатывать, а я так умотаюсь.

Произнеся речь, Иван опять вздохнул и уставился на луну.

— Ишь, как светит, — неожиданно отметил он, — прям выть хочется, волком.

Я попыталась разобраться в происходящем.

— Постой, ты увольняешься?

— Ага, — кивнул садовник.

— С ума сошел!

— Наоборот, — решительно ответил Иван, — шибко поумнел. Прощевайте, Дарь Иванна. Жаль мне, конечно, вас бросать, да и цветы погибнут, крокусы, ирисы... Эх!

Я встала с кровати и плюхнулась в кресло.

— Ваня, немедленно объясни, что случилось.

— Да ниче, нормально.

— Совсем ненормально! Так не увольняются.

— А как надо?

— Предупредить заранее, получить зарплату, — сердито принялась я объяснять мужику правила поведения. — Вот вы с Ирой уедете, а мы как? Да что случилось, в конце концов?

— Ирка вам останется, — мрачно заявил Иван, — один убегаю.

— Ты решил бросить жену? Она не знает о твоих планах?

Иван скривился, потом полез за пазуху, вытащил смятый листок и промямлил:

— Вот, письмо написал, думал на подушке оставить.

— Давай сюда, — отбросив в сторону хорошее воспитание вкупе с деликатностью, велела я, — сейчас прочитаю.

Иван понуро опустил голову на грудь, а я начала разбирать текст, нацарапанный карандашом. Чтобы лучше понять содержание, пришлось озвучивать его вслух — наш садовник не в ладах с грамматикой, знаков препинания он не ставит и заглавными буквами не пользуется.

— «Ирка... ты... Степка... про... пра... пре...» Ничего не понимаю! А ну читай сам, вслух.

— «Ирка, ты выбрала Степку, прощай, неохота мешать, раз сама решила. Да и для здоровья плохо, уже рога отросли, теперь не знаю, к какому врачу идти», — на едином дыхании выпалил садовник.

Я замерла с открытым ртом, пытаясь переварить информацию.

— Дарь Иванна, — подал голос Иван. — Вы не в курсе, какой доктор у человека лишнее отпиливает?

— Хирург, — машинально ответила я и тут же добавила: — Но в нашем организме ненужных деталей нет. Наука сейчас уверена, что даже аппендикс необходим. Конечно, в случае воспаления его удалят.

— Скажите пожалуйста... — потряс кудлатой башкой Иван. — Значит, не следует идти на операцию?

— Только по жизненным показаниям, — кивнула я. — Лучше не ставить над собой эксперименты. Но, Ваня, пойми меня правильно, опухоль следует вырезать незамедлительно! Что случилось? Ты заболел?

— А рога? — вопросом на вопрос ответил садовник. — С ними-то как?

— Рога? — растерянно поинтересовалась я.

— Ну да, — тихо продолжил Иван, — они самые.

— Ваня, по-моему, тебе следует немедленно лечь спать. Ты опять на ночь ужастик про чудовищ с Марса смотрел?

— Не, Дарь Иванна, — грустно ответил садовник, — про настоящие рога толкую, как у оленя.

Я постаралась сохранить спокойствие. В конце концов, Иван милый человек, хороший садовник и муж Ирки, следовательно, он нам почти родственник. Если с живущим рядом с тобой человеком стряслась беда, следует ему помочь. Еще очень хорошо знаю: с психами не спорят, с ними соглашаются, вызвав тайком врача. Ну и как мне поступить? Ваня явно не в себе. Выбежать из комнаты с воплем: «Помогите, он сошел с ума» — неприлично, да и опасно.

Иван молодой, сильный мужчина, он легко справится с хозяйкой. Может, попытаться воспользоваться звонком? В свое время мы сделали в доме сигнализацию — нажимаешь на пластмассовую штучку, похожую на самый обычный выключатель, и у Ирки в комнате раздается сигнал. По идее, услыхав его, домработница должна идти к тому, кто ждет помощи, но мы ни разу не использовали звонок, я даже не знаю, работает он или нет.

Судорожно оглядевшись по сторонам, я увидела нужную клавишу, очень удобно расположенную на расстоянии вытянутой руки.

— Ваня! — с фальшивым изумлением воскликнула я. — Ты тут про оленей все время рассказываешь, а к нам во двор как раз один зашел!

— Где? — вскочил из кресла садовник. — Не вижу.

— К окну подойди, — посоветовала я.

Дождалась, пока простодушный Иван высунется наружу, потыкала в звонок и, не услыхав никаких звуков, приуныла. Плохо дело, укладывать на боковую спятившего Ивана придется самостоятельно.

ГЛАВА 28

— Никого там нет, — с разочарованием сказал Ваня, отходя от подоконника, — вы куст за оленя приняли. А ведь у него рога не спиливают.

— У кого? — заулыбалась я. — Ты, Ванечка, устраивайся поудобнее на диванчике, подсунь под голову подушечку!

— Спасибо, — грустно улыбнулся садовник, — только я об оленях толкую.

Я слегка взбодрилась. Если спятившему Ивану приспичило потрепаться о милых парнокопытных, то с удовольствием поддержу беседу. Главное, продержаться до утра, а там домашние проснутся и придут на помощь.

— Ваня, — защебетала я, — олешки рожки сбрасывают сами.

— Как? — заинтересовался садовник. — Они ж из башки растут!

— Верно, но, насколько знаю, олени их счесывают. Ну, о дерево или о землю. Понимаешь?

— Угу, — кивнул Ваня. — А если маленькие? Совсем крохотулечные?

Обрадовавшись, что тема ветвистых украшений столь захватила бедного психопата, я с энтузиазмом подхватила нить беседы:

— Ну зачем «почки» трогать? Пусть растут.

— Да?

— Конечно, ветвистые рога — украшение.

— Так считаете?

— Естественно.

— А по мне, так лучше, чтобы их не было.

— У оленей иное мнение на сей счет, — заулыбалась я. — Кстати, знаешь, что сейчас вспомнила? Вроде зачатки рожек называются пантами, они очень ценные, вот их как раз отрезают.

— Да ну? — изумился садовник.

— Точно, — ажиотированно закивала я. — Используют потом в медицине для производства лекарства. Извини, забыла его название.

— Дорого стоит? — деловито осведомился Иван.

— Очень, — не имея никакого понятия о ценах на панты, ответила я.

— Хоть это утешение, — шмыгнул носом садовник. — Может, машину куплю. Впрочем, нет, комнату снимать придется, да и прокормиться надо, пока новую работу отыщу.

— Рога очень важная вещь, — решила я вернуть реку беседы назад в безопасное русло. Желает психопат про оленей говорить — пожалуйста, поддержу тему. — Кстати, олени устают, особенно весной, и их укладывают в клинику, проводят курс лечения витаминами. Людям тоже полезно перед летом здоровье поправить. Не хочешь в санатории пожить?

— Там дорого!

— Не вопрос, все оплачу.

Иван осторожно пощупал свою макушку.

— Получается, мне Степку благодарить надо?

— Кого, голубчик?

— Прораба с шестого участка.

— Конечно, конечно, — предпочла согласиться я, — скажи ему «спасибо».

— Получается, еще и денег огребу?

— Да-да.

— Может, ему один рог отдать?

— Точно, правильное решение.

— Продать на лекарство?

— Верно.

— Или подождать, пока сами отвалятся?

— Угу, ты умно придумал.

— А отрезать их больно?

— Молодец, хороший выход!

— Дарь Иванна, — потряс меня за плечо Ваня, — вы чего?

Я вздрогнула.

— Прости, Ванечка. О чем ты спрашивал?

— Отрезать рога больно?

— Что ты! Ветеринар делает олешкам инъекцию, — бурно принялась я фантазировать. — Не стоит беспокоиться, лучше устраивайся на диванчике, закрывай глазки. Баю-бай...

— Я об людях говорю, — уперся Иван. — Им рога как удаляют? Под наркозом? Навроде зубов?

— Ваня, — потеряла я свое ангельское терпение, — у человека не бывает рогов!

— Эх, Дарь Иванна! — со слезами в голосе воскликнул садовник. — Вы такая наивная, чисто незабудка! До старости дожили, а про то, как бабы мужьям изменяют, и не слыхивали?

В другой момент я бы не преминула возмутиться заявлением садовника о дряхлости хозяйки, но сейчас голова оказалась занята иной проблемой.

— Так вот о каких рогах ведешь речь! Значит, олени тут ни при чем?

— Угу, — мрачно подтвердил Иван.

Во мне проснулся профессиональный педагог.

— Вот ты говоришь: «Я тысячу лет не ел мясо», но ведь на самом деле это не так. Произнося фразу, ты просто преувеличиваешь свое чувство голода...

— Я ничего такого не говорил! — возмутился Иван. — Слава богу, не голодаю.

— У людей рогов нет! — рявкнула я. — Просто так болтают. У мужей, чьи жены сходили налево, никаких внешних признаков не наблюдается.

— Небось под волосами прячут, — прошептал Иван, — или ампутируют. Вы сами сказали — срезают и продают за хорошие деньги.

Я примолкла. Ситуация стала напоминать бородатый анекдот. Помните его?

«К терапевту влетает потный пациент и с порога кричит:

— Доктор, я тяжело болен. Мне жена изменила, а рога не растут.

— Не волнуйтесь, уважаемый, — усмехнулся врач, — это просто шутка.

— Слава богу, — обрадовался дядька, — а я уж испугался, что у меня в организме кальция не хватает».

Иван молча сел на диван и уставился в пол.

— Что за дурь тебе в голову пришла? — еле-еле удерживая себя от желания стукнуть садовника по лбу, возмутилась я. — Никаких рогов не бывает. И ты еще решил их продать... Слов нет, какое идиотство!

— А у меня отросли, — прошептал Иван. — Сначала весь вечер макушка чесалась, а потом вроде немного перестала, значит, вылезли. Вот я и подумал: Ирка изменила. Иначе с чего? Она Степке нравится.

— Мало ли кто кому по сердцу пришелся! — зашипела я. — Раскинь-ка мозгами... Ты постоянно на участке. Так?

— Ага.

— Ира в доме.

— Угу.

— Когда и где ей тебе изменять? Ваня, приди в себя! Ты кретин! — затопала я ногами. — Натуральная дубина стоеросовая! Немедленно тащи чемодан назад! Где Ира?

— Она спит, — прошептал Иван, — я тишком ушел.

— Теперь так же возвращайся и забудь о дури!

— Дарь Иванна, — залепетал садовник, — вы не поняли.

— И разбираться не в чем! Ты дурак! Ира вне всяких подозрений!

— Пусть по-вашему, — заныл садовник, — но рога-то... Как мне с ними жить? Раз макушка чешется, значит, растут. Во, глядите...

Не успела я вновь начать возмущаться, как Иван наклонил голову и раздвинул волосы.

— Видно?

— Мама! — подскочила я. — Рожки! Не рога, конечно, но очень похоже. Откуда?

— Не знаю. Думал, от Ирки.

— Кретин!

— Не ругайтесь, лучше скажите, чего делать.

Я стала вновь завязывать кроссовки.

— Сейчас позвоню Оксане, и поедем к ней в больницу. Надо разбудить Иру.

— Ой! Ни за что! — испугался Иван. — Она меня убьет. Спросит: «Какого ляду к Дарь Иванне понесся?» Объясняй потом, че подумал. Нет-нет! А зудит-то как, прямо сил нет!

Вымолвив эту фразу, Иван принялся изо всех сил чесать голову и ерзать на диване.

— Немедленно перестань, — велела я.

— Не могу, — простонал садовник, — плохо мне очень. Тут еще... я постеснялся... но уж... того... самого... в общем, простите...

— Короче!

— Хвост... У меня растет хвост... — обморочным голосом договорил Иван.

— Где? — от полнейшего удивления задала я замечательно нелепый вопрос.

Садовник смутился окончательно.

— Хучика представляете?

— Мопса? Конечно.

— Куда у него хвост прикрепляется?

— К попе.

— Вот и у меня там.

Я потеряла дар речи. Садовник, оглянувшись, зашептал:

— Только никому не говорите, меня Ирка убьет.

— А есть за что? — ожила я.

Иван съежился:

— Случайно получилось, к Катюхе заглянул, в деревню.

— Ваня! Ты заподозрил жену в измене, нащупал на макушке рога, а сам, оказывается... Ну, хорош гусь!

— С моей стороны нормально, — пожал плечами садовник. — Я ж без любви, просто по надобности, Ирка с гриппом лежала.

— Ты свинья!

— Дарь Иванна, — чуть не заплакал деревенский ловелас, — плохо мне, жуть. Все чешется и растет! Сначала маленькое было, а теперь прям сидеть не могу, огнем печет.

— Срочно едем к врачу!

— Ой-ой-ой!

— Перестань, вдруг у тебя...

— Сифилис? — в ужасе подскочил Иван. — А что, с этой Катькой вся деревня спит. Ирка точно меня убьет. Узнает — выгонит. Ну дурак я, дурак! Уж и не знал, чего подумать. Легче, конечно, чтоб Ирка виноватая оказалась... Дарь Иванна, пожалуйста, помогите, только по-тихому! Родная! Любимая! Мать вы наша всехняя!

Я решительно пошла к двери, говоря на ходу:

— Ладно, уговорил. Сейчас выходим из дома без шума и грохота, я отвезу тебя в клинику, где всю семью нашу лечат, покажемся врачу, а там решим. Если подцепил от проститутки заразу, то никому не скажем, коли дело в ином, сообщим Ире.

— Не надо! — взвыл Иван.

— Дай честное слово, что больше не станешь изменять жене, а потом обвинять супругу в адюльтере, чтобы взвалить на нее ответственность за нехорошие болезни.

— Штоб с места не сойти! — закрестился быстро Иван. — Только спасите!

Вам, наверное, покажется странным, что из особняка, в котором живет много собак, можно уехать ночью, не потревожив никого? Только наши псы укладываются на мягкие одеяла часов в десять вечера и мирно дрыхнут, не раскрывая глаз. Каждый из них пребывает в уверенности: темное время суток предназначено для полноценного отдыха, сторожить дом нужно после завтрака.

В приемном покое клиники маялся от безделья молодой паренек в белом халате.

— Здравствуйте, — мило сказала я, — нам бы с врачом поговорить.

— Слушаю, — принял серьезный вид юноша.

— Вы доктор?

— Кандидат наук Стрельцов Юрий Михайлович.

— Простите, думала студента ночью оставили, — ляпнула я. — Извините, не хотела обидеть.

— Это комплимент, — весело ответил Стрельцов. — Значит, веду правильный образ жизни, если за двадцатилетнего схожу. Что у нас?

— Рога, — печально произнесла я, — маленькие такие.

Юрий Михайлович кашлянул.

— Давайте не будем нервничать. Вы у нас наблюдаетесь?

— Да, но рога не у меня.

— Хорошо, — с терпеливостью профессионального лекаря продолжил Стрельцов, — понятно. У кого появились наросты?

— У него, — ткнула я пальцем в Ивана.

— И еще хвост, — опустив глаза в пол, добавил садовник.

— Где? — изумился терапевт.

— Хуча представляете? — решил прибегнуть к испытанному объяснению Иван.

— Нет, — ответил врач. — Это что такое?

— Хуч? — обиделся Иван. — Он мопс, милый такой. У меня хвост, как у него.

Юрий Михайлович нервно одернул халат.

— Вы зря привезли сюда пса. Ничем не помогу собаке, для животных специально открыты ветеринарные лечебницы.

— Хвост у мужчины, — перебила я врача, — и рога тоже. Ваня, продемонстрируй. Подожду результатов осмотра в коридоре.

Спустя полчаса Юрий Михайлович высунулся из кабинета.

— Идите сюда.

Я покорно шагнула в кабинет.

— После детальной беседы с вашим мужем... — завел Стрельцов.

— Иван не мой супруг, — поправила я.

— Простите, — вежливо извинился врач, — обсудив проблему с вашим сыном...

Вот тут я разозлилась не на шутку.

— И не сын! Иван — садовник!

Стрельцов кашлянул.

— Хорошо!

— Дарь Ивановна мне родней всех, — не упустил возможности польстить мне Иркин супруг. — Жаль, перепугал ее. Упал на кровать, а она спит...

Брови Стрельцова полезли вверх.

— Так что с мужчиной? — перебила я Ивана.

— Покажите коробку, — сухо велел врач.

Садовник вытащил из кармана пластиковую баночку.

— Во, — понуро сказал он. — Слишком вкусные оказались!

— Узнаете? — осведомился доктор.

Я покопалась в памяти.

— «Омм»! Мне это подарили в магазине экологически чистого питания — нечто вроде витаминов. Сказали, что очень полезная вещь. Надо дать членам семьи, и они станут милыми.

— Ваш, кхм, садовник принял таблетки за конфеты, — осуждающе продолжил терапевт, — и съел почти все, около пятидесяти штук.

— Ваня! — всплеснула я руками. — Ты идиот!

— А вот и нет, — надулся Иркин муж. — Сами разрешили во время ужина, сказали: «Можешь съесть все драже».

Стрельцов закашлялся и отвернулся к окну.

— Не было такого! — возмутилась я.

— Я спросил разрешения, — не дрогнул Иван.

— Думала, ты какие-то конфеты нашел. На банке же рядом с названием «Омм» написано: «БАД», то есть «биологически активная добавка».

— И чего? Мало ли как вкусное обзовут, — протянул садовник. — Я видел в магазине торт «Москвич». Вот уж глупость! Его что, из людей делают? Много идиотства вокруг. Допустим, конфеты «Белочка», в них орешки, какао, а где мясо белочки? Народ по названию о продукте думает! А «БАД» очень подходит для сладкого.

Юрий Михайлович заморгал, мне отчего-то стало неудобно за глупость Ивана.

— Он у нас философ, — пробормотала я, — любит порассуждать. Следовательно, рога и хвост — аллергическая реакция. А на какой компонент?

Стрельцов сел за стол.

— На этот вопрос не отвечу. Я не компетентен в

подобных препаратах, хоть на упаковке и указан состав. Что такое крапива, знаю, но, простите за каламбур, с чем едят люцифасту розовую или гланомеру болотную, понятия не имею. Впредь могу посоветовать никогда не превышать дозу никакой фармакологии. Если указано: принимать по таблетке после еды один раз в день, не следует жевать все пилюли разом, какими бы вкусными они ни казались. Вам еще повезло, мог случиться отек Квинке. Вот направление, там сделают укол. Еще купите в аптеке какое-нибудь средство от аллергии, что найдете. Завтра следует посетить лечащего врача. До свидания.

— Рога и хвост отпадут? — с надеждой поинтересовался Иван.

Юрий Михайлович тяжело вздохнул:

— Нет.

— Вот ужас! — завопил Иван. — Так что ж, мне всю жизнь ходить уродом?

Стрельцов подавил улыбку.

— Если сказать по-простому, то ваши рога и хвост — это просто... э... шишки. Они рассосутся. Ясно?

— Ой, спасибочки, доктор! — воскликнул радостный Иван. Потом он повернулся ко мне и произнес: — Катька тут ни при чем. Зараза, Дарь Иванна, не от нее, а от вас пришла!

— Ступай на укол, — процедила я сквозь зубы и, забыв попрощаться с откровенно развеселившимся врачом, вытолкала идиота-садовника в коридор.

ГЛАВА 29

Учитывая полубессонную ночь, я проснулась не так уж и поздно — около полудня и сразу бросилась звонить Рите. Мобильный равнодушно сообщил:

«Аппарат абонента выключен или находится вне зоны действия сети».

Вспомнив, что сама велела девушке временно «убить» сотовый, я набрала городской номер и услышала бодрый голосок Риты:

— Алло!

— Просила же не подходить, не проверив номер звонящего, — рассердилась я, — а ты сразу трубку схватила! Как дела?

— Вы, наверное, спрашиваете, как у меня дела? — рассмеялась девушка.

— Именно так. А что, плохо слышно?

— А теперь недоуменно глядите на трубку?

— Что за идиотство!

— Сердитесь?

— Очень глупое поведение.

— И упрекаете в глупости?

— Рита, немедленно прекрати! Это я, Даша Васильева! Ты напилась?

— Я не бухая и не обдолбанная, я вообще никогда не пью, не колюсь и ничего не нюхаю...

— Просто офигеть! — вылетело у меня. — Рита, что происходит? Нам надо срочно поговорить. У меня полно вопросов!

— ...потому, что я автоответчик, — довершила «выступление» девица. — Дома никого нет, а если и есть, то подойти не можем. Оставьте сообщение после гудка.

Я уставилась на трубку, потом сбросила вызов, снова потыкала в кнопки и молча выслушала: «Алло... Вы, наверное, спрашиваете, как у меня дела... а теперь недоуменно глядите на трубку... Сердитесь... и упрекаете в глупости... я не бухая и не обдолбанная, я вообще никогда не пью, не колюсь и ничего не нюхаю...»

Я швырнула трубку в кресло. Дурацкий прикол! Интересно, сколько людей попалось на удочку? На свете полно странных личностей, которые вместо простых слов записывают для своего автоответчика невероятные тексты. Ну что-нибудь типа: «Здравствуйте, хозяева лежат пьяные, автоответчик тоже нажрался, текст приму я, холодильник» или «Добрый день, можете оставить сообщение, даже не одно, но не факт, что передам его. За бесплатно лишь ежики бегают». Ну не глупость ли?

Решив высказать Рите при встрече абсолютно все, что думаю о приколах, я пошла на кухню, быстро выпила кофе и помчалась к Волковой домой.

Дверь никто не открывал, я вспомнила про условный звонок и «спела» мелодию раз, другой, третий, но хозяйка не спешила на зов. Попрыгав у запертой створки, я стала колотить в нее кулаком, потом попыталась открыть дверь, но, естественно, потерпела неудачу. Похоже, Рита, наплевав на мои просьбы, убежала из дома.

Я прислонилась к стене. Надо попытаться вспомнить, как называется агентство, в котором служит Рита, необходимо срочно отыскать Волкову.

— Охохоюшки... — простонало подо мной.

Я шарахнулась в сторону.

— Кто тут?

Послышался шорох, потом дребезжащий голосок:

— Напугала кого? Уж извините, лифт опять сломался, еле шлепаю...

— Только что работал, — удивилась я, не понимая, с кем веду диалог.

— Он у нас такой, — пробурчало с лестницы.

Наконец в поле моего зрения появилась маленькая, аккуратная, чистенькая, похожая на румяный колобок бабушка.

— Да, быстро устает, — мирно продолжила она, — постоянно ломается. Дом старый, подъемник древний, чинят его, чинят, а он снова разваливается. Приходится пешком ходить. Представляете, как неудобно?

— Думаю, очень, — вежливо согласилась я, — в особенности с детской коляской или с сумками.

— Ну, с младенцами, слава богу, проблем у меня нет, дети выросли, — заулыбалась старушка и, встав около двери, расположенной напротив квартиры Риты, стала вынимать из кармана ключи, — а вот с продуктами непросто, но я их в мусорном коробе поднимаю. Конечно, звучит ужасно, если не знать, что этим приспособлением аж с пятидесятых годов никто не пользуется. Да и кому его включать? Из старых жильцов одна я осталась, новые поди и не знают, что оно тут имеется. Вот, хоть нашу лестничную клетку взять. Там, — палец бабушки уперся в дверь Риты, — Секридовы обитали. Хорошая семья, я с их бабушкой дружила. Вернее, по-соседски общалась. Мы тут раньше одной семьей жили, до войны, имею в виду. Потом люди испортились, черт-те кто понаехал, ремонты сделали, стены посшибали, вентиляцию нарушили. Спасибо, Михаил Сергеевич вмешался, наш домоуправ, запретил мусорный подъемник ломать. Он в специальной шахте. Ну, соседи и позаложили дверки, а я оставила. И Вера Секридова, дочь Марии Нефедовны, тоже им пользовалась. Очень удобно! Понимаете?

— Нет, — ответила я и тут же пожалела о своей неуместной честности.

Сейчас болтливая бабуся заведет нескончаемый рассказ про прежние времена, и мне не отделаться от старухи. Вечно я влипаю в идиотские ситуации! Следовало покривить душой, приветливо воскликнуть: «Да-да!» — и удовлетворенный божий одуванчик мирно удалился бы к себе. А теперь придется выслушивать «лохматые» истории, рассказы о давно умерших, абсолютно мне незнакомых личностях.

Так и произошло. Бабушкины глаза вспыхнули огнем, я безнадежно заулыбалась. Пожилые люди обожают поговорить, только их редко слушают — родным некогда, а посторонние не намерены общаться с чужими бабками. У современного человека времени порой не хватает на своих родителей, где уж тут уделять внимание чужим старикам.

— Наш дом возводил архитектор Кроппе, — завела старушка, — и было это в одна тысяча девятьсот двадцать первом году. Я, естественно, Карла Вольфовича не помню, потому что появилась на свет позднее, но мамочка много рассказывала о тех временах. Была в них романтика! Здание задумывалось как модель новой жизни. Все удобно, технически отлаженно! Тут сделали массу приспособлений: самооткрывающиеся окна, газовые плиты встроили в стену, да и...

Ровный голосок бабули звучал успокаивающе, я перестала вслушиваться в ее речь, но продолжала машинально кивать, изредка восклицая:

— Да-да! Да.

Хорошо, что симпатичная старушка не предполагала, какие мысли бродят в голове ее слушательницы, иначе бы страшно обиделась. А я раздумывала вот над чем. Где Рита? Куда она подевалась? Отчего не открывает дверь? Неужели манекенщица, наплевав на опасность, ушла? Хотя пятнадцатое мая миновало и Рите вроде бы уже ничто не угрожает. А грозило ли?

Алевтина парализована, она никак не способна причинить кому-либо вред. Но куда подевалась Алиса?

Легкая рука коснулась моего локтя.

— Значит, договорились? — спросила бабушка.

— Да, — на автопилоте согласилась я и тут же насторожилась: — О чем?

— А то артрит совсем замучил.

— Сочувствую.

— Достанете сумку? Она тяжелая!

— Откуда?

— Так из подъемника, — засмеялась старушка. — Нет, современная молодежь совершенно беспамятная. Ну ведь только пояснила: кошелка стоит в нем, надо поднять, а у меня суставы ломит.

— Конечно, — кивнула я, уразумев проблему, шагнула к узким дверкам и остановилась. — Погодите, вы же сказали, что лифт не работает.

Бабуся покачала головой:

— Экая вы, деточка! Речь шла о мусорнике. Неужели не сообразили?

— Нет, — ответила я, — простите.

— Ну ничего, — закивала собеседница, — не расстраивайтесь, сейчас много хороших лекарств придумали, и не такое лечат. Главное, вы согласились помочь. Пойдемте, покажу.

Открыв дверь в свою квартиру, старушка сделала приглашающий жест рукой:

— Сюда, пожалуйста.

Я вошла в полутемную, достаточно просторную прихожую. Апартаменты болтливой бабушки были точь-в-точь как у Риты, однако передняя выглядела шире. Но через пару мгновений стало ясно, отчего коридор у Секридовой казался уже: в квартире манекенщицы были сделаны встроенные шкафы, в одном из которых я и обнаружила то ли спящую, то ли мертвую Алису.

Бабушка щелкнула выключателем, вспыхнула люстра.

— Вот, видите в стене дверку? — спросила хозяйка.

Я прищурилась:

— Да, похоже, там щиток, но он какой-то очень уж большой.

— Нет-нет, не щиток, — хитро заулыбалась пенсионерка, — открывайте.

Я распахнула большие створки и увидела колесо, похожее на штурвал, и железные тросы, уходившие вниз.

— Это что? — ахнула я.

— Вы повертите механизм, — засмеялась бабушка.

Я послушно начала вертеть колесо, раздался скрип, и спустя пару минут, к моему невероятному удивлению, показался короб, в котором стояли два пластиковых пакета, набитые продуктами.

— Сделайте одолжение, — ласково прожурчала бабуля, — выньте сумки и отнесите на кухню. Хорошо, что я вас встретила, одной бы мне их не вытащить. Тут следует слегка наклониться, а мне это уже не под силу. Теперь пошли на кухню.

Я подхватила тяжеленные торбы и поволокла их по коридору.

— Уже говорила вам, — бухтела бабушка, — наш дом возводился талантливым архитектором. То, что вы сейчас увидели, — прообраз современного мусоропровода. На платформу полагается ставить бак с отходами и спускать, вращая колесо. Наши мамы так и поступали. Если меня не подводит память, дворник в семь утра и в девять вечера принимал бачки, опус-

тошал их, ставил назад, и хозяйки получали пустые
ведра, не выходя во двор. Удобно?

— Очень, — согласилась я.

— А после войны порядка не стало, — пригорюнилась старушка. — Дворники не те пошли, во дворе
поставили баки, народ начал сам с ведрами бегать,
про подъемники забыли, а кое-кто и вовсе их зало-
жил.

— Интересно, а человек там поместиться может? — тихо спросила я.

Старушка деликатно кашлянула:

— Дело, конечно, давнее, да и не с лучшей стороны оно меня характеризует... Но мама моя была стро-
га, а я хотела погулять... Понимаете?

— Естественно, — улыбнулась я.

Бабуля мелко засмеялась:

— Мамочка спать ложилась в восемь. На двери
щеколду задвинет, помолится — и под одеяло. Сон у
нее, слава богу, крепкий был, ничего не слышала.
Короче говоря, мамуля спать, а я в мусорник влезу и
вниз спущусь. Гуляй — не хочу!

— Кто же вас опускал и поднимал?

Бабуля усмехнулась:

— Сама приспособилась. Ничего хитрого, надо
руками трос перебирать, и все. Очень надежная конструкция! Мы с моим будущим мужем ею вдвоем
пользовались. Сначала в кино сходим, потом ко мне
поднимемся, а под утро он укатывал. И обратите внимание: Левушка даже по молодым годам сто кило ве-
сил, я тоже не легонькая была, а подъемник нас вы-
держивал. И до сих пор отлично служит. Мамочки
давно нет, и Левушка уже на том свете, царствие им
небесное, я одной тапкой в гробу, а конструкция служит великолепно.

— Забор мусора с помощью подъемника предусматривался во всех квартирах? — продолжала любопытствовать я.

— Конечно, душенька, — закивала старуха. — Только ведь уже говорила: дворников нет, вот люди и заделали подъемники. Потом старые жильцы поумирали, а новые и понятия не имеют, что они в их квартире есть.

— И у Секридовых такой, как у вас?

— Естественно. Верочка, мама Кости, ею пользовалась, как я, — застрекотала бабка. — Она болела сильно, еле ходила. Где уж наверх подняться, если лифт сломался! Но Вера не унывала — влезет в мусорник, а сын и втянет ее в квартиру. У них, правда, менее удобно, чем у меня, Верин муж в коридоре шкаф соорудил, дверки панелью прикрыл. Не нравился ему подъемник, все орал: «Воры к нам легко попадут!» Ну не дурак ли? Что у них красть? Да и кто знает про подъемник? Считаные люди. Ну а потом муж от Веры ушел, и она опять стала подъемником пользоваться. Только она не сразу в коридоре, а в шкафу, так сказать, приземлялась.

— Значит, Костя знал о приспособлении? — осенило меня.

— Как же иначе? Его семья здесь с заселения дома жила, — зачастила бабуля. — Несчастная Верочка все умереть боялась, твердила: «Лишь бы Костика до ума довести», но так и не смогла, скончалась. Может, и к лучшему, не увидела сынка на кривой дорожке! Пить начал, потом исчез, а комнаты в чужие руки попали, достались его жене, расфуфыренной девице.

— А как в подъемник попадают?

— Вы же видели, лючок надо открыть и колесо вертеть.

— Нет, я имею в виду снизу, если наверх подняться хотят?

Бабуся ткнула пальцем в сторону окна:

— Во дворе, за подъездом, дверь имеется, совсем неприметная, там подъемник и есть. Это для нашего стояка, для других рядом дверца. Все продумано было: на этаже три квартиры, от каждой шахта отходит, и все внизу, на одном пятачке, встречаются, снаружи туда мусоровоз подавали. Спасибо, душенька, я ваша должница, теперь начну сумки разбирать...

Поняв, что бабушка не хочет доставать при постороннем человеке продукты, я попрощалась и вновь очутилась на лестнице. Нет, не зря я уверена: самые таинственные обстоятельства имеют простые объяснения. Вот каким образом исчезла из квартиры Алиса. Некто запихнул ее тело в подъемник и спокойно увез радиоведущую. Зачем? С какого бока тут Виноградова? И где шуба?

В полной растерянности я топталась у входа в квартиру Риты. Внезапно в голове что-то щелкнуло, и сразу стало понятно, что произошло.

Пьяная Борейко дает померить шикарное манто тоже совсем нетрезвой Алисе. И Таня, и сотрудница радиостанции, мечтающая о карьере телеведущей, вполне нормальные особы, вот только алкоголь творит с ними чудеса. Танюшка, счастливо избавившаяся на время от опеки Сергея, позволила себе лишнего, а Алиса, у которой не получилось завести на тусовке нужные знакомства и продолжить вечер в новой компании, решила как следует расслабиться. Рита же рассказывала мне: «Алиска мечтает стать телезвездой, по тусовкам она шастает лишь с одной целью — наткнуться на продюсера, который скажет: «Давно ищу ведущую нового шоу, вы изумительно подходите». Если же подруге не удается завести новых приятелей, она оттягивается по полной. Денег у нее мало, вот и выпивает на дармовщину. Ничего особенного, большинство народа так поступает».

Следовательно, обе участницы «шубной» истории были сильно подшофе. Очень хорошо помню, в каком виде Танюшка явилась к нам: платье испорчено, одна туфля потеряна. Удивительно, что она сумела без неприятностей добраться до Ложкина, ни ГАИ не остановила, ни в аварию не попала. Впрочем, говорят, господь хранит выпивох, и в тот день он явно позаботился о госпоже Борейко. Но сейчас надо думать не об удивительном везении бывшей стюардессы.

Значит, так. В лоскуты назюзюкавшаяся Танюша дарит шубу Алисе, та тоже сильно под газом, поэтому принимает подарок. В трезвом состоянии Алиса, определив стоимость манто, ни за что бы не взяла его, живо скумекала бы: Борейко утром очухается и кинется искать пропажу, бедную радиоведущую легко могут обвинить в воровстве. Но Алиса, мягко говоря, нетрезва, вот преспокойно и уносит на плечах розовую шиншиллу. И что же происходит дальше?

Для тех, кто никогда не ходит на всякие презентации, я сейчас должна сделать небольшое пояснение. На вечеринку трудно попасть постороннему человеку, устроители раздают приглашения, часто именные, а у входа дежурят секьюрити, в чью задачу входит отсекать незваных гостей. Но на самом деле в Москве имеется особая категория людей, так называемые халявщики, они легко просачиваются сквозь все кордоны с простой целью: хорошо поесть и выпить, не заплатив за угощение ни копейки. Иногда из халявщиков вырастают светские львы и львицы, и некогда никому не нужные люди становятся звездами вечеринок, по их присутствию или отсутствию даже судят о пафосности мероприятия. Вреда от лишних едоков нет, но очень часто среди гостей оказываются воры, которые, выждав удобный момент, крадут сумочки, меховые палантины, часы.

Наверняка подобный человек присутствовал и на том злополучном приеме, куда приволоклась Борейко. Грабитель, конечно же, приметил розовую шиншиллу, пошел за Алиской, а потом... Может, девушка сообразила, в чем дело, может, еще что случилось, только вор убил несчастную, тело спустил вниз на подъемнике, о существовании которого все забыли, и забрал манто. Следовательно, тот, кто совершил преступление, хорошо знал Риту. Отчего я сделала подобный вывод? Ну кто, кроме Секридовой, был в курсе того, что в шкафу имеется хитрый механизм? Хотя...

Я прислонилась к стене около апартаментов девушки. Что-то не стыкуется. Насколько помню, Рита была напугана пропажей Алисы. Девушка не пошла к шкафу, не продемонстрировала мне подъемник, она предположила, что Секридова ушла через дверь, незаметно прошмыгнув мимо меня. Рита не захотела по какой-то причине говорить о конструкции с тросами? А может, она о ней не знала?

Я начала снова нажимать на звонок. Мне необходимо побеседовать с Секридовой, надо задать ей кучу вопросов, основная масса которых родилась сейчас. Например, слышала ли хозяйка квартиры о подъемнике? На каком радио работает Алиса? Есть ли у исчезнувшей девушки друзья? Может, сама радиоведущая не раз пользовалась «мусорником»?

Мне надоело безрезультатно жать на звонок, я решила сесть на лестнице и до победного конца ждать Риту. Но прежде чем плюхаться на ступеньки, следовало постелить на них бумагу, и я раскрыла сумку. Всегда ношу с собой одноразовые носовые платки, они выручают во многих ситуациях — в туалетах, где не висят рулоны туалетной бумаги и отсутствуют полотенца, или вот как сейчас. В общем, стала я копаться в своем объемистом ридикюле, перебирая массу различных вещей, которые таскаю на всякий случай. Я не люблю крохотные кожаные сумочки, мне по сердцу вместительные «бочоночки».

Рискуя заслужить ваше неодобрение, признаюсь: обожаю сумки, у меня их почти двадцать штук. А еще придерживаюсь старого правила: туфли и аксессуары должны быть из одной «семьи». Знаю, что сейчас к голубым «лодочкам» спокойно берут оранжевый рюкзачок, но я всегда подбираю сумочку под цвет обуви. Вот сегодня к симпатичным красным мокасинам я прихватила вместительную торбочку того же цвета. Последний раз брала ее в тот день, когда встречалась в кафе с Феней. И еще, я очень предусмотрительна: чтобы постоянно не перекладывать необходимые вещи, в каждой моей сумке есть нужный набор — косметичка, сигареты, зажигалка, упаковка таблеток от головной боли и растворимый аспирин, небольшая бутылка минералки без газа, конфетка, расческа, ручка, блокнот, пачка носовых платков... Но, как назло, именно последних сейчас не обнаружилось, зато на самом дне нашлась газета. Я вытащила ее и удивилась: «Инопланетная правда». Ну с какой стати мне пришла в голову идея приобрести сие издание? Абсолютно не моя тематика.

Из темноты непонимания выплыло воспоминание: вот Феня копошится в необъятной торбе, выуживает оттуда «Инопланетную правду» и принимается хвалить бульварную газетенку, а затем оставляет ее на столе. Больше всего я не люблю вопросов, на которые не могу найти ответа, даже такая ерунда, типа невесть откуда взявшейся газеты, будет меня мучить, поэтому сейчас, поняв, что к чему, я удовлетворенно вздохнула, расправила полосу и увидела, как из нее выпала бумажка с номером телефона, начинающимся с цифры «восемь», а рядом аккуратным почерком отличника было написано: «Евгений». Моментально в голове развернулась другая картинка: изучаю портмоне, забытое Феней, и нахожу там этот клочок. Наверное, я потом машинально сунула его в сумку вместе с газетой.

ГЛАВА 30

Я уставилась на запись, потом вытащила мобильный. Что еще за Евгений? Если Феня записала номер и сунула бумажку в кошелек, то он ей нужен. Вполне вероятно, что мужчина знаком со старухой и сейчас подскажет мне, где можно найти бывшую няню детей Волковых. Уже когда в ухо полетели гудки вызова абонента, мне на ум пришло новое соображение: что, если Феня никогда не видела дядьку? Если тесно общаешься с человеком, то не станешь использовать первый попавшийся клочок для записи его телефона. Но ведь никаких иных ниточек, ведущих к Фене, у меня нет, а кошелек необходимо вернуть!

— Алло, — прозвучал в трубке слегка манерный тенорок.

— Можно Евгения?

Послышался смешок, потом покашливание и вежливое: «Слушаю вас».

— Меня зовут Даша Васильева.

— Очень приятно.

— Мы с вами незнакомы.

— Похоже, нет.

— Не сочтите за хамство, но ваш номер телефона я обнаружила на клочке бумаги в газете «Инопланетная правда».

— Не помню, чтобы посылал туда объявление.

— Нет, просто листик лежал внутри, — бестолково попыталась я объяснить обладателю слишком нежного для мужчины голоса суть проблемы, — «Инопланетную правду» дала мне няня... Вообще-то я не читаю подобные издания, не верю в НЛО и внеземной разум, но отказываться показалось не корректно, она с таким восторгом отзывалась о газетенке... Понимаете?

— Нет, — засмеялся собеседник, — вообще ничего не понимаю.

— Ладно, спрошу прямо. Знаете Феню?

— Веню? Абросимова?

— Нет, Феню!

— Назовите его фамилию.

— Она мне неизвестна. И потом, Феня женщина, вернее — пожилая дама. Попытайтесь вспомнить, это очень важно, речь идет о деньгах, Феня их потеряла, вернее, забыла, а я нашла.

— Интересно, — протянул тенорок. — И где же вы обнаружили миллионы?

— Всего лишь тысячи.

— Так-так...

— В кафе, на столе, под газетой «Инопланетная правда».

— Скажите, пожалуйста... — с легкой издевкой заметил Евгений. — Как интересно! Прямо так деньги и лежали?

— Под газетой, — повторила я. — И еще там был ваш номер.

— И потеряла все это некая Сеня?

— Феня! Женщина преклонных лет.

— Откуда знаете имя растеряхи?

— Мы с ней разговаривали, а потом она ушла.

— Забыв лавэ?

— Ну... так вы не знаете адрес старушки?

— Послушай, Алиса, — совершенно неожиданно и сердито заговорил обладатель тенора. — Ты мне надоела!

Знакомое имя молнией стукнуло в висок.

— Алиса? Вы кого имеете в виду?

— Хватит идиотничать! Придумала очередной роман — трубка с иглой, ад... Прекрати! Великолепно тебя знаю! Врунья! — посыпались восклицания из моего собеседника.

— Как фамилия Алисы?

— О боже! Это уже слишком, — пропищал тенорок и отсоединился.

Я вновь набрала номер.

— Ну? Опять? — раздраженно воскликнул Евгений. — Больше не трезвонь, у меня определитель включен. Надоела!

— Не бросайте трубку! — закричала я. — Вы полагаете, что беседуете с Алисой?

— Да! — рявкнул в ответ мужчина.

— Послушайте внимательно мой голос. Разве он похож?

— Мне можешь сказки не рассказывать, сам расчудесно умею изменять голос.

— Евгений, пожалуйста, поверьте. Я Даша Васильева.

— Которая сначала нашла газету, а потом деньги?

— Да!

— История такая глупая, что может быть и правдой, — слегка изменил тон собеседник. — Пусть так! Но уже сообщил: ни с какой Феней я не знаком!

— Вы приняли меня за Алису?

— Да.

— Виноградову?

— Точно.

— Кто она вам?

— Жена.

— Алиса ваша супруга?

— К огромному сожалению, — фыркнул Евгений. — А вы кто?

— Даша Васильева, — в который раз повторила я.

— С вашего радио мне уже сто раз звонили, — раздраженно заметил Евгений, — и я всем отвечал одинаково: «С женой связан лишь формальными узами, фактически семьи нет». Да и не было ее, если честно. Впрочем, это уже неинтересно.

— Женя! Милый! Я не с работы Алисы! Шуба... шиншилла... пропала... шкаф... — стала вылетать из моего рта полусвязная речь. — Давайте встретимся!

— Спасибо, не надо!

— От шубы зависит счастье многих людей! — взмолилась я. — Готова отдать все, что хотите, за информацию об Алисе или наводку на место ее нахождения. Вы можете предположить, где ваша жена? Знаете ее подруг?

Из трубки послышалось сопение, потом тенорок деловито уточнил:

— Сколько?

— За информацию об Алисе?

— Да.

— Знаете, где она?

— Сколько?

— Любую сумму!

— Хорошо, приезжайте, — повеселел Евгений. — Но в течение часа, мне потом уходить надо.

— Уже лечу! — заорала я.

— Имейте в виду, — предостерег алчный собеседник, — бабки вперед. Ни слова без оплаты не скажу.

— Диктуйте адрес! — приказала я.

Действовать следовало быстро, но прежде чем ринуться к машине, я нацарапала Рите записку не самого вежливого содержания: «Велено сидеть дома, какого черта ушла? Вернешься, оставайся в квартире. Есть новости. Приеду вечером. Немедленно включи мобильный! Даша». Листок я впихнула в щель между дверью и косяком, а потом, перепрыгивая через ступеньки, ринулась вниз. Время поджимало, а еще следовало найти исправно действующий банкомат. Наличности для предметного разговора с Евгением Виноградовым у меня было маловато.

Дверь мне отворила хрупкая девушка, личико которой почти полностью закрывали явно крашенные и с химической завивкой волосы. Не говоря ни слова, девица замерла на пороге.

— Мне нужен Евгений, — пояснила я, — позовите его, пожалуйста.

— Деньги принесли? — знакомым тенорком осведомилась блондинка и откинула назад пряди.

Я увидела маленькие, глубоко посаженные глазки, длинный нос, тонкие губы, треугольный подбородок и не сумела скрыть удивления.

— Это вы?

— Имеете что-то против? — прищурилось женоподобное существо и пальцами, унизанными перстнями поддернуло джинсы. — Покажите лавэ.

Я вытащила из сумочки стодолларовую купюру и помахала ею в воздухе.

— Вот.

— И это все?

— Нет.

— Сколько есть?

— Какова цена информации?

Евгений склонил голову к левому плечу.

— Почем готовы заплатить?

— Не знаю, о каких сведениях идет речь, и сомневаюсь в их особой ценности, — в тон ему ответила я.

— Станем торговаться, как на базаре?

— Ты первый начал! — сорвалась я.

— А ты подхватила! — не остался в долгу Евгений. Но тут же вернулся к более вежливой форме общения: — Ладно, проходите. Вот сюда налево в дверь.

Я вошла в кокетливо обставленную кухню. Очевидно, в доме живет женщина, потому что ни одному мужчине не придет в голову повесить на окна драпировки с розовыми рюшками и поставить на подоконник чашки с изображениями собак и кошек. Причем ручки у посуды самым аккуратным образом оказались повернуты в одну сторону. Ну согласитесь, на подобное способны лишь представительницы слабого пола.

— Пятьсот баксов, — заявил Женя, плюхаясь на стул, — это сразу. Остальное потом.

— Сколько всего?

Евгений хмыкнул:

— Стану говорить каждый раз на пять сотен. Захотите продолжения, платите! Идет?

— Где гарантии, что получу нужные сведения об Алисе?

Женя оскалился в улыбке.

— Для начала: вы сказали по телефону, что украли шубу. У Риты?

— Да, знаете Секридову?

— Не встречались, но наслышан. Так вот, чтоб вас заинтересовать: Алиса специально к ней подселилась!

— Зачем?

— Думала, деньги найти сначала. Ну а потом...

Короче, гоните пятьсот баксов, а там поглядим, — потер узкие ладошки Женя.

Я раскрыла сумку и вынула требуемое. Зеленые купюры исчезли с такой скоростью, словно их не было вовсе.

— Ну и славно, — подобрел Евгений. — Я человек честный, заплачено — отрабатываю, без обмана. Поехали! Я гей, поэтому и женился на Алиске.

— Простите, — растерялась я, — не поняла.

Маленькие глазки Жени еще глубже ушли под брови.

— А что тут удивительного? — с легкой агрессией произнес он. — Или вы презираете лиц нетрадиционной ориентации? Вообще кто сказал, что мужчина должен жить с женщиной? Лично я баб не уважаю. Истерички, кликуши и дуры. И настроение у них вечно от месячных зависит, то они у них пришли, то ушли... Мрак! Настоящая любовь возможна лишь между мужчинами, вот тут чувства глубокие. Разве бабье на подобное способно?

Пока Женя с пылом выкладывал свои жизненные принципы, я еще раз окинула взглядом занавесочки с розовыми рюшами и выставку кружечек с фотографиями животных. Ну почему психологи затевают длительное тестирование людей, решивших сменить пол? Достаточно прийти к ним в гости и обозреть квартиру. Голову даю на отсечение, в спальне у Жени меховое покрывало и прикольные подушки в виде мишек или зайчиков.

— Женщины — примитивные существа, контейнеры для выращивания зародышей, — довершил выступление Женя. — Ясно?

Я кивнула:

— Позиция понятна. Лично я ни геев, ни лесбиянок не осуждаю, интимная сторона жизни потому и называется интимной, что она интимна. Впрочем, высказалась коряво. Мне думается, что в сексе каждый человек выбирает свою дорогу. Если вы не развращаете малолетних и никого не насилуете, то все остальное ваше личное дело. Не стоит посторонним засовывать нос в чужие спальни. Одному нравится поп, другому попадья, третьему попова дочка, а четвертый предпочитает жареную свинину. Ваша ориентация меня не поразила, изумило иное. Отчего вы расписались с Алисой?

Женя закатил глаза:

— Потому что кругом уроды и кретины! Я работаю в театре, художником по гриму. А наш главный режиссер вкупе с директором и тремя спонсорами полные идиоты. Директор из военных, настоящий полковник. Представляете?

Я кивнула.

Женя чихнул и продолжил:

— Ну и фиг бы с ним! Только спонсоры... Они из бывших уголовников, этакие отмороженные табуретки, но с деньгами. Зарплата у нас шикарная, никто подрабатывать не запрещает. Конечно, таких, как я, суперспециалистов, мало. Но люди не понимают разницу между гримером, стилистом и художником. Особо не раздумывая, могут взять на работу дураков, которые два дня в ПТУ учились. Короче, мне надо в театре держаться. Ясненько?

— Более чем.

Женя взял с подоконника резинку-махрушку и стянул волосы в хвост.

— Я никому не мешаю, работаю великолепно, но директор начал приматываться. Столкнется со мной в коридоре и гаркнет: «Лена! Ой, простите, Евгений, принял вас за Иванову». Дальше — больше, начал вопросы кретинские задавать, типа: «Почему вы всегда один?» А затем напрямую поинтересовался: «Евгений, отчего вы не женаты? Наши спонсоры нравственные люди, им может не понравиться наличие в коллективе пидора!»

— Сурово!

Женя скривился:

— Долдон, чего с него взять. Но деньги-то у бывших уголовников! Я и ляпнул: «Ну и глупость вам в голову взбрела! У меня скоро свадьба»...

Директор одобрительно похлопал гримера по плечу.

— Молодец, скажи нам дату, подарок приготовим.

— Непременно, — пообещал Женя, понадеявшийся, что бывший военный выбросит ненужную информацию из головы.

Но у «настоящего полковника» оказалась цепкая память. Дня не проходило, чтобы кретин не интересовался у Жени: «Ну, когда погуляем? Надеюсь, не передумал жениться?»

Ближе к лету в дружеском тоне директора явственно стала звенеть сталь, и гример понял: он взят на заметку. Если не заведет супругу, его выгонят из театра, придется искать новое место работы, а на нем висит невыплаченный кредит за машину, начнутся неприятности... В общем, понятно, в каком настроении пребывал Женя. Заводить супругу он не желал, но и оставаться в одиночестве было нельзя. Куда ни посмотри, везде плохо. От тоски и безнадежности Евгений даже плакал по ночам. Но у кого просить помощи? В тот период жизни Женя не имел любовника, способного выручить, Виноградов временно был одиноким.

Темнее всего перед рассветом, об этой простой истине хорошо надо помнить тем, кто совсем отчаялся. Чернота не может сгущаться до бесконечности. Чтобы выскочить из омута, надо опуститься на самое дно, а потом, оттолкнувшись от него ногами, плыть наверх, к свету. Любые неприятности конечны, и если случилась беда, подумайте так: самое ужасное уже произошло, больше бояться нечего. Уныние — смертный грех, а после самой затяжной грозы непременно засияет солнце.

Вот и у Жени закончилась мрачная полоса. Однажды гримера позвали поработать на кастинге для телешоу. Виноградов, не упускавший возможностей заработать деньги, согласился и пять дней старательно обсыпал пудрой девичьи мордашки. Никаких вопросов жаждущим славы дурочкам Евгений не задавал, он профессионально накладывал грим, думая о своих проблемах.

В конце концов тягомотина завершилась, Женя сложил чемодан, получил конверт с приятной суммой, собрался уходить и услышал наглый голосок:

— Эй, стилист!

Виноградов обернулся, прищурил близорукие глаза и приметил на диване девушку.

— Ты меня так ловко покрасил, — хмыкнула она, — что режиссер даже глядеть не стал, заявил: «Вали отсюда».

Женя пожал плечами:

— Я ни при чем, просто не понравилась.

— Нет, грим виноват, — уперлась девушка.

— Да пошла ты! — выругался он.

— Раз виноват, познакомь меня с нужными людьми, — не успокаивалась девица, — с кем-нибудь из редакторов или продюсеров. Кстати, меня Алисой зовут.

— Евгений, — машинально представился гример.

— Ну, соображай, — захихикала Алиса, — с кем сведешь?

— Ошиблась ты, — усмехнулся Женя, — я тут не работаю.

— А не ври-ка! Кто нас красил?

— Пригласили на проект, заплатили за пять дней, и все, — объяснил Женя.

Но Алиса ему не поверила. Она вскочила с дивана, легкой походкой приблизилась к Виноградову, прижалась к нему и нежно прошептала:

— Котик! Ты лоханулся, плохо сделал грим, меня бортанули, взяли жуткую дуру, которую, кстати, красил другой стилист. Теперь исправляй ошибку, помоги на телевидение пристроиться. Я благодарная, отплачу. Хочешь аванс? Поехали к тебе. Один живешь?

Евгений машинально кивнул, отвечая на последний вопрос.

— Суперски! — заулыбалась Алиса и взяла Женю за руку.

А его от прикосновения передернуло.

— Опять ошиблась, — брезгливо сообщил он, — мне бабы по фигу.

Алиса заморгала:

— «Голубой»?

— Нет, ярко-синий, — окончательно вышел из себя Евгений. — Уйди на фиг!

— Ну и грубиян же ты, — поморщилась Алиса, — просто хам. Среди ваших такое поведение редкость.

Внезапно на Женю навалилась усталость — огромная, давящая, безнадежная. Из глаз хлынули слезы, ноги согнулись в коленях, Женя сел на диван. Слишком много неприятностей произошло с Виноградовым за последние месяцы — сначала со скандалом расстался с любовником, теперь, похоже, потеряет работу в театре, да еще эта гадкая Алиса со своими претензиями по поводу неудачно наложенного макияжа...

Мягкие руки обняли Евгения, потом нежная ладонь стала гладить его по волосам, тихий голосок спросил:

— В чем дело? Может, помогу? Давай, рассказывай, легче станет.

И Женя совершенно неожиданно для себя выложил абсолютно незнакомой девушке свои проблемы.

ГЛАВА 31

Алиса оказалась отличной слушательницей.

— Вся беда в свадьбе? — поинтересовалась она, когда Женя умолк.

— Угу, — кивнул гример. — Примотался, блин, полковник.

— Уходи в другое место.

— Сразу хорошее не найти. И потом, мне в театре очень нравится.

— Тогда женись.

— На ком? — взвился Женя. — Я же баб терпеть не могу!

— Всех? Или только тех, с кем трахаться надо? Подруг у тебя нет?

Евгений вытащил сигареты.

— В принципе, встречаются и ничего тетки, — признался он. — Только о какой дружбе может идти речь? Девкам охота в постель. Дети, кастрюли... фу!

— Не все одинаковые, — улыбнулась Алиса. — Знаешь, нам повезло.

— Кому? — горько поинтересовался Женя.

— Тебе и мне.

— В чем же тут везение? — неожиданно повеселел

гример. — Насколько я понял, тебя бортанули, в шоу не взяли.

— Будет еще и на моей улице праздник, — заявила Алиса, — а про везуху объясню. Тебе жена нужна?

— Ну?

— Где живешь?

— В квартире.

— Один?

— Да.

— Комнат сколько?

— Полторы, — усмехнулся Женя, — тринадцать метров и пять. Вообще-то одна вначале была, но из нее две смастерили.

— Супер, — хлопнула себя по коленке Алиса, — как по заказу. Женись на мне!

— Сдурела? — ахнул Женя. — Мы ж незнакомы.

— И чего?

— Того, — буркнул гример.

— Опять хамишь, — укорила девушка. — Сначала дослушай, а потом батон кроши. Мне жить реально негде, кантуюсь по мужикам. У одного неделю проведу, у другого два дня... Все имущество с собой в сумке — зубная щетка и трусы-неделька. Давай заключим сделку: я с тобой распишусь и твоему полковнику покажусь, на тусовку приду, за жену себя выдам, а ты меня за это на постой пустишь.

— Прописывать не стану, — живо отреагировал Женя. — Ты откуда приехала? Из какого Мухосранска?

Алиса улыбнулась и вынула паспорт.

— Прописка столичная, гляди.

— Чего тогда бомжуешь? — удивился Евгений.

Несостоявшаяся ведущая телешоу спрятала документ.

— У меня с матерью раздрызг, — пояснила она, —

мы на одной территории ужиться не можем. Не бойись, я тихая, если что не так, выгонишь. Никаких прав на твои метры у меня не будет.

Неожиданно Женя кивнул:

— Ладно, поехали. Только если ты ко мне полезешь...

Алиса расхохоталась:

— Кому ты нужен, тойтерьер печальный? Не до траханья мне сейчас, надо карьеру делать.

Евгений привел «невесту» к себе, а на следующий день сбегал к адвокату и узнал, что в случае развода Алиса не сможет претендовать на квартирку мужа, потому что та стала его собственностью до свадьбы. Вот если Женя купит жилье, состоя в законном браке с Алисой, тогда при его расторжении метры разделятся на две части.

Успокоенный Евгений и Алиса отправились подавать документы, и тут «невеста» удивила будущего супруга — она захотела стать Виноградовой. При сотруднице ЗАГСа Женя не стал задавать вопросы, но потом, выйдя на улицу, возмутился:

— Что за хрень?

— Ты о чем? — весело поинтересовалась Алиса.

— Фамилия! По какой причине надумала Виноградовой стать?

Алиса ткнула пальцем в витрину магазина.

— Суперская футболка!

— Прикольная, — согласился Евгений.

— Ты мою родную фамилию знаешь?

— Не-а, — признался будущий муж.

— Кулькина!

— Не гламурно, — согласился после некоторого молчания Женя.

— Хуже лишь Какашкина, — прыснула Алиса. — Неудобно Кулькиной жить, на кастингах народ пересмеивается, а Виноградова — звучит красиво. Или тебе жаль?

— Да нет, — пожал плечами Женя, — ты меня просто не предупредила.

— А, ерунда! — бойко воскликнула Алиса. — Ну, пока, я помчалась на работу.

В три месяца, отведенные для помолвки, Алиса еще не раз удивляла «жениха». Она не мешала Жене, не путалась у хозяина квартиры под ногами на кухне, и гример решил, что Алиса не умеет готовить. Но однажды, придя домой, он обнаружил на плите изумительный борщ и котлеты невероятной вкусноты.

Сытно поужинав, Женя всунул голову в комнату «невесты» и спросил:

— Эй, спишь?

— Отвянь, — буркнула девушка. — Что надо?

— Где котлеты взяла?

— Плохие?

— Наоборот, отличные, такие даже у моей мамы не получались.

— Ешь, их там много.

— Скажи адрес.

— Чей?

— Ресторана.

— Какого? — сонно бубнила Алиска.

— Где бифштексы продают!

— Я их сама сделала.

— Ты? — чуть не упал Женя.

Алиса села на кровати.

— А что, нельзя?

— Нет, в смысле, да, то есть можно... В общем, жарь на здоровье. Просто я думал, ты готовить не умеешь.

— Умею, но не люблю, — сообщила Алиса и зевнула.

Больше она к плите не подходила, и Женя заподозрил, что девушка соврала и вкусные котлетки все-таки прибыли из какого-нибудь ресторана. Но под Новый год Алиса на глазах у Жени нафаршировала и запекла баранью ногу. Невероятное блюдо получилось — пальчики оближешь!

Еще у Алисы имелся дар оценивать людей. Однажды Евгений позвонил «невесте» и велел:

— Не приходи домой раньше полуночи.

— Почему? — спросила Алиска.

— За мной друг к десяти заедет, не хочу, чтобы он тебя видел, — честно пояснил Евгений.

— Йес, — ответила Алиса и заявилась в квартиру... без пятнадцати десять.

— Просил же! — обозлился гример.

— Я из комнаты не высунусь, — пообещала «невеста».

— Чего приперлась? — не успокаивался Евгений.

— Не по себе мне, предчувствие плохое.

— Дура!

— Сам идиот!

Начавшуюся ссору прервал звонок в дверь, Алиска метнулась в спальню, Женя впустил гостя и сел пить с ним чай. Около пол-одиннадцатого Алиса в халате вошла в кухню.

— Милый, — прочирикала она, — познакомь нас.

Женя онемел, но деваться было некуда.

— Это Саша, — мрачно произнес он.

— Я Алиса, — заулыбалась нахалка, — сестра Женюрки. Ухожу, ухожу, никому не мешаю, лишь чаю себе налью.

Не успела противная девица удалиться, как Саша засобирался и ушел, ночи любви, на которую рассчитывал Женя, не случилось. Едва за кавалером захлопнулась дверь, как гример ринулся к Алиске и высказал ей все, что думал.

— Какого дьявола? — топал он ногами. — Ну и хреновые у тебя шуточки!

— Саша мне не понравился, — ответила Алиса, — хорошо, что он один уехал.

Женя хлопнул дверью и два дня не разговаривал с ней. Через неделю он встретил знакомого, Гарика Селиванова, который с плохо скрытым ужасом спросил:

— Знаешь Сашу? Ну, такого высокого, темноволосого, он недавно в нашем клубе появился...

Евгений кивнул.

— Он Вольдемара убил, — закатил глаза Гарик, — примерно дней семь назад. Прикатил к Волику внезапно, сказал, что у него сорвалась свиданка...

Женя похолодел, а Гарик, не обращая внимания на состояние собеседника, тараторил:

— Волик с ним на дачу поехал, а там трое мужиков. Натуралов! Лучше тебе не знать, что они с Вольдемаром сделали. Оказывается, они нас ненавидят, а этот Саша у них вроде живца. Давай расскажу, как их поймали. Прокололись на...

— Не надо, — прошептал Женя. — Скажи, когда Вольдемар погиб?

— В ночь с десятого на одиннадцатое, — ответил Гарик.

Женя еле-еле дождался вечера и дома налетел на Алису с вопросом:

— Откуда ты узнала, что Саша убийца?

— Не знаю, — жалобно ответила Алиса. — От него плохо пахло, в моральном смысле. Прямо ужасом несло! Я, если не пьяная, хорошо беду чую. Вот если набухаюсь, тогда море по пояс.

— Я тебя пьяной не видел, — покачал головой гример.

— Еще встретимся, — лихо пообещала Алиска.

Встреча случилась после свадьбы. На третий день семейной жизни «жена» ввалилась в квартиру на плохо слушающихся ногах, села в коридоре на пол и заплакала.

— Во, красота! — всплеснул руками Женя. — Ползи в сортир, но только посмей наблевать на пол... Где нажралась?

— В-в-водки купила, в п-п-подъезде выпила, — выдавила из себя Алиса.

— Офигеть! Иди умойся.

— З-заткнись.

— Пьяница!

— Да что ты обо мне знаешь! — заорала Алиса. — Я в аду живу! Как думаешь, отчего по чужим углам мотаюсь, в своей квартире не живу?

— Насколько понял, ты с матерью не ладишь, — пожал плечами Евгений.

И тут девушка рассказала Евгению такое, что тот лишь моргал, пытаясь переварить информацию.

— Она убийца! — затряслась «жена». — Серийная, много человек убила! Остановить ее невозможно! Слушай, что расскажу... Всё, всё правда!

На этой фразе гример остановился и уставился на меня.

— Дальше! — в нетерпении поторопила я. — Продолжайте, слушаю очень внимательно!

Евгений усмехнулся и выразительно потер большой палец правой руки указательным.

— Мани, мани, денюжки в кармане... — весело пропел он. — Чтобы музыкальный аппарат работал,

переворачивал пластинки и играл, надо сунуть в него
монетки!

Я вынула пару купюр, но хозяин квартиры замотал головой:

— Давайте еще!

— Не много ли?

— В самый раз! — азартно воскликнул Женя. —
Не жадничайте, а то не узнаете, что дальше было. И
потом, мы же договаривались!

Я достала еще одну зеленую ассигнацию. В конце
концов деньги можно заработать, а сейчас мне необходимо вытрясти из стилиста всю информацию.

Увидав новый кусок «пирога», Женя схватил купюры, засунул в карман и продолжил повествование...

Алкоголь творит с людьми чудеса. Угрюмые личности он делает веселыми, ласковых заставляет пускать в ход кулаки, аккуратных — падать в лужу. А еще
с пьяного человека словно сваливается маска. Хотите
узнать, какова личность на самом деле, присмотритесь к ней во время возлияний, сразу увидите и поймете, что у нее внутри. Один мой знакомый, крайне
наглый тип, приняв на грудь большое количество
водки, внезапно начал заикаться от стеснения, другая
дама, нежно присюсюкивавшая при виде Жюли, попыталась со злобой ударить Хучика. А вот Алиса потеряла умение молчать, из ее рта полился вполне
связный рассказ, да такой, что Женя онемел.

Отец Алисы, Федор Кулькин, работал инкассатором. У Федора имелся приятель Петр Волков, который тоже перевозил большие деньги. Как уж мужчины договорились, Алиса не знала, но в один день
Петр и Федор надумали «взять кассу». Немалую роль
в деле должна была сыграть Анна, жена Петра, — ей
вменялось изобразить из себя налетчицу: дабы снять

подозрения с мужчин, она должна была ранить их, только не опасно, в ноги. Сценарий разрабатывали вместе, однако, судя по всему, у Анны и Петра были собственные планы, потому что женщина, имевшая разряд по спортивной стрельбе, промахнулась: она убила Федора — прострелила ему голову, а собственному муженьку попала-таки в нижнюю конечность, но ранила тяжело. Петр чуть не умер, остался на всю жизнь хромым. Правда, Алевтина Кулькина, мать Алисы, искренно считала, что Анна и Петр сговорились, они не хотели делить добычу с Кулькиными. Было еще одно обстоятельство. Когда Аля прибежала к Анне, та абсолютно нагло продемонстрировала супруге убитого ею человека пачку фальшивых баксов и сказала: «Деньги-то в мешках лежали ненастоящие!» Мерзкие Волковы предусмотрели все, не поленились приготовить «куклы» и сумели обвести вокруг пальца наивную Алевтину.

Аля сначала растерялась. Она много плакала после похорон любимого мужа и не слишком понимала, как жить дальше. Еще ей стало очень трудно материально — подрастала дочка, которую следовало одевать, обувать, кормить, учить. Образования у Али не имелось, и работу она могла найти лишь неквалифицированную, следовательно, малооплачиваемую.

Неизвестно, как бы стали развиваться события дальше, но один раз Алевтина столкнулась в магазине с Анной. Бывшая подруга, одетая в новую шубу, покупала мясо, а Алевтина, кутавшаяся в старое, драное пальто, рылась в кошельке, подсчитывая, хватит ли ей копеек на кефир.

Оглядев жену Петра, Алевтина решилась. На следующий день она приехала к Волковым и потребовала свою долю награбленного. Но Анна вместе с прислугой вытолкали Кулькину вон. И тогда Алевтина задумала отомстить — отправить на тот свет всех членов семьи Волковых. А проделать это Кулькина решила изощренно: враги должны были погибать пятнадцатого мая, в день смерти Федора.

Естественно, Алиса ничего не знала о планах матери. Когда произошло несчастье, девочка еще была маленькой, ей сказали, что папа погиб от рук грабителей. Алевтина спустя некоторое время зачем-то сменила квартиру. Дочь, узнав о решении мамы, закапризничала, но Аля тихо сказала:

— Ты уже большая, школьница, и должна понимать: нам не на что жить, поэтому придется переехать на меньшую площадь. Да, у нас не будет гостиной, зато получим неплохую сумму денег.

Алиса прикусила язык, и они с мамой переехали в другой дом. Шли годы, Алиса взрослела, она окончила школу, поступила на вечернее отделение института, начала работать на радио, но страстно мечтала о карьере телеведущей. Алевтина ушла на пенсию, денег у матери и дочери хронически не хватало. Правда, иногда Аля вздыхала и произносила странные фразы:

— Есть капитал, да где он лежит? Хорошо спрятан... я проверю... глупость сделала, но потом спохватилась, одну оставила...

Алиса особо не прислушивалась к речам матери. Как многие молодые люди, она считала, что родительница — выжившая из ума тетка, и пыталась самостоятельно пробиться в жизни.

Потом случилась беда: у Алевтины обнаружили что-то в легких, не туберкулез, не онкологию, но врачи решили на всякий случай удалить неприятность. Алю положили в затрапезную муниципальную больницу. Денег у Кулькиной не имелось, и ей досталась койка в коридоре. Правда, постель отгородили ширмой, и получилось совсем неплохо, нечто вроде отдельной палаты.

Накануне операции Алиса пришла навестить мать. Аля выглядела странно, глаза у женщины лихорадочно блестели, руки, которыми она обняла дочь, были слишком горячими.

— У тебя температура! — испугалась Алиса. — Надо предупредить доктора, пусть отменит операцию.

— Нет-нет, — зашептала Алевтина, оглядываясь по сторонам, — это от нервов. Сядь сюда и слушай. Завтра я умру, не переживу операцию...

— Мама! — укорила Алиса. — Ну и глупости тебе в голову лезут!

— Прекрати! — оборвала ее больная. — Мне многое надо успеть рассказать, слушай внимательно...

Чем дольше говорила Алевтина, тем ниже отвисала челюсть у дочери. А рассказала она историю ограбления.

— Деньги они спрятали, — бубнила Аля, — трогать боялись. А я сглупила, всех убила.

— Кого? — в полном ужасе воскликнула Алиса.

— Долго готовилась, чтобы именно пятнадцатого мая всех Волковых, по очереди, изничтожить, — блеснула глазами мать. — Суки! Думали, они самые умные. Сначала я Петра отравила, потом поняла: следовало с детей начать, пусть бы на глазах у родителей дочки и сын померли. Зря я Петьку первым убрала. С Анной погодила, сначала Ксению к отцу отправила. Думала потом за Алешку приняться, да только само собой в трубку дунулось. Как раз пятнадцатого это было мая, на кладбище... Алешку я позже уколола. Но только он умер, я сообразила: деньги!

— Каким же образом ты сумела расправиться с Волковыми? — робко поинтересовалась Алиса, которая решила, что у мамы от лекарств, которые ей дают в больнице, помутился рассудок.

Аля внезапно засмеялась:

— Когда я срок за убийство мотала...

Договорить фразу она не смогла, Алиса вскочила на ноги.

— Что? Ты сидела?

Алевтина ухмыльнулась:

— Ничего ты о матери не знаешь, но сейчас настало время правды. Первого мужа я убила, а заодно и свекровь. Твой отец мое дело вел, помог сильно, срок маленький навесили, а как я вышла, мы свадьбу сыграли. Старая история, но след оставила и в нужный момент проросла. Да ты устраивайся поудобней, разговор долгий.

Алиса обвалилась на койку и замерла в неудобной позе. Что-то вдруг подсказало ей: лекарства тут ни при чем, мама нормальная, сейчас она рассказывает правду, все эти события случились на самом деле.

ГЛАВА 32

В одном тюремном бараке с Алевтиной находилась странная тетка, которую старательно третировали зэчки. Несчастной Маше доставалась самая грязная работа, ей никто не присылал продуктов, родные не приезжали на свидания. Аля оказалась в числе немногих, кто не обижал Машу, у нее с ней даже случилось нечто вроде дружбы. Федор старательно пытался облегчить участь Али, он сумел договориться с начальником зоны, и она, убийца, имела возможность получать еду с воли не раз в месяц, как все, а намного чаще. Чай, сигареты, тушенка и сгущенка в местах заключения валюта, на нее можно купить хорошее к се-

бе отношение. А если обладаешь лишним куском мы-
ла, шампунем, тетрадями, конвертами, то легко станешь королевой.

Алевтина по молодым годам была девушкой жа-
лостливой, робкая Маша показалась ей очень несчастной, вот Аля и принялась подкармливать парию.

Маша освободилась раньше. Уходя на волю, она
обняла Алю и очень тихо сказала:

— Я тебе благодарна на всю жизнь.

— Ерунда, — отмахнулась Алевтина.

— Если понадобится кого убить, приезжай, —
почти беззвучно продолжила товарка, — научу, как
поступить, чтобы никогда не поймали. Вот мои координаты.

— Спасибо, — кивнула Аля, — только...

— Жизнь длинная, — ласково перебила Маша, —
я на кошельке попалась, по дури. А про остальное не
унюхали. Знаешь, кто я?

— Маша Иванова, — ответила Аля.

— Я про национальность говорю.

— Наверное, русская, — удивилась Алевтина.

— Нет, — усмехнулась Маша, — я рогорского
племени.

— Это кто такие? — изумилась Аля.

— Малая народность, в родстве с цыганами со-
стоим, нас всего двести человек осталось, вымираем
потихоньку, — ухмыльнулась Маша. — Ромалы гада-
ют да воруют, наши тоже не гнушаются чужой кошелек прихватить, но специализация иная, мы убийцы.

Аля вытаращила глаза, а Маша обняла подругу и
сказала:

— Ты мне сестрой стала, я у тебя в долгу. Так вот,
повторяю, если кого со свету сжить решишь, приезжай. Адрес не потеряй.

О Маше и ее предложении Алевтина вспомнила

тогда, когда решила отомстить Волковым. Ни на что не надеясь, она открыла записную книжку, куда аккуратно занесла координаты Маши, и поехала в место с дивным названием Урылкино.

Маша оказалась на месте. Судя по всему, она жила прекрасно, владела трехэтажным домом, имела шестерых детей и выглядела намного моложе своих лет. Соседка по бараку совсем не удивилась, увидав Алю.

— Так и знала, что приедешь, — сказала она. — Ну, выкладывай.

Услыхав про Волковых, Маша кивнула, ушла ненадолго, а потом вернулась и дала Алевтине бутылочку.

— Будь осторожна, — предупредила она, — это очень сильный яд. Достаточно капли, чтобы человек отправился на тот свет. Мы делаем снадобье сами, из растений, но тебе ни к чему знать его состав. Главное, запомни: менты не умеют определять отраву, нет ее состава в их учебниках, да и откуда им древний рогорский секрет знать. Поэтому если кто от нашего яда помирает, то либо инфаркт как причину ставят, либо инсульт. Впрочем, отрава так и действует: сердце ломает или по голове шандарахает, уж кому как повезет. А на всякий случай на-ка вот и второй пузырек.

— Столько яда мне не надо, — деловито ответила Аля. — И потом, он, наверное, испортиться может.

— Сто лет силу не потеряет, — засмеялась Маша. — Только во втором пузырьке противоядие. Отрава — хитрая штука, сразу не хватает, действует спустя час, а то и через два или три, в зависимости от организма. Скумекала? Объект помер, а мы далеко. Если сама случайно яд попробуешь, живо противоядие пей, только не тяни, моментом глотай.

— И как этим ядом пользоваться? — поинтересовалась Алевтина.

Маша спокойно ответила:

— В чай капни, в суп, в кофе, без разницы, куда. Но если он через желудок поступает, то действие затягивается. Лучше прямо в кровь.

— И как я, по-твоему, подобное проделаю? — скривилась Алевтина. — Заявлюсь к нужному человеку под видом медсестры?

Маша встала и вынула из комода... обломок сухой ветки.

— Вот.

— Это что?

— Трубка, — принялась обучать подругу профессиональная убийца. — Ты не гляди, что сверху кривая, внутри она ровная. Еще нужны шипы, они тут, в баночке. Действуешь так: кончик обмакиваешь в яд, кладешь в трубку и сильно дуешь. Шип острый, он проколет кожу, и можно заказывать гроб. Абсолютно нераскрываемое убийство. Жертва, правда, почувствует легкий укол, ну, вроде комар укусил или муха какая, ойкнет и тут же забудет.

— Я не умею из трубочки стрелять, — только и сумела сказать Аля.

Маша широко распахнула небесно-голубые глаза.

— Так я научу. Дело нехитрое, быстро освоишь.

Алевтина оказалась старательной «студенткой». А еще обнаружилось, что у нее зоркий глаз и твердая рука.

Дальнейшее известно: Кулькина ловко убрала всех своих обидчиков, включая ни в чем не повинных Ксюшу и Алексея. Последней должна была отправиться на тот свет Рита. Девушку спас ремонт.

Алевтина неожиданно призадумалась: а откуда дети Волковых нашли средства для обновления квартиры? Кто дал им немаленькие деньги? На этот вопрос можно было ответить по-разному: взяли в долг, попросили на работе кредит, обратились в банк за ссудой. Но убийце пришло в голову совсем иное — значит, она права, фальшивые доллары были подсунуты ей для отвода глаз, а настоящие спрятаны, лежат мирно в тайнике, ждут своего часа. Петр и Анна боялись трогать кубышку, Ксения могла не знать о богатстве, а вот Алексей и Рита преспокойно запустили в нее руки, детки в курсе дел родителей. Следовательно, надо выследить отродье Волковых, обнаружить, где спрятаны несметные тысячи, и забрать их. Только сейчас Аля сообразила, что жизнь Риты пока необходимо беречь, девушка рано или поздно приведет ее к кладу, Аля непременно отравит дочь Анны, но лишь после того, как завладеет долларами. И Кулькина принялась наблюдать за Маргаритой.

К огромному удивлению Али, Рита после похорон брата в родительскую квартиру не возвратилась. Волкова вышла замуж, стала Секридовой и затаилась. Но Алевтина обладала стоическим терпением, которому могла позавидовать кошка, стерегущая у норки мышь.

«Ничего, — утешала себя Алевтина, — рано или поздно Ритка себя выдаст. Хорошо смеется тот, кто стреляет последним».

И вот случилась незадача — болезнь и операция.

— Думаю, мне не жить, — бормотала Аля, — теперь твой черед, доченька.

— В каком смысле? — ошарашенно осведомилась девушка, не знавшая, как ей реагировать на откровения матери.

— Не поняла? — криво усмехнулась Алевтина. — Не упускай из виду Риту. Вот тут я тебе ее адресок написала... Ну, чего молчишь?

Договорить Кулькина не успела, за ширму всунулась медсестра и строго велела Алисе:

— А ну, уходи домой, нечего больную перед операцией нервировать.

— Пусть посидит, — попыталась спорить Алевтина, но девушка в белом халате ловко поставила Кулькиной укол и выпроводила совершенно растерявшуюся Алису.

Вопреки предчувствию Алевтины операция прошла успешно. Женщина быстро поправилась и приехала домой. А вот жизнь Алисы после возвращения матери стала почти невыносимой. Старшая Кулькина хоть и вылечилась, но ходила с трудом и была слаба физически, однако внутренне, в своем упорстве насчет мести, она не сдала. Каждый день Алевтина приказывала дочери:

— Следи за Ритой!

— Не хочу, — упиралась Алиса.

И начинался скандал. В конце концов девушка устала и заявила:

— Еще раз отправишь меня невесть к кому, я уйду из дома.

— Только попробуй! — пригрозила Аля. — Из-под земли достану, всегда будет по-моему!

Алиса топнула ногой и поселилась у своего любовника. Но недолго длился ее покой. Алевтина нашла дочь, приехала к парню и закатила скандал. С тех пор Алиса несколько раз предпринимала попытки избавиться от мамы, но все зря, родительница всегда ухитрялась отыскивать свое чадо.

Потом Алевтину свалил инсульт. Вот когда Алиса хлебнула беды! В больнице мать держать не стали, выписали домой. Денег на сиделку не имелось. Тогда девушке пришла в голову замечательная мысль: можно сдать мать в интернат. Но визит в Департамент социального обеспечения моментально убил надежды. Хорошо одетая тетенька, выслушав Алису, с явным укором заявила:

— Дети обязаны содержать родителей. Если же бедствуете, то добивайтесь места в приюте, но предупреждаю: очередь длинная.

— И что, люди вот так мучаются? — возмутилась Алиса. — Ее ведь нельзя одну оставить. А как работать?

Тетка развела руками:

— Все по-разному устраиваются, некоторые сиделок нанимают.

— Ну, присоветовали! — возмутилась Алиса. — Знаете, сколько патронаж стоит? Это мне не есть, не одеваться...

— Есть коммерческие дома престарелых, — спокойно продолжила чиновница.

— Дайте хоть один адрес, — попросила Алиса, — может, договорюсь.

Девушка наивно полагала, что платить за содержание придется сто, ну двести долларов в месяц. Но сумма, которую озвучила директриса приюта, ошеломила. Алиса притихла, а начальница заведения, не обратив внимания на испуганное молчание собеседницы, рассказывала об условиях. В самом конце разговора она бросила фразу:

— Ну, если задержите на недельку плату, то не беда, на улицу никого не выбрасываем.

— Кое-кого потом бесплатно тянем, — неожиданно вмешалась в разговор находившаяся в кабинете старшая медсестра.

— Это как? — насторожилась Алиса.

— Есть мерзкие людишки, — сердито продолжила та, — оплатят месяц проживания и исчезнут. Кинемся искать их — не найти! Приходится стариков в социальное отделение переводить. На улицу выкинуть права не имеем.

Заведующая сердито кашлянула, медсестра мгновенно захлопнула рот, но Алиса уже поняла, что ей делать.

— Маму привезу к вам через пару месяцев, — деловито сказала она, — перехожу на высокооплачиваемую работу.

Последнее заявление являлось наглой ложью, младшей Кулькиной никто не собирался платить хорошие деньги. Алиса продала свою квартиру, перебралась в коммуналку. Ей страстно хотелось избавиться от матери. «Ничего, — убеждала девушка саму себя, — я молодая, еще вылезу из дерьма, случится и на моей улице праздник, а мать надо пристроить в интернат. Если она дома останется, я сдохну либо от голода, либо от бесконечного ухода за ее телом».

Решив бросить Алевтину, Алиса тщательно замела следы. Мало того, что она официально сменила прописку, так еще не жила по новому адресу и перешла на другую работу...

— Вот почему ты мою фамилию взяла, отчего Виноградовой стала! — догадался Женя. — Примется директриса приюта Алису Кулькину искать, а такой и нет. Только зря ты так хвостом мела, пошлет баба запрос и выяснит: замуж Алисонька вышла.

«Жена» пьяно засмеялась.

— И где они меня отыщут? Я живу здесь! К себе не вернусь. Никогда. Боюсь!

— Чего? — удивился Евгений.

Алиса прижала палец к губам.

— Тсс! Вдруг она выздоровеет?

— Твоя мать? Навряд ли, — попытался трезво оценить ситуацию Евгений, — в таком возрасте после инсульта уже не встают.

— Ты ее не знаешь, — жарко зашептала Алиса, — она на все способна. Убийца! Если кто узнает, меня посадят. Я знала о ее преступлениях и не рассказала!

Слезы покатились по щекам «супруги», из горла стали вырываться нечленораздельные предложения, Женя тяжело вздохнул и поволок Алису в ее спальню.

Утром, обнаружив «женушку» на кухне во вполне вменяемом состоянии, Евгений сказал:

— Ты допустила ошибку.

Алиса, варившая кофе, удивленно обернулась.

— Прости, не понимаю.

— Если начальство дома престарелых всерьез займется поисками дочери Алевтины, то найдет тебя с полпинка. Сначала выяснят: Алиса Кулькина вышла замуж и стала Виноградовой. А потом сделают очевидный вывод: раз дома не живет, она у мужа, и явятся сюда. Если до сих пор еще не пришли, значит, не очень искали. Либо совсем тупые, либо им за собственный счет розыскные мероприятия проводить надо.

Алиса уронила джезву, коричневая лужа растеклась по линолеуму.

— Откуда знаешь? — с плохо скрываемым ужасом воскликнула она. — Кто тебе рассказал?

— Если хочешь сохранить свои тайны, не пей до отключки, — с ухмылкой пояснил «муж».

Добравшись до этого места в своем рассказе, Женя снова вытянул правую руку и мирно напомнил:

— Мани, мани...

— Вымогатель, — сердито отозвалась я.

— Вовсе нет, — засмеялся собеседник, — честно отрабатываю гонорар, сами платите. Вот сейчас, к примеру, вполне можете ничего не давать.

— Но как же я тогда узнаю продолжение!

— Верно. Значит, платишь за свое любопытство, — подвел итог гример.

— Ну-ка, честный человек, заканчивайте рассказ! — велела я.

— В принципе я действительно подобрался к самому концу, — улыбнулся Женя...

Узнав о своей откровенности, Алиса испугалась. Но еще больше ее напрягла мысль о том, что к Жене могут приехать из интерната. Спустя неделю после памятного разговора «жена» сказала «мужу»:

— Уезжаю от тебя, спасибо за помощь.

— Куда денешься? — полюбопытствовал гример.

Алиса замялась, потом с неохотой ответила:

— К мужику перебираюсь. Надеюсь, не ревнуешь?

Евгений сообразил, что девушка не хочет сообщать свои новые координаты, и кивнул.

— Совет тебе да любовь. Если понадоблюсь, знаешь, где меня найти...

После этого рассказчик надолго замолчал.

— И больше вы с ней не встречались? — уточнила я.

— Почему? Сталкивались.

— Где же?

Женя почесал переносицу.

— Алиска все мечтает на телевидение попасть, по тусовкам шляется, вот там и пересекались. Москва на самом деле маленькая. А еще она пару раз у меня ночевала.

— Зачем?

Гример ухмыльнулся:

— Ну, насколько понял, мать ее до сих пор жива, Алиска боится в свою комнату возвращаться. Даже не сдает жилплощадь, чтобы на ее след не вышли. По мужикам она устраивается, то у одного поживет, то у другого, только иногда облом случается. Выгонит ее очередная любовь, не на вокзал же ей тащиться... Сюда едет, просится пожить. Я пускаю.

— Добрый!

— Мне надо быть женатым.

— Понятно.

— Алиска долго тут не задерживается, на три-четыре дня. Но в последнее время не появлялась.

— Не знаете, где она жила?

Женя кивнул:

— Говорил же, Москва маленькая. С одной стороны, Ирка Самсонова, «вешалка» одна, насплетничала. Я ее красил, гляжу, Алиска идет, ну, помахали друг другу, а Ира и давай болтать: «Виноградову знаешь? Она лесбиянкой стала. Во как! В двустволку превратилась, и с мужиками, и с бабами живет». А еще...

Женя остановился и уставился на меня.

— Хватит! — возмутилась я. — И так хороший куш получил, еще не отработал. Надо совесть иметь! Хотя человек, способный за деньги выбалтывать чужие тайны, навряд ли слышал о таком понятии, как совесть.

Евгений прищурился.

— Бабу, покупающую за бабки чужие тайны, тоже нельзя назвать образцом порядочности. Это раз. Два: вы желали кой-чего разузнать, я нуждаюсь в деньжатах, мы нашли друг друга. В-третьих, сейчас не просил добавку, просто выдержал эффектную паузу. Так всегда на сцене делают перед кульминацией. Вы что, в театр не ходите?

— Не отвлекайтесь!

— Последнее время Алиса жила у Риты Секридовой.

— Дальше!

Женя торжественно продолжил:

— А Секридовой Маргарита стала не с рождения, она замуж вышла. И как ее девичья фамилия?

Тут он снова театрально умолк, но я испортила гримеру «выступление»:

— Волкова. Секридова дочь Петра и Анны.

Евгений разинул рот, потом по-детски обиженно протянул:

— Откуда вы знаете?

— Отдавайте обратно деньги, объясню, — стараясь не рассмеяться, сказала я.

— Спасибо, обойдусь, — не оценил шутку собеседник.

— Еще пара вопросов. Почему Алиса поселилась у Риты?

Гример скривился.

— Точно мне неизвестно, но думаю, она полагает, что мать права: Маргарита знает об ограблении и прячет богатство. Алиске очень бабки нужны, она даже у меня пыталась одолжить. Хочет комнату в коммуналке продать, доплатить и «однушку» купить. А еще ей вроде пообещали место на телевидении, но надо взятку дать... Ой, тише!

— Что случилось? — удивилась я.

— Вроде дверь входная скрипнула? — шепотом спросил Женя.

— Нет, — понизила голос и я.

— Тсс! Точно! — прошипел Женя. — Это Алиска пришла, у нее ключ остался. Фу, нехорошо получилось. Посидите тут, я выйду и попробую уладить дело.

— Мне очень нужна Алиса.

— Хорошо, хорошо, только сначала я с ней поговорю, а вы не высовывайтесь, пока не позову, —

очень тихо сказал Евгений и выскользнул в прихожую.

Сначала в квартире стояла тишина, потом раздался глухой звук, словно на пол свалился мешок картошки. Я вскочила, на цыпочках дошла до двери и выглянула в коридор. Увиденная картина заставила остолбенеть.

Евгений, широко раскинув руки и ноги, лежал на полу, над ним, спиной ко мне, склонилась полная фигура в темном пальто. Рядом с распростертым телом гримера стояла отчего-то знакомая сумка.

Я втянула голову назад в кухню, похвалила себя за то, что сдержала вопль страха и удивления, а потом растерялась. Что делать теперь?

Не успело прийти решение, как в проеме кухонной двери возникла та самая фигура. Пару секунд мы молча смотрели друг на друга, потом одновременно воскликнули:

— Это вы? — и замолчали.

— Что вы здесь делаете? — отмерла первой нежданная гостья.

— Где Женя? — промямлила я.

— У него стало плохо с сердцем, — сладко улыбнулась тетка, — хочу лекарство дать.

Продолжая сохранять на лице самое ласковое выражение, дама начала приближаться ко мне, я пошарила рукой по кухонному столику, нащупала какую-то банку и, ощущая себя мышью, к которой протягивает лапу с острыми когтями кошка, швырнула находку в надвигающуюся беду. Честно говоря, это был жест отчаяния. До сих пор мне ни разу не удавалось попасть скомканным листом бумаги в мусорную корзину, даже если та находилась в полуметре от «баскетболистки». Но сейчас случилось неожиданное.

Банка угодила даме прямо в лоб, крышка отвалилась, изнутри высыпалось облако серо-черного, сильно пахнущего порошка. Заорав не своим голосом, тетка принялась тереть глаза кулаками. Я мухой вылетела в коридор, в одну секунду подперла дверь кухни тяжелым комодом и, слушая безудержное чихание вперемежку с воплями, несущиеся из кухни, схватилась за мобильный. Только бы Дегтярев оказался на месте...

— Алло, — долетел до слуха родной голос.

— Милый! — закричала я. — Скорей сюда! Это Феня! Похоже, она убила Женю! Поторопись! Я ей в лицо сыпанула перец, но не знаю, долго ли она чихать будет. И как только я сумела сдвинуть комод...

— Адрес! Немедленно говори адрес! — велел полковник. — Четко, ясно, быстро, я уже в пути.

ГЛАВА 33

Прошло три дня. Дегтярев приезжал в Ложкино ночью и отправлялся на работу около шести утра. В четверг я, измучившись от любопытства, попыталась перехватить полковника. Спустилась за полночь в столовую и ласково прощебетала:

— Хочешь, картошечки пожарю?

Александр Михайлович, не ожидавший моего появления, чуть не подавился трехэтажным бутербродом, потом сердито ответил:

— Спасибо, еще хочу пожить.

— Ну уж не настолько вредна вкусная картошка, — залебезила я.

— Верно, — согласился толстяк, — опасаюсь не корнеплодов в масле, а твоих кулинарных талантов. Перепутаешь чего, и я отравлюсь.

Лишь страстное желание узнать, по какой причине няня Феня задумала лишить жизни Евгения, удержало меня от резких заявлений. Стиснув кулаки, я, продолжая фальшиво улыбаться, проблеяла:

— Мне отправляться спать?

— Естественно, — кивнул Александр Михайлович.

— Прямо так идти в кровать?

— Угу, — не дрогнул полковник.

Делать нечего, придется, видимо, убираться восвояси, что называется, не солоно хлебавши. Но когда рука моя коснулась двери, любопытство стало нестерпимым, и я обернулась.

— Милый!

— Что? — с полным ртом отозвался Дегтярев.

— Не попадалась ли тебе шуба? — решила я начать разговор издалека.

— Какая?

— Розовая шиншилла, принадлежащая Татьяне. Ее надо найти!

— Зачем искать? — пожал плечами полковник. — Она наверху, спит, наверное.

— Речь идет не о нашей гостье, а о манто, — терпеливо пояснила я. — Если оно не отыщется, Борейко навсегда останется тут. Боровиков дико зол, он не звонит жене, вообще словно в воду канул. Что делать? Тебе охота жить с Танюшкой? Может, мне продолжить поиски шубейки? Если честно, пребываю в тревоге: Алиса пропала, не знаю, жива она или нет, Рита Секридова исчезла, на звонки не отвечает, дверь не открывает. А ты мне ничего не рассказываешь! Что с Женей?

— Он жив, — коротко ответил Дегтярев, — вовремя в больницу доставили.

— А Рита? Алиса?

Александр Михайлович отложил сандвич, посмотрел на него, потом снова схватил чудовищное сооружение из хлеба, масла, колбасы, ветчины и сыра, затем вдруг сказал:

— Завтра в пятнадцать ноль-ноль жду у себя в кабинете. Пропуск заказан, не забудь паспорт и не опаздывай. А на данном этапе я хочу спокойно поужинать.

— Я всегда прихожу вовремя!

— Молодец, — бодро отозвался толстяк и занялся бутербродом.

Я повздыхала и пошла в спальню. Некрасиво со стороны полковника так себя вести. Он же великолепно понимает, что я хочу узнать ответы на свои вопросы, и поэтому сейчас чувствует себя хозяином положения.

Ровно в три часа дня я без стука распахнула дверь в крохотную комнату, являвшуюся служебным кабинетом Дегтярева, и сказала толстяку:

— Тебе не кажется, что я точна, словно поезд Париж — Лондон?

— Разве между этими городами курсируют экспрессы? — искренно изумился приятель. — Францию и Англию разделяет Ла-Манш.

— Забыл про тоннель в проливе?

— Ты явилась для какой цели? — покраснел Дегтярев. — Решила учить меня... э... географии?

— Нет, — испугалась я, — просто поддержала разговор. Пожалуйста, не сердись!

Полковник уставился в окно.

— Ну милый, — замела я хвостом, — расскажи про Феню!

Дегтярев молчал, и в глубине моей души зашевелились нехорошие мысли. Ага, вот ты какой! Получил возможность мучить лучшего друга и решил использовать ее на все сто процентов? Ничего, отольются кошке мышкины слезки! Сейчас Александр Михайлович поломается и выложит правду, а я, утолив любопытство, забью холодильник правильной едой. Не видать нашему толстяку больше ни докторской колбаски, ни рокфора, на полках окажется лишь мясо из сои да кабачки, приготовленные на пару. Кстати, о слезах. Может, мне заплакать? Вообще говоря, я рыдаю в крайне редких случаях, в основном от злости. Но, очевидно, во мне пропал не только великий детектив, но и гениальная актриса — у меня в голове есть парочка эпизодов, при воспоминании о которых из глаз водопадом льются слезы.

Итак, начали. 1982 год, «ГУМ», очередь с первого этажа на второй, хвост тянется через весь магазин — бабы ломятся за сапогами «Аляска», замшевыми, черными, с подошвой «манная каша», сделанными в почти братской Финляндии. Я отстояла за обувью около шести часов, наконец дошла до продавщицы, оставалось лишь выписать чек. И тут потная тетка в форменном халате завопила:

— Все! Сапоги закончились!

— Но как же так? — воскликнула я. — Вы же продали обувь той, что стояла до меня.

— Ну и чего? — заорала работница прилавка. — Она последнюю пару забрала. Ступай домой.

Никогда в жизни мне не было так обидно, как в тот момент. Уж лучше б «Аляска» иссякла человек за тридцать раньше!

В носу защипало, глаза начали медленно наливаться слезами. Даже совершенно ненужная в данный момент мысль о том, что сейчас в моей гардеробной громоздится штук двадцать коробок с зимней обувью и что в сторону пресловутой «Аляски» я теперь даже откажусь смотреть, не помешала рыданиям.

— Ой, только не реви! — испугался полковник. — Сейчас все расскажу. Ну, успокойся!

— Хорошо, — захлюпала я носом, — слушаю тебя.

— Доллары и правда были фальшивыми, — неожиданно начал Дегтярев. — Отчего инкассаторы перевозили подделку, мне сейчас установить не удалось. Кстати, по всем документам сумма в два миллиона баксов проходила, естественно, как настоящая. Кто, когда и с какой целью подменил мешки, так и осталось тайной. Отправлял их некий Коткин. Кстати, он быстро разбогател и сейчас весьма уважаемый человек.

— Скорей всего, тут случилась ситуация вор у вора дубинку отнял, — перебила я полковника ясным голосом, сразу забыв об «Аляске». — Этот Коткин украл миллионы и сумел отправить в банк фальшивки. Естественно, в деньгохранилище бы мигом поняли: перед ними «куклы»...

— Но мерзавцу несказанно повезло, — подхватил Дегтярев, — случился налет, и принтерные поделки не доехали до сейфа. Коткин теперь ворочает бешеными средствами. Судьба двух подлинных миллионов неизвестна, точно могу сказать лишь одно: ни Волковым, ни Кулькиным они не достались. Банде грабителей феерически не подфартило. Федор погиб, Петр стал инвалидом, Анна оказалась на грани нервного срыва, а Алевтина делом своей жизни измыслила месть Волковым. Рита осталась последней из всей семьи, и девушка знала правду о налете.

— Откуда? — нахмурилась я.

Александр Михайлович смахнул с абсолютно пустого письменного стола невидимые крошки.

— Петр и Анна иногда вспоминали тот день. Правда, супруги разговаривали осторожно, ночью, но Рита все равно уловила обрывки речей. Ей, кстати, преподнесли версию о дворянине и крепостной актрисе, и сначала девочка поверила сказке, но, став взрослой, совместила кое-какие свои наблюдения и принялась старательно подслушивать родителей. Тайна открывалась ей постепенно. Ты не обратила внимания на один факт: хитрая Алевтина начала убивать не сразу. Первым она устранила Петра, причем выждала несколько лет после налета, боялась, что ее вычислят. Поэтому оставила Волковых временно в покое, но потом принялась действовать. Уничтожила сначала хозяина, лишила, так сказать, семью кормильца, подождала, пока подрастет Ксюша, и убила ее. Понимаешь? Она держала Анну в постоянном страхе. А потом не выдержала и убила главную врагиню. Дальше она тянуть не стала — Алеша погиб через год после матери. Риту от смерти спасла лишь жадность Кулькиной. Алеша затеял ремонт, взяв деньги в долг, Алевтина же решила: молодые Волковы вскрыли кубышку. Алексея она убила, а Риту не тронула в надежде, что та, оставшись без родных, запаникует, живо полезет в тайник и приведет к нему Кулькину. Аля пребывала в уверенности — баксы зарыты в каком-нибудь лесу. Рита же, узнав о кончине Алексея, пугается до ужаса. Она больше не возвращается домой, хочет спрятаться от Алевтины. Девушка понимает, что ее поведение выглядит странно: имеет хорошую квартиру, но жить в ней не желает. Чтобы пресечь ненужную болтовню, Рита охотно рассказывает знакомым легенду о Феликсе Ковалеве. А еще Волкова в самый нужный момент встречает Костю Секридова, выходит за него замуж и переезжает к супругу. Наконец-то девушка может дышать свободно, теперь ее не так легко найти, и вопросов у людей не возникает: жена живет у мужа, свою квартиру сдает —

обычный вариант. Рита полагает, что неприятности позади, но, очевидно, проклятие Алевтины Кулькиной наложено с невероятной яростью, бедная Волкова в результате влипает в еще большую неприятность.

— Какую? — заерзала я на твердом сиденье.

— Рита помешала пауку, — неожиданно заявил совершенно неромантичный Дегтярев. — Тот сплел сеть и решил слопать глупую муху.

— Нельзя ли попонятнее? — потребовала я.

— Сильвупле[1], — засмеялся Дегтярев. — Как тебе мой французский?

— Ужасно!

— Сама так научила, — надулся полковник.

— Миленький, ты владеешь языком лучше комиссара Перье[2]! — затараторила я. — Умоляю, не останавливайся!

— У меня налицо лингвистические способности, ты не желаешь признавать это лишь из зависти, — отметил Дегтярев. — Следи за нитью рассказа. Так вот. Рита выходит замуж за Константина Секридова, практически не зная парня. Ей просто хочется спрятаться от Али, а у жениха есть квартира.

— Похоже, они с Алисой мыслили одинаково. Та тоже выскочила замуж, чтобы убежать от матери.

— Верно, шутница-судьба упорно толкала двух девушек друг к другу, — кивнул полковник. — Только Алиса более честная, она идет на фиктивный брак и не делает Жене зла. А Рита прикидывается влюблен-

---

[1] Пожалуйста. Испорченный французский. (_Прим. автора._)

[2] Один из героев романов про Дашу Васильеву. См. книги Д. Донцовой «Крутые наследнички», «За всеми зайцами» и другие, издательство «Эксмо».

ной и в конце концов избавляется от запойного Константина.

— Она его убила!

— Нет, — махнул рукой полковник. — Вернее, по сути, конечно, задумала убийство. События развивались так. Рита вывозит пьяного Костю в деревню, в совхоз «Светлый луч»...

— Улица Ленина, дом один, — вырвалось из меня.

— Верно, — кивнул Дегтярев.

— Но я же говорила тебе, когда рассказывала о своем расследовании: избы нет!

— Это сейчас, а раньше она стояла, — пояснил Александр Михайлович. — Слушай дальше. Рита хорошо знает: дом пуст (он принадлежал бабке, Волковы выезжали туда на лето, потом, после смерти матери, Рита в деревню не каталась, но она в курсе того, что «Светлый луч» окончательно умер). Константин уже две недели в запое, жена бросает мужа в нетопленом доме в компании с двумя ящиками водки. Расчет прост: супруг либо замерзнет, либо упьется до смерти, назад Косте живым не вернуться.

— Ловкая особа, — кивнула я. — А мне она рассказала о пристрастии Кости к наркотикам.

— Соврала, — отчеканил Дегтярев, — сгущала краски. Только случилось чудо. Представь картину: зима, холод, Константин спит на топчане, в какой-то момент он открывает глаза и видит женщину в шубе и платке. Секридов совершенно не понимает, где он, что случилось, пытается встать, падает и приходит в себя уже в больнице. Женщина, та самая, что привиделась во сне, сидит рядом...

Незнакомку звали Майя Михайловна, и была она вполне состоятельной бизнесвумен. В тот зимний день Майя каталась по Подмосковью, присматривала участок для строительства фабрики. Основать производство в столице у дамы не хватало капиталов, поэтому она изучала область. «Светлый луч» идеально подходил по всем параметрам: есть коммуникации и даже заброшенная железнодорожная ветка. Боясь, что конкуренты прослышат о ее планах и перехватят лакомые, не слишком пока дорогие гектары, Майя поехала смотреть нужное место в сопровождении одного лишь верного шофера Шурика, молодого парня, умеющего держать язык за зубами.

Побегав по холоду, дама захотела в туалет и велела водителю:

— Отвернись, пописать сяду!

— Вы чего, Майя Михайловна, — укоризненно отозвался юноша, — простудитесь по женской части.

— С тех пор, как Сергей умер, мне женская часть ни к чему, — возразила хозяйка.

— Оно, может, и так, — согласился Шурик, — только мороз сильный, ветер свищет... Лучше зайдите в ближайшую избу, там явно никто не живет...

Шурик служил у Майи Михайловны всего четыре года, но от горничной Наташи он знал, что Сергей, супруг бизнес-леди, умер примерно лет восемь-десять назад. Майя очень любила мужа и никаких попыток изменить статус вдовы не предпринимала.

Майя Михайловна усмехнулась:

— Заботливый ты мой... Ладно, может, и впрямь лучше в сарай зайти. Дай фонарь!

И она пошла к домику. Верный Шурик замер снаружи у входа. Прошло минут десять, шофер уже начал испытывать некоторое беспокойство, но тут хозяйка, бледная, с трясущимися губами, высунулась из избы.

— Чего стряслось? — испугался водитель.

— Можешь сюда джип подогнать? — перебила его женщина.

— Да, — кивнул Шурик. — Только зачем?

— Надо Сережу в больницу отвезти.

— Кого? — заморгал парень.

— Иди сюда, — поманила его Майя Михайловна.

Шурик вошел в избу и недовольно заметил:

— Во, холодрыга... Да тут водки полно! Ой, мужик! Майя Михайловна, вы че? Этого ханурика в джип? И не просите, не положу, наблюет, никакая химчистка не возьмет.

Хозяйка молча включила фонарь и направила луч света на лицо «ханурика».

— Твою мать! — остолбенело выронил забывший о правилах поведения водитель. — Офигеть! Майя Михайловна, это ж... Прямо вылитый Сергей, ваш покойный муж, ну как на фотках в гостиной!

ГЛАВА 34

Майя Михайловна выходила Константина. Более того, ей удалось избавить его от запоев. Секридов, узнав, что его почти мертвым нашли в заброшенной избе, сообразил, что Рита надумала избавиться от мужа, и хотел поехать к супруге «выяснять отношения». Но Майя Михайловна остановила его.

— Ее господь накажет, — вздохнула она, — не бери греха на душу. И потом, кабы не ее подлость, я бы тебя не нашла!

Костя и Майя Михайловна стали жить вместе.

— Очень ты на моего мужа похож, — откровенно объяснила свою внезапную любовь спасительница. — Одно лицо просто. Словно Сережа, помолодев, вернулся.

Костю подобное сравнение не коробило, а Майя

Михайловна частенько звала его Сережей. И в конце концов Секридов на вопрос, как его зовут, начал представляться Сергеем.

Говорят, что, сменив имя, человек ломает и свою судьбу. Недаром, постригаясь в монахи, верующий получает другое имя, а кое-кто из врачей советует родственникам долго хворающих больных:

— Вы его переименуйте — был Ваня, станет Петя. Иногда помогает.

Не знаю, спасло ли подобное действие кого-то от смерти, но Костя, став внезапно Сергеем, преобразился. Минус превратился в плюс. Во-первых, Секридов напрочь забыл о водке, во-вторых, начал помогать Майе Михайловне и вскоре не только разобрался в хитроумностях бизнеса, но и вывел его на новый виток.

Через два года Майя Михайловна умерла. Весь бизнес, деньги и имущество она оставила Сергею. То, что мужчину когда-то звали Константином Секридовым, не знал теперь никто, потому что бизнесмен представлялся всем Сергеем, сыном Майи Михайловны. Костя не считал подобное поведение обманом, Майя сама говорила о нем людям:

— Мой мальчик.

Какие отношения связывали пару, знала лишь верная прислуга. Да и в паспорте Секридова теперь стояло имя Сергей и совсем другая фамилия. Каким образом мужчина ухитрился проделать фокус? Не надо наивных вопросов. Костя просто купил документ. Пока на свете существуют сребролюбивые люди, никаких проблем у жуликов не будет.

Таково было положение вещей на тот момент, когда в Америке, во время очередной деловой поездки, Сергей встретил свою любовь. Ясное дело, молодой мужчина не жил монахом после кончины Майи, он завел постоянную связь с другой женщиной, но тут его, как он сейчас утверждает, настигла страсть.

Избранницу звали Люсей. На американский манер — Люси. Она была молода, только-только отметила двадцатилетие, богата, хорошо воспитана и происходила из среды русских эмигрантов. Люси отлично говорила на языке Пушкина, носила джинсы, ловко водила машину и взяла лучшие качества от русских и американских женщин. Девушка считала, что бытовыми проблемами семьи должна заниматься она, но при этом не желала превращаться в клушу, способную рассуждать лишь о пеленках. Люси собиралась стать, как и ее отец, успешным адвокатом. В общем, лучшего варианта для брака и не сыскать.

Сергей, в свою очередь, понравился родителям Люси: обеспечен, относительно молод, без детей, русский, готов на переезд в США.

Полгода длился роман, потом Сергей обратился к Ивану-Джону, отцу любимой:

— Я прошу руки вашей дочери.

— Думаю, Люси согласится, — кивнул Джон, — вы пришлись ей по сердцу. Но мне надо подумать. Не скрою, просил проверить вас и имею теперь отчет. Вы не хотите мне ничего рассказать?

Сергей улыбнулся:

— Бизнес чист, никого не убивал на большой дороге.

— Верно.

— Вы, очевидно, узнали, как я стал владельцем фирмы?

— Конечно.

— В моей жизни имелась женщина, но Майя Михайловна умерла.

— Я не настолько наивен, чтобы требовать от кандидата на роль зятя девственности, — улыбнулся

Джон. — Но если вы намерены создать семью с Люси, пожалуйста, обрубите веревки, тянущиеся из прошлого.

Сергей решил не лгать. Очевидно, подумал он, предполагаемый тесть собрал подробную информацию о будущем зяте, и не стоит сейчас лукавить.

— Да, — вздохнул он, — в Москве имеется особа, с которой поддерживаю интимные отношения, но нас связывает лишь секс. Я, естественно, порву с этой женщиной.

— Следует решить еще одну проблему, — напомнил Джон. — Я говорю о Маргарите Секридовой. Вы ведь не разводились с ней?

— Нет, — похолодел Сергей.

Джон прищурился:

— Я в курсе вашей истории. Открою одну тайну: у меня острый лейкоз, хочу успеть пристроить дочь. Кроме вас, есть еще два кандидата на роль ее супруга. Вы пока лучший, привлекаете разными моментами, в частности капиталом. Люси послушная девочка, сейчас она любит вас, но, если папа прикажет, легко забудет и пойдет под венец с тем, с кем велит отец. Ясно?

Сергей кивнул и напомнил:

— Мой бизнес стабилен, никаких претензий со стороны налоговых органов.

— Да, — согласился Джон, — но есть проблемы. Хватит ходить вокруг да около, станем говорить прямо.

— Давайте, — кивнул Сергей.

— Вы Константин Секридов, который из алкоголика, благодаря своей любовнице, превратился в успешного бизнесмена. Так?

— Верно, — признал Сергей. — Но я изменился и теперь чувствую: прошлой жизни как бы не было.

Действительно, официально я женат на Рите, но она задумала меня убить, отвезла в заброшенную деревню и бросила там. Сейчас Маргарита уверена: супруг мертв. Да и нет больше Константина, я Сергей.

Джон кивнул.

— На первый взгляд ваши рассуждения верны, но я — тертый калач и знаю: случается всякое. Вы же не скрываетесь, ведете активный образ жизни и... можете столкнуться с Ритой. Женщина узнает вас, начнет шантажировать, подаст в суд, представит свидетельство о браке, вас накажут за использование чужого паспорта... Получится, что моя дочь вам незаконная жена, ведь развода с Маргаритой у вас не было.

— И что мне делать? — слегка растерялся Сергей.

— Решите проблему радикально, — улыбнулся Джон. — Не надо подавать на развод, возникнет огромная путаница. Лучше вам стать вдовцом, тогда я со спокойной душой вручу вам Люси. Понимаете?

— Более чем, — бормотнул Сергей.

— Тогда слетайте в Москву, уладьте проблемы с Ритой и своей нынешней любовницей и возвращайтесь, — ласково улыбнулся Джон...

— Поняла! — заорала я, перебив Дегтярева. — Все поняла!

Полковник скосил на меня глаза.

— Что «все»?

— Секридов, ясное дело, знал о подъемнике для мусора.

— Ну?

— Он воспользовался им, попал в квартиру, увидел спящую в шкафу девушку и убил ее. А когда Сергей-Константин отбросил волосы с ее лица, понял: это не Рита. Убийца запихнул тело в подъемник, и таким образом Алиса испарилась из квартиры. Рита же не знает о конструкции с тросами, она, как и я, не понимала, куда подевалась подруга.

— Небольшое уточнение, — теперь перебил меня полковник. — Алиса лежала на кровати, лицом в подушку, и Сергей увидел татуировку на ноге. Он же не знал, что Алиса собезьянничала, сделала себе такую же, как у Риты. Секридов вообще был не в курсе, что в его квартире может оказаться посторонняя девушка, поэтому не дрогнувшими руками задушил, как он думал, жену. А когда перевернул тело, ахнул. Перед ним лежала совсем другая женщина. Не Рита! Фигура похожа, цвет волос, татушка... Сергей схватил убитую, впихнул в шкаф, влез в подъемник, собрался втянуть туда тело Алисы и тут услышал звук шагов, шорох — в квартиру кто-то вошел. Более того, этот «некто» начал открывать шкаф! Сергей мигом закрыл отверстие в стене и затаился.

— А когда я убежала на лестницу, он спустил тело Алисы вниз и увез труп.

— Именно так. Сергей планировал запутать следы. Готовясь к преступлению, он сначала решил свалить вину за убийство Риты на Алевтину.

— Константин... то есть Сергей... то есть Секридов... знал о налете?

— Конечно, Рита рассказала ему правду. В самом начале отношений девушка доверяла мужу, это уже потом она поняла, что он запойный алкоголик, и решила избавиться от него. Но вернемся к Сергею. План у него вначале был таков: Рита умирает, а на самом видном месте лежит бумажка, в которой описана ситуация с налетом и заявлено: «Смерть последней Волковой!» И на кого падут подозрения?

— На Алевтину!

— Верно. Сергей человек состоятельный, он живо находит Кулькину, едет к ней в интернат, и...

— Стой! — подскочила я. — Концы не сходятся. У Алевтины была Феня.

— Угу, — закивал Дегтярев. — Давай на секунду отвлечемся. Скажи, ты позвонила по телефону, который дала тебе Рита, трубку взяла женщина, а на просьбу позвать Феню она ответила: «Это я». Так?

— Примерно.

— И дальше?

— Договорились о встрече в кафе.

Дегтярев потер затылок.

— М-да... Порой ты меня изумляешь. Ведь вполне умная женщина, сообразительная, способная сложить два и два, и вдруг, бац, невероятная глупость.

— Ты о чем? — не поняла я.

Александр Михайлович быстро написал несколько цифр и протянул мне.

— Сделай одолжение, набери номерок и спроси Романа Никитина.

— Это кто? — окончательно растерялась я.

— Наш сотрудник, он сейчас в командировке.

— Но зачем...

— Тебе трудно? — перебил толстяк.

Я покорно вытащила мобильный, потыкала в кнопки и услышала, как на столе Александра Михайловича затренькал один из телефонов.

— Алло, — сказал полковник, снимая трубку, — вам кого?

Ощущая себя полнейшей идиоткой, я ответила:

— Романа Никитина.

— Слушаю вас, — спокойно заявил Дегтярев, — весь внимание.

— Прекрати кретинствовать! — вспылила я, засовывая сотовый в сумку.

— Лучше один раз разыграть ситуацию.

— Ты не Никитин!

— Откуда знаешь?

— Вижу!

— А если бы находилась в другом месте?

— Ну, услышала бы голос...

— Но ведь ты звонила незнакомой женщине. Отчего поверила, что трубку сняла именно Феня?

Я заморгала.

— Но она знала Риту!

— Верно.

— Согласилась на встречу!

— Правильно.

Аргументы иссякли.

— При всем своем уме, — абсолютно серьезно и безо вякого подтрунивания заявил вдруг толстяк, — ты порой бываешь наивна до невозможности, веришь людям на слово. Прямо смешно! Поехала в совхоз, нашла там полную разруху и не спросила себя: «Минуточку, я же звонила Фене домой! Она со мной говорила! Как? Избы нет. Старушки, ясное дело, там тоже быть не может. С кем я общалась?» В общем, общалась ты с Сергеем-Костей. У него случился облом с Алевтиной — та никак не могла бы убить Риту, он выяснил, что Кулькина парализована. А вот Феня вполне здорова, и Секридов решает переиграть ситуацию: пусть Риту «убьет» няня.

— За что? — подскочила я.

Дегтярев склонил голову.

— Она же сама тебе сказала: ненавидит бывшую воспитанницу. Всю жизнь отдала девчонке, покрывала ее преступников-родителей. А как отплатила ей подопечная? Черной неблагодарностью: выставила вон! Сергей-Константин приехал к Фене, чтобы узнать кое-какие подробности о далеком прошлом. В результате разговора со старухой бизнесмен убеждается: история с налетом правда, Рита ее не выдумала, и Феня совершенно одинока, ее смерть никого не обеспокоит. А тут еще старуха, жалуясь на тяжелую жизнь, роняет фразу: «Думала даже от телефона отказаться. Ну зачем зря большие деньги платить, мне ведь никто никогда не звонит!»

Очень довольный подобной ситуацией, Сергей спокойно угощает бабушку пирожным, куда положена большая порция лекарства от повышенного давления. Феня очень быстро теряет сознание. Убийца переносит тело на кровать, тщательно моет чашки, кладет на тумбочку упаковку с таблетками и остается вполне доволен собой. Ситуация смотрится более чем обычно: пенсионерка решила уйти из жизни. Да еще у кровати лежит письмо, которое Сергей заготовил заранее. В нем изложена история с налетом и черным по белому стоит: «Простите, люди, убила Риту из ненависти, теперь раскаиваюсь и сама себя наказываю».

— Э, нет! — подскочила я. — Стой!

— Что? — вздернул брови Дегтярев.

— Очень странно. Он узнал, что Кулькина парализована, и решил подставить Феню?

— Да.

— Но Сергей сначала убил Алису, а потом поехал к няньке. Отчего он не поступил наоборот?

Дегтярев усмехнулся:

— Не понимаешь? Ему надо было, чтобы смерть Риты случилась пятнадцатого мая.

— Зачем? Если убивала не Алевтина, смысл даты теряется.

— Нет! Хитрый Секридов решил запутать клубок так, чтобы его не размотали. В письме Фени стоит вся правда о налете, и там есть такие фразы: «А может, Петр с Анной и обманули всех, настоящие деньги спрятали, они теперь у Риты. Ненавижу ее! Пусть умрет, как все ее родные, пятнадцатого мая!» У следователя, к которому попадет дело, мозг на дыбы встанет. Феня сумасшедшая? Или просто озлобленная баба? Скорей всего, психопатка — укокошила Риту в порыве безумия, зациклилась на числе.

— Но жертва пока жива! Мертва Алиса! И он все равно убил Феню, еще не добравшись до Риты?

Полковник вытер пот со лба.

— Да.

— Почему?

— Очень торопился, полагал, что Рита появится вскоре, он ее убьет дома, и никто не заметит нестыковки. Специально включил у старухи в квартире два обогревателя на полную мощь, чтобы сбить патологоанатома с толку. Время смерти установят неточно, раз в комнате стоит эфиопская жара, будет непонятно, какого числа старуха ушла из жизни, пятнадцатого, шестнадцатого или даже семнадцатого... Так вот, слушай дальше. Едва Сергей замел следы в Фениной квартире и устроил там Африку, как ожил старомодный телефонный аппарат с наборным диском, по которому «никто никогда не звонит», как только что жаловалась старушка. От полнейшей неожиданности убийца хватает трубку и слышит женщину, которая хочет поговорить с Феней о... Рите Секридовой. Надо отдать должное бизнесмену, он отреагировал мгновенно, тут же ответил: «Я у телефона», — и договорился с тобой о встрече.

— Но в кафе пришла пожилая женщина, — растерянно влезла я в плавный рассказ полковника.

Дегтярев кивнул.

— Ну естественно! Седые волосы-парик, во рту специальная накладка с имитацией кривых, желтых зубов — она не только бросается в глаза и отвлекает от лица, но еще и меняет речь. Еще — бифокальные очки. Отчего Сергей выбрал именно этот вариант? Толстые стекла сильно уменьшают глаза, очень трудно понять, какие они на самом деле, но подобная оптика не бывает фальшивой, поэтому бизнесмен то снимал, то надевал оправу. Ты же заметила, что «Феня» натыкалась на предметы — налетела на столик в кафе, но не сделала нужных выводов.

— Феня пожаловалась на падающее зрение, — тихо начала оправдываться я, — сказала, что пора стекла менять.

— А еще «старуха» постоянно кашляла, демонстративно пользовалась ингалятором от астмы, а после каждого пшика начинала хрипеть. Как ты не понимаешь? Таким образом убиваются сразу два зайца: ты не сомневаешься в пожилом возрасте собеседницы и не настораживаешься, если в ее голосе вдруг проскальзывают мужские нотки, — ясное дело, лекарство портит связки. Да еще Сергей назначил тебе свидание в кафе, где стоит полумрак.

— Но как он успел так быстро загримироваться под Феню? От момента моего звонка до нашей встречи прошло не так много времени!

Дегтярев крякнул:

— Хороший вопрос. Сергей хитер, он явился к бывшей няньке, изменив внешность. Кстати, именно в том же образе — седовласой полуслепой бабули — бизнесмен навестил и Алевтину. Понимаешь, ему не требовалась подготовка, он уже был в гриме. Сергею просто повезло, что ты позвонила буквально сразу после убийства. Он не мог быстро подделать лишь одну деталь, а скорее всего, забыл о ней, ты же не заметила крошечную нестыковку.

— Какую?

— Ты говорила, что уронила на пол коробку с фотографиями.

— Когда искала в квартире Риты шубу? Да.

— Стала складывать снимки и увидела несколько из них?

— Верно.

— На одном была могила Алексея.

— Точно.

— А еще какие ты видела?

— Обратила внимание на цветной студийный снимок — там женщина с тремя школьниками.

— Опиши его.

— Ну, две девочки и мальчик.

— Меня интересует дама.

— Круглолицая, улыбчивая, с голубыми глазами. Даже нет — с пронзительно синими глазами.

— А на обороте стояло...

— Ксюша, Рита, Алеша и Феня, первое сентября.

— И ты не удивилась, встретив в кафе «Феню»?

— Нет, просто подумала, что время меняет людей, старость не красит.

— Оригинальное наблюдение, — фыркнул Дегтярев. — Верно, с возрастом седеют волосы, появляются морщины, могут измениться губы, впасть щеки, отвиснет подбородок... Но цвет глаз! Ярко-синие никогда не превратятся в карие. А ты мне, между прочим, несколько раз сказала: «У Фени карие, такие молодые глаза». А на снимке-то они синие!

— Ой, я дура...

— Ну, не стоит столь резко высказываться. Думаю, подсознательно ты отметила несоответствие, поэтому и говорила про цвет радужной оболочки, но до логического вывода дело у тебя не дошло.

— Значит, он решил использовать меня в своих целях?

— Верно, — закивал Дегтярев. — Но Сергей понимал: Дашу Васильеву, богатую женщину со множеством родственников, убивать никак нельзя, это не одинокая, никому не нужная старушка. Убив по ошибке Алису, бизнесмен не впал в панику. Он вновь глубокой ночью проник в квартиру к Рите, но не нашел там свою бывшую жену — та, пообещав тебе никуда не ходить, убежала ночевать к знакомым и тем самым спасла себе жизнь. Сергей аккуратно порылся в квартире, обнаружил паспорт Алисы, а в нем увидел штамп о браке. И вот тут он испугался. У девицы есть муж, он способен поднять шум. Значит, надо убрать парня. Сергей узнает координаты Жени, его мобильный телефон записывает на клочке и засовывает в портмоне, но забывает его в кафе. Представляешь, как он злился, поняв, что кошелек пропал? Пришлось вновь предпринимать поиски Жени, но если в первый раз все получилось легко, то во второй вышла задержка: человек, который за деньги доставал ему сведения, заболел и пару дней не показывался на работе. У Сергея нервы на пределе. Наконец он получает необходимые координаты гримера, и тут ему звонит из Америки Джон и говорит: «Как дела? Меня через сутки кладут в клинику». — «Все уладил, — рапортует Сергей, — скоро буду».

Но на самом деле Рита жива, а где она прячется, Сергей пока не знает. Он решает разбираться с проблемами последовательно. Евгения так или иначе надо убить, а то еще побежит в милицию, разыскивая пропавшую супругу. Секридов, кстати, уже навел о нем справки, знает о гомосексуальных наклонностях парня и хочет представить его смерть результатом разборки геев.

Не успевает Женя открыть дверь, как Сергей колет его шприцем, в котором сильная доза наркотиков. Гример маленький, худенький, он сразу падает. Убийца закрывает замок и идет на кухню. В его планах изобразить свидание: поставить на стол бутылку, положить еду, зажечь свечи и на видном месте оставить ампулы... И тут ты!

Ну поставь себя на его место. Бизнесмен очень нервничает: бывшая жена, из-за которой разгорелся весь сыр-бор, жива, ее никак нельзя застать дома! Есть и хорошая новость: Даша Васильева оправдала надежды. Собственно говоря, Даша Васильева и есть та дама, которая должна, не ведая о том, помочь Сергею. Она активна, имеет друга-мента, усиленно занимается делом, хоть и роет не в том направлении, и всегда сможет сказать следователю: «Все правда и про налет, и про Алевтину, и про пятнадцатое число. И Феня была очень обижена на Риту. Она ненавидела ее!»

— Сергей, играя роль Феньки, спокойно дал мне наводку на Кулькину, потому что знал: Аля инвалид! — осенило меня.

— Ага. Только ты слегка огорошила его просьбой: «Дайте мне ваш адрес». Настоящий-то, где в это время уже лежал труп старушки, он сказать не мог! Но мужчина живо находит выход и называет место, куда его отвезла Рита, — совхоз «Светлый луч». Если ты поедешь в область, то ничего не обнаружишь. Ловко получается: ты поболтала с Феней, а та потом убила Риту и покончила с собой.

— Если бы не забытый Сергеем кошелек, — прошептала я, — погибли бы и Женя, и Рита. Кстати, где она?

— Секридова в порядке, — отмахнулся Дегтярев, — лежит пьяная у приятельницы. Зря Сергей надеялся увидеть ее в ближайшие дни дома — Рита решила туда не возвращаться. Скажи, тебя ничто не удивило в моем рассказе?

— Убийца слишком уж хитроумный и...

— Я сказал: «Сергей знает, что Дашу Васильеву убивать нельзя. Она богата, имеет много друзей и родственников». Откуда ему известны подробности твоей биографии?

Я призадумалась.

— Оценил одежду, часы, сумку и вычислил материальное положение.

— Он согласился встретиться с тобой во время

разговора по телефону! И потом — родственники. Об их количестве у тебя на лбу не написано. Еще одно: почему он был так уверен, что Даша Васильева кинется рыться в истории?

— Хм... Понятия не имею!

— Напрашивается лишь один ответ.

— Какой?

— Он тебя хорошо знает.

— Меня? Я его никогда не видела! Ни разу! — вскинулась я. И тут же спохватилась: — Ну разве что в образе Фени...

Дегтярев резко встал.

— Пошли.

— Куда?

— Покажу главного героя. Надо же в конце концов тебе с ним встретиться, — усмехнулся полковник. Потом он снял трубку и произнес одно только слово: — Бежим!

Мы действительно почти бегом преодолели длинные извилистые коридоры, наконец полковник открыл дверь и втолкнул меня в комнату, где находилось довольно много народа.

— Готовы? — спросил он.

— Да, — ответил молодой парень в сильно мятых брюках. — Сюда, пожалуйста.

Я переместилась в другое помещение и увидела на стульях нескольких старух в бифокальных очках.

— Можешь опознать Феню? — резко спросил Дегтярев.

— Вот она, вторая слева, — пробормотала я.

— Все свободны, — велел полковник.

Бабки резво вскочили, одновременно сняли с себя очки и вышли. Феня осталась.

— Думаю, спектакль окончен, переодевайся, — велел парень.

Старуха стащила парик, обнажились коротко стриженные темно-каштановые волосы. Я разинула рот. Бабуля подняла руку и вынула желтые клыки, за ними показались хорошие белоснежные коронки, явно сделанные руками дорогого дантиста. С носа исчезли очки, была снята женская одежда с фальшивым бюстом и большим животом, лицо «Феня» протерла влажной салфеткой...

Я уцепилась за стену, не веря своим глазам.

— Чего уставилась? — хорошо знакомым голосом поинтересовалась «Феня». — Дурам везет. Я имею в виду тебя.

— Молчать! — рявкнул Дегтярев. Потом он глянул на меня: — Узнаешь стоящую перед тобой личность?

— Да, — пролепетала я.

— Кто это?

— Сергей Боровиков, муж Тани Борейко, — еле-еле шевеля губами, ответила я.

— Нет, — не согласился Дегтярев, — Сергей Боровиков никогда не был женат на Тане Борейко. Глупая, жадная стюардесса имеет лишь прикольное свидетельство из Таиланда. В принципе, бабенка нравилась нашему герою — тупая, сексуальная, красивая. Он вполне разумно считал: лучше иметь дело с постоянной любовницей, чем менять женщин, рискуя чем-нибудь заразиться. Кстати, до знакомства с Люси Сергей даже подумывал, а не сыграть ли с Таней всамделишную свадьбу, но после появления на его горизонте дочери Джона у нашей Борейко не осталось шансов.

— Но он ее ревновал, — промямлила я.

— Не хотел, чтобы любовница спьяну наделала глупостей, — усмехнулся Дегтярев, — да и не имел желания тратить деньги на ее наряды, без которых по тусовкам не пошляешься. Кстати, ты не заметила, что в последние полгода ревность Боровикова стала просто лютой? Он готовил разрыв.

— Но Сергей сейчас в Америке, — лепетала я.

— Как видишь, нет.

— Он звонил! Из Нью-Йорка! Мы же с ним беседовали! Сергей устроил очередную сцену ревности!

Александр Михайлович посмотрел на меня долгим взглядом, в котором читалось... Понятно, что в нем читалось.

— Ясно, — вздохнула я.

— Он все продумал! — воскликнул полковник. — Купил невероятно дорогую шубу для Люси...

— Для Люси?

— Верно. Но преподнес ее Тане, великолепно зная: не успеет «муженек» отбыть в Америку, как Борейко рванет в обновке на тусовку. Там она напьется, и шуба пропадет. Сергей вернется, устроит скандал и выставит любовницу вон. Какие у той права? Свидетельство о браке со слониками?

— Он сам украл манто! — закричала я.

— Верно. Ну-ка, милейший, расскажи, — приказал Александр Михайлович.

Боровиков глухо забормотал:

— Я никуда не улетал. Надел парик с длинными волосами, очки темные, кожу намазал тональным кремом и попер на тусовку вслед за Танькой. Подождал, пока она набралась, смотрю — все шубу меряют. Ну и спер. Легко вышло. Девка пьяная шиншиллу надела и пошла на улицу. Я ее догнал и рявкнул: «Куда шубу уводишь?» Блондинка икнула, швырнула манто и деру...

— Это была Алиса! — подпрыгнула я. — Ты ее не узнал потом? Когда в подъемнике вниз волок?

— Нет, — отрезал Боровиков. — Отстань!

— Затем он пару раз звонил Тане и устраивал скандалы, — спокойно подхватил нить рассказа Дегтярев. — Все шло отлично: Борейко лишилась манто, и судьба Танюшки была решена. Вот только тут влезла в дело ты! Но наш влюбленный Ромео, он же — сверхревнивый Отелло, подумал, что Дашутка даже кстати, пусть расследует ситуацию и втолкует приятелю-менту: Риту убила Феня. Уж как Боровиков старался! Даже деньги с тебя за рассказ взял, чтобы ты не засомневалась: нянька корыстна, ей хочется иметь телик. Но не помогло, госпожа Удача оказалась на чужой стороне. К тому же он переиграл. Ну какие телики и деньги, если Феня решила покончить с собой? И еще одну ошибку он допустил: сначала бабусю убил, а до Риты так и не добрался. Правда, не сомневался, что доберется.

— Это точно Секридов? — жалобно спросила я, кивая на Сергея.

— Да, — кивнул полковник. — Кроме прочего, есть примета — остатки татуировки. Вернее, рубец от сведенного пояса-змеи. Это Константин. Влюбленный Ромео...

— Где шуба? — закричала я.

— У нас, — ответил полковник, — ее вернут потом Тане.

Боровиков смачно выругался.

— Молчать! — рявкнул парень в мятых брюках.

— Ай-яй-яй, — укорил Секридова Дегтярев, — разве Ромео пристало площадно ругаться?

— Какой он Ромео, — скривился парень, — бандит с большой дороги, убийца. Думаю, он и ту Люси не любит, просто денег у ее папаши лом.

Я молча смотрела на Сергея, в голове застучала мигрень.

— Ромео с большой дороги, — покачал головой Дегтярев.

ЭПИЛОГ

Рита, безостановочно пившая несколько дней, пришла в себя и угодила в больницу. Я поехала навестить девушку, увидела, что она не выглядит изможденной, и не удержалась от укора:

— Ну зачем ты сбежала? Очень глупое поведение! Сначала заставила меня сидеть рядом до полуночи, а потом, едва я уехала, удрала?

— Ага, — почти весело согласилась Рита, — в квартире тихо так стало, но что-то все скрипит, шуршит... жуть! Ну я и рванула к Олеське, она через дорогу живет. В десять минут первого уже у нее под дверью стояла. Думала, только переночевать, а у Леськи гудеж... Она большие бабки огребла, удачную сделку совершила, жуткие комиссионные поимела. Ну и вошли в штопор. И вообще, твой совет идиотским был. «Сиди дома, не высовывайся, дверь никому не открывай...» А мусорный подъемник? Да меня б в живых давно не было! Хорошо, что тебя не послушалась.

— Я же не знала о приспособлении!

— И я тоже, — вздохнула Рита. — Но все равно, глупость ты мне насоветовала.

Мне стало обидно.

— Сама хороша, не рассказала правду о налете! Кстати, сейчас понимаю, что в момент нашей беседы ты допустила много нестыковок и ошибок. Например, зачем ты мне сообщила о проклятии Кулькиной? Почему дала телефон Фени?

— У меня голова заболела, — скривилась вдруг девушка и ткнула пальцем в кнопку, торчащую над спинкой кровати.

К моему огромному удивлению, на вызов тут же явилась медсестра и каменным голосом заявила:

— Больная нуждается в отдыхе.

Пришлось уходить. На пороге я обернулась и сказала:

— Похорони Феню по-человечески, поставь ей памятник.

Внезапно Рита села.

— Феня мне никто! Чужая старуха! Чего мне, всех посторонних в гроб класть? И денег у меня нет. Раз такая жалостливая, то сама и занимайся надгробиями!

Я молча повернулась к двери.

— Эй, погоди, — раздалось с кровати. — Получается, я до сих пор жена Секридова?

— Выходит, так.

— А он сейчас богат? Мне половина его дела не положена?

— Не знаю, — ответила я, — обратись к адвокату.

— Твой сын не возьмется?

— Думаю, нет.

— Почему?

Оставив последний вопрос без ответа, я вышла в коридор. На душе было гадко. Но еще хуже стало дома. Танюшка, к которой мы приставили врача и психотерапевта, прекратила наконец безостановочно рыдать и принялась мучить домашних вопросами. Вот и сегодня, не успели мы сесть вечером за ужин, как в столовой возникла фигура, облаченная в мой любимый халат.

— Значит, я не замужем? — вопросила Татьяна.

— Нет, — ласково ответила Зайка.

— Просто сожительница, не имеющая никаких прав на имущество? — не успокаивалась Борейко.

— Тут имеет место юридический казус, — произнес Аркадий. — Можно попытаться возбудить дело о признании брака фактическим. Вы вели совместное хозяйство, тому имеются свидетели. Но Сергей уже женат. К тому же документы на имя Боровикова фальшивые, следовательно...

— Мне покажут фигу, — закончила вместо него Танюшка и вновь зашмыгала носом. — Все теперь понятно! Гад меня к себе не прописывал, брюлики дарил, но они у него хранились, даст надеть и убирает в сейф. И что, мне теперь в коммуналку катить...

— Мы купим тебе квартиру! — заявила Маня. — Или живи у нас! Всегда!

Я пнула девочку под столом ногой.

— Мое предложение руки и сердца остается в силе, — очень тихо промямлил Тёма. — И потом — шуба! Она ваша, а стоит очень дорого.

— Замолчи, кретин, — простонала Танюша, — без тебя тошно.

— Может, все-таки Сергей не Секридов? — вновь влезла в беседу Маня. — Вдруг ошибка?

— Нет, — помотал головой полковник, — сделан анализ крови, а он не умеет лгать. Да, кстати! Вот, смотрите.

— Что это? — без особых эмоций поинтересовалась Зайка, глядя на листок, который толстяк выложил на стол.

— Данные экспертизы, — мирно пояснил Александр Михайлович. — Они подтверждают: Тёма мой сын. Думаю, результаты анализа, который затеяли вы, покажут то же самое.

— Они еще не готовы, — покраснела Маня.

— Ничего такого мы не затевали! — заявила я, ощущая, что щеки тоже начинают кипеть.

Дегтярев хмыкнул, а Тёма улыбнулся.

— Мы с папой решили сдать кровь, чтобы избежать двусмысленности. Конечно, моя мама не была святым человеком, но ведь возможны ошибки, искренние заблуждения. А теперь сомнений нет. Я роднее некуда! Сын! И не хочу никуда уезжать!

— А мне куда деваться? — плаксиво занудила Танюшка.

Я постаралась сохранить спокойствие. Значит, теперь в нашей семье прибавление — придется привыкать к Тёме. Нельзя же обидеть полковника и выставить его сына вон. Кстати, Тёма не такой уж и противный. Вот мысль о том, что Борейко останется у нас еще как минимум на полгода, не доставляла ни малейшей радости. Надо́ ей прямо сейчас сказать: «Таня! Переезжай в гостевую спальню!»

Я раскрыла рот, но Тёма опередил меня:

— Не хочу расставаться с вами, я вас люблю...

— Мы тебя тоже, — дипломатично вклинился Кеша.

— Поэтому я решил купить дом! — торжественно закончил начатую фразу Тёма.

— Где? — удивилась Зайка.

— Здесь, в Ложкине, — заулыбался новый родственник. — Очень все удачно выходит. Строговых знаете?

— С пятнадцатого участка? — нахально вмешалась в разговор Ирка. — Так они съехали и свой замок на продажу выставили!

— Вот его я и куплю, — объявил Тёма. — Будем жить рядом.

Повисло молчание. Потом Аркадий осторожно сказал:

— Знаешь, Тёма, мы вообще-то обеспеченные люди, но замок Строговых нам не по карману. Он стоит бешеных денег! Лучше просто живи у нас.

— Так я и не хотел, чтобы вы тратились, — засмеялся Тёма. — Сам приобрету, имею копеечку.

— Ты хоть представляешь, о какой сумме идет речь? — растерянно спросила Зайка.

Тёма деликатно кашлянул.

— Ага, мне подходит. Мои адвокаты уже включились в работу, думаю, они слегка опустят цену. Кстати, вы должны мне помочь, дать совет. Ну, про ремонт и ландшафтный дизайн, сам я в этом плохо разбираюсь. Зайка, ты такая умная! И ты, Даша, тоже. Поможете? А Иван пусть сад изучит. Да, Манюня, а где мопсов покупают? Хотелось бы такого, как Хучик, завести. У меня раньше собак не имелось, и я сначала — вот дурак! — Хуча испугался, но теперь я его люблю. Вы чего молчите? Сказал что-то не так? Обиделись, что не посоветовался с родными, сам принял решение о покупке?

— Тёма, — ошарашенно протянул Кеша, — ты кем служишь?

Новый член семьи почесал затылок.

— Ну, у меня фирма... алмазами торгую. Еще имею заводик, камни обрабатываем, всякие колечки делаем, колье, браслеты, сейчас часы освоили. Магазины опять же есть. Сто сорок две штуки по России и зарубежью. Они называются «Кот в брильянтах». Не встречали?

— Мама родная! — прошептала Зайка. — Офигеть не встать! Почему же у тебя такая одежда?

— Какая? — изумился Тёма.

— Жуткая! — ляпнула Маня.

— И про сыр из козьего молока ты ничего не слышал, — удивленно произнесла я.

Тёма пожал плечами.

— Не знаю. Мне на шмотки наплевать. Отправлю секретаршу в ближайший магазин, она купит что-то, и ладно. Вообще-то много по миру летаю, и никто ничего мне про мои костюмы не говорил, вы первые.

Я икнула и уставилась на богатого Буратино. А тот продолжал бубнить:

— Я сыр такой ел, только не знал, из чего его делают. Если честно, больше всего бургеры всякие люблю. Со сладкой водой.

— Тёмочка! — взвизгнула Борейко. — Ты не передумал в отношении руки и сердца?

— Передумал! — заорал вместо Тёмы Кеша. — Чего по глупости не сморозишь? Собирайся!

— Куда? Не хочу! — засопротивлялась почуявшая добычу Танюшка.

— Мы поедем смотреть тебе квартиру, — кинулась на помощь мужу Зайка. — Маня, ты с нами! Дарья, Тёма, не отставайте, по машинам.

— Тебе по статусу влезть в мою «букашку»? — спросила я у благоприобретенного родственника.

Тёма засмеялся и спросил:

— Слушай, а ты знаешь, где мопсов берут?

— Конечно. В питомнике, — ответила я.

— И где он находится?

— Один, в принципе, недалеко.

Тёма прищурился.

— Может, зарулим? Думаю, с квартирой без нас разберутся.

— Ты еще дом не купил!

— Ну и что?

— Ремонт не сделал!

— Ну и что? У вас пока поживем.

Я села за руль. Действительно, ну и что? Почему нужно оттягивать момент радости? Ждать, пока благоустроится замок, возникнет газон? Мопса можно купить и сейчас. А еще лучше взять двоих — они такие прикольные, веселые. Может, и мне прихватить парочку? Мопсов много не бывает. И потом, если хочешь быть счастливым, будь им! Правда, это не моя фраза, ее придумали другие, но суть-то не меняется. Не гоняйся за счастьем, не ищи его за тридевять земель, успокойся и пойми простую вещь: счастье не зависит от внешних обстоятельств, оно всегда находится внутри тебя.

Донцова Д.А.

Д 67   Ромео с большой дороги: Роман / Д.А. Донцова. — М.: Эксмо, 2007. — 384 с.

Ничего себе дельце свалилось на голову Даши Васильевой — она должна найти... шубу. Правда, манто не простое — из розовой шиншиллы, стоимостью в особняк. Хоть и не хочется, а искать придется, иначе потерявшая его на веселой тусовке подруга, безалаберная Танюшка, навсегда поселится в Дашином доме. Она уже заняла ее комнату! Просто плюхнулась на кровать и, пока Даша не отыщет манто, не желает вставать. Шубку подарил Тане муж, и, если ее не вернуть, он, ревнивый Отелло, выгонит супругу вон. Или посадит в тюрьму как воровку! Тем более оказывается, что он ей и не муж вовсе. Только сумасбродка-подружка могла принять свадьбу в таиландском отеле за настоящую брачную церемонию. И Даша нашла... труп. Но где же шиншилла? А тело между тем исчезло прямо из-под носа у любительницы частного сыска. Может, ей все привиделось? Нет, с головой у Даши все в порядке, а вот с этим делом что-то не так...

УДК 82-3
ББК 84(2Рос-Рус)6-4

ISBN 5-699-19681-1   © ООО «Издательство «Эксмо», 2007

Оформление серии *В. Щербакова*

Литературно-художественное издание

Донцова Дарья Аркадьевна

РОМЕО С БОЛЬШОЙ ДОРОГИ

Ответственный редактор *О. Рубис.* Редактор *И. Шведова*
Художественный редактор *В. Щербаков.* Художник *Е. Шувалова.*
Технический редактор *О. Куликова.*
Компьютерная верстка *Е. Попова.* Корректор *Е. Самолетова*

ООО «Издательство «Эксмо»
127299, Москва, ул. Клары Цеткин, д. 18/5. Тел. 411-68-86, 956-39-21.
Home page: **www.eksmo.ru**   E-mail: **info@eksmo.ru**

Подписано в печать 27.12.2006. Формат 70x90 ¹/₃₂. Гарнитура
«Таймс». Печать офсетная. Бумага тип. Усл. печ. л. 14,04.
Тираж 370 000 экз. Заказ 6010.

Отпечатано с электронных носителей издательства.
ОАО "Тверской полиграфический комбинат". 170024, г. Тверь, пр-т Ленина, 5.
Телефон: (4822) 44-52-03, 44-50-34, Телефон/факс (4822)44-42-15
Home page - www.tverpk.ru Электронная почта (E-mail) - sales@tverpk.ru

**С момента выхода моей автобиографии прошло два года.
И я решила поделиться с читателем тем,
что случилось со мной за это время...**

«Прочитав огромное количество печатных изданий, я, Дарья
Донцова, узнала о себе много интересного. Например, что я была
замужем десять раз, что у меня искусственная нога... Но более
всего меня возмутило сообщение, будто меня и в природе-то нет,
просто несколько предприимчивых людей пишут иронические
детективы под именем «Дарья Донцова». Так вот, дорогие мои
читатели, чаша моего терпения лопнула, и я решила написать о
себе сама».

Дарья Донцова открывает свои секреты!